文壇出世物語

新秋出版社文芸部 編

幻戯書房

文壇出世物語

目次

青春時代の**坪内逍遙** 9
心理描写の元祖**広津柳浪** 12
処女作を書いたことのある**内田魯庵** 15
民友社と**蘇峰蘆花**の**徳富兄弟** 17
若き左団次を育てた**松居松葉** 19
往年の美少年**馬場孤蝶** 21
『蒲団』までの**田山花袋** 23
三十年昔の**徳田秋声** 27
明治文芸革新の烽火『破戒』の作者**島崎藤村** 29
芸術家**泉鏡花** 31
新詩社時代の**鉄幹**と肩書の多い**晶子** 34
紙幣を焼いて、今は老詩人**河井酔茗** 39
苦労知らずに乗り出した**上司小剣** 42
放浪の詩人、ヨネ・ノグチこと**野口米次郎** 44
シンボリズムと**蒲原有明** 47
やっと妻をもらった**近松秋江** 49

けるかも　**島木赤彦**　52
イプセン会の　**中村吉蔵**　54
歌をなめる　**窪田空穂**　57
フロベールをなつかしがる　**正宗白鳥**　60
おとなしい　**吉江孤雁**　64
三田派の家元　**永井荷風**　66
いつまでも二十八歳の　**田中貢太郎**　69
容貌愚なるがごとき　**高須芳次郎**　73
キャプリシアスな才人　**小山内薫**　76
『赤い鳥』の先生　**鈴木三重吉**　79
プロレタリア文学の先駆者　**小川未明**　82
一種異様な文名ある　**生方敏郎**　85
情死した武郎の弟　**里見弴**と**有島生馬**　88
親を怨む民衆詩人　**野口雨情**　91
川上貞奴に片恋した　**秋田雨雀**　93
書くために生れた　**志賀直哉**　95
帰去来の今様良寛和尚　**相馬御風**　98
医者になりそぐれた歌人　**前田夕暮**　102

「芸術」に恋した **中村星湖** 104
俳壇の選者となるまでの **荻原井泉水** 106
運、運、運ばかりの出世 **片上伸** 108
なるほど貧乏ではあった **宮地嘉六** 111
「空に真赤な」小唄の **北原白秋** 113
今に見ろと言った **武者小路実篤** 116
父に背いた兄弟 **長田秀雄** と **幹彦** 119
歌人の夫妻 **若山牧水** と **喜志子** 123
女房天下から解放させられた **相馬泰三** 126
ちろり節の名手 **加能作次郎** 129
臼川を夫君に持つ **野上弥生子** 132
大人びて、分別くさかった **水守亀之助** 134
神童の面影のある **谷崎潤一郎** 137
転々三十年の **宮嶋資夫** 140
芸妓の名刺で入浴した **吉井勇** 143
「新潮」の **中村武羅夫** 146
だが、人としてはよく出来た **本間久雄** 149
涙腺がゆるんでいるが愛の **吉田紘二郎** 152

酒壺仙人の**葛西善蔵** 155
労働運動から自由人連盟への**加藤一夫** 158
おとろえたりといえども好漢**江口渙** 160
会社員の**水上滝太郎** 163
匿名の健筆家だった**加藤武雄** 165
オブローモフと縁のある**川路柳虹** 167
何が処女作かわからぬと言う**長与善郎** 169
大工の子**前田河広一郎** 171
江戸下町の詩人**久保田万太郎** 174
日蓮宗の**藤井真澄** 177
二十一歳の処女詩集**三木露風** 179
女を描けば必ず姦淫を思わす**室生犀星** 182
旅役者だった**福士幸次郎** 185
文壇意識を味到した**菊池寛** 187
原稿の盗難を恐れた**江馬修** 190
書かないでも流行作家の**田中純** 192
洋行帰りの**岡田三郎** 194
コムレードの**青野季吉** 196

歩一歩と築き上げた **新井紀一** 198
月給二十円の昔の **白鳥省吾** 201
よき妻でありよき母である **鷹野つぎ** 203
秋の好きな **豊島与志雄** 206
紳士、教授、文士、**谷崎精二** 208
捨児か貰い子か **細田源吉** 210
モンスター **宇野浩二** 213
『不肖の子』の作者 **久米正雄** 216
一日千両文壇二枚目は **広津和郎** 219
女学生と **西條八十** 223
「新思潮」から出た **芥川龍之介** 225
詩に見た恋の **生田春月** と **花世** 228
その一晩を記念とする **佐藤春夫** 232
三度処女作を発表した **藤森成吉** 235
騎兵上等兵の **細田民樹** 238
トラピストに感動した **南部修太郎** 241
前科三犯の **中西伊之助** 243
昔の辰公、今の **内藤辰雄** 245

人夫と作者になった**大泉黒石** 248
デカダン・ブルジョアの汚名を雪ぐ**金子洋文** 251
フランス仕込みのプロレタリア**小牧近江** 254
不良少年の**中戸川吉二** 256
新婚夫人の**宇野千代** 258
裁縫の出来なかった**中條百合子** 261

人名紹介 263
紙誌・団体名紹介 294
解説　文壇ゴシップの時代　志村有弘 303
索　引 318

装幀　真田幸治

本書は、大正十三年（一九二四）四月に刊行された新秋出版社文芸部編『文壇出世物語』（発行者　鷹野弥三郎／発行所　新秋出版社／発売元　二松堂）を復刊したものです。

復刊にあたり、表記は新字新仮名づかいに改めました。その他便宜上、難読漢字をひらがなにひらき、明らかな誤記や脱字などを訂正し、ルビを整理し、補足説明を〔　〕内および＊として註釈を追加した箇所があります。

本文各項冒頭の略歴は、初刊時のものを踏襲し、新たに読みがなと生没年を加えました。また初刊時に掲載されていた、収録作家の生年一覧表は割愛し、巻末に「人物紹介」「紙誌・団体名紹介」および解説を加えました。

本文中、今日では不適切と思われる表現がありますが、原文が書かれた時代背景などに鑑み、基本的にそのままとしました。

青春時代の**坪内逍遙**

（つぼうち・しょうよう　一八五九－一九三五）文学博士。名は雄蔵。安政六年五月、岐阜県加茂郡太田村尾張代官所に生る。帝国大学政治科に学ぶ。『桐一葉』『沓手鳥孤城落月』その他『沙翁傑作集』十数巻の著あり。

早稲田大学文学部の首脳者であり、文芸協会の会長であり、『桐一葉』『牧の方』『沓手鳥孤城落月《ほととぎすこじょうのらくげつ》』『小松原法難日蓮』その他幾多の傑作名著の作者であり、舞台監督であり、劇評家であり、沙翁、近松の研究の最高権威であり、かつ人格者であり、文学博士である坪内逍遙の、その昔、「春の屋おぼろ」〔春廼屋朧。逍遙の別号〕と呼んで『小説神髄』『当世書生気質《かたぎ》』を発表した頃、否《いな》、それより前の明治十年頃の彼は、そもそもなんであったか！　さぞ生れながらに博学多識の君子人であったであろう？

否、彼も青春時代は、読者諸君と同じく文学に志を抱いた十八歳の青年学生であったのだ。ここに彼の来歴を語ろうと思えば、いくら簡単に語っても一日一晩はかかるであろう。だから青年「春の屋おぼろ」のエピソードを何か一つだけ披露してみよう。

彼は帝国大学政治科を卒業すると、高田半峰《はんぽう》、天野為之《ためゆき》と共に早稲田大学、その当時の東京専門学校の先生となった。高田半峰とは高田早苗のことである。だが彼等三人はそれより前、学生時代から親しい友人であった。そして彼等は一緒に酒を飲みまわったり煙草をふかしたり饒舌《しやべ》ったり勉強したりした。何をするにも三人は一緒になってしないことはなかった。

三人とも未来のある才気の学生であったが、生活に余悠があるとはいえなかった。天野為之はどちらかといえば善良な、といっても思いきったことの出来そうな青年であり、高田半峰は遺品にもらった黄八丈の着物を一つしか持たない貧乏書生であり、春の屋おぼろは角帯なんか締めた気の利いた、作者らしい若者であったのだ。毎日遊びまわるので、有りもしない金はすぐに無くなるのが常であって、彼等は金のくめんにかなり悩まされた。

持物は全部売払ってしまっているし、家庭から来る金はすでに送って来たが、とっくの昔に費《つか》ってしまっていた。手紙を出して何とかうまく言えば、送って来るかもわからないが、そうしていれば今晩に間に合わない。電報にしなければすぐには送って来ない。というので三人は電報をうつことにした。

けれども、これまで幾度もその手で嘘を言っているのだから、ききめのないのはわかりきっている。そこで三人のうちで誰か一人、心臓麻痺にでもなった真似をする必要が起って、くじの当ったものは、醬油を五合飲んで路を走ることにした。その貧乏くじは天野為之にあたった。

天野は早速醬油を飲んで、他の二人は天野を中央にして、神田の神保町のところから飯田橋のところまで、走ってきた。と、天野は卒倒してしまった。初めは冗談だと思ってみていたが、天野の顔は真青になり顔は苦しそうにひきつけているのである。これはしまった……と二人は天野をすぐ近くの病院に担ぎ込んだ。嘘の病気どころか真物の心臓麻痺になってしまったのである。酒をのむどころの騒ぎではなく、二人も青くなってしまった。

とにかく、三人はこんなに打ち明けた親しい友人であったのだ。彼の『書生気質』が初めて発表された時、世間は驚嘆すると共に、小説などは男子のすることではない、しかも教育ある紳士がそれを書くことは不都合極まることだ、という批難を浴《あび》せかけた。その時高田半峰は彼のために弁じ、又芸術のために弁じ、情理を尽した論文を公けにして、彼の芸術への出途を華やかに見送ってやったのである。

話はちがうがその後、幾星霜、大正六年の秋早稲田騒動[*1]の起った時、天野為之が失墜したことは、往年の貧乏くじと対照してみて、皮肉な感を覚えさせるのである。

＊1　一九一七年九月、初代学長・高田早苗（半峰）と第二代学長・天野為之との間で次期学長の座をめぐり起こった騒動。二派に分かれた学生が校内を占拠したため警察介入にまで発展したが、大隈重信の忠告により平沼淑郎が新学長に就任して事態は収束、天野は失墜した。天野側に立ち校内演説を行なった政治科学生・尾崎士郎はのち『人生劇場』の一場面でこの騒動を小説化した。

心理描写の元祖**広津柳浪**

（ひろつ・りゅうろう　一八六一－一九二八）文久元年七月二十五日、〔肥前〕長崎材木町に生る。『今戸心中』『変目伝《へめでん》』その他数十篇の作あり。

探偵小説、撥鬢《ばちびん》小説*1、歴史小説の流行につれて文壇の沈滞底しれぬという時に当って、明治三十八年の春、鏡花の『夜行巡査』が「文芸倶楽部」に載せられるや、心理描写の魁《さきがけ》とも見られるところの観念小説は、ここにその緒を開いた。それにつれて樋口一葉の『闇桜』、後藤宙外《ちゅうがい》の『ありのすさび』、川上眉山《びざん》の『紘声』等一種の社会観念を以て題材を選択し描写する作風のものが現われるようになった。

戦争の勃発以来、読者及び作者は、過去の回顧というものに興味をもたなくなって、現世そのものを見ようとする傾向を生じ、読者も共に現実に接近して行きつつある貌が現われた。しかし宙外、一葉、眉山等の観念小説には、繊細、優美の筆に遊ぶところの通俗味は脱《ぬ》けきれていないのであった。

この時、観念小説と軌は同じくするが、現実そのものに、否むしろ現実の裏面に専ら批評の目を向けた作風のもの、深刻小説或いは悲惨小説とも名付けられる作品が現われた。在来の作品に脱けきれていない通俗味を、露ほども有していない作風のものである。広津柳浪の作がすなわちそれであった。

柳浪は福岡県の生れである。上京して、〔巖谷〕小波《さざなみ》、眉山、〔江見〕水蔭《すいいん》、〔山田〕美妙《びみょう》等と共に硯友社《けんゆうしゃ》一派の作家と親交があったが、彼は〔尾崎〕紅葉山人をもしのぐほどの才筆とせられて、世間からも社友一同からも客分の如くとりあつかわれていた。しかし元来芸術家的潔癖の強い彼は、売名本位の文壇泥水には染ることをいさぎよしとしないで、独り彼のみの生活を守っていた。『黒蜴蜓《くろとかげ》』『変目伝』『白百合』『亀さん』等の深刻小説はすべて、悲惨な人生の事象を心理的に解剖してあった。

しかるに『今戸心中』『河内屋』の二作を発表して以来、彼の深刻小説は心中小説の傾向に変じた。だが注意すべきは、近松巣林子《そうりんし》〔門左衛門〕の心中小説は光明に満ちたものであるが、これは複雑錯節した幾多のこの世の事件、或いは、恋愛によらずして境遇に支配せられて、情死の止むなきに至る、人生の悲惨極りなき運命を描いてあるものであった。殊に後者は、人物の描写、心理の推移の功妙を得たことによって、性格描写の極致をなし、又会話のうまさを見せた。ここに彼の転機がはじまったのである。

すなわち彼は従来の、人世の暗黒面の事象のみを描くに勉《つと》めずして、技巧的に洗練をつとめた心理描写に成功した。明治三十一年の発表、『女馬士《おんなまご》』がそれである。『羽ぬけ鳥』に至っては心理描写の特別なる態度をさえ示している。

真の意味における心理描写は、柳浪に始まったと言って、決して過言ではあるまい。

しかし、かつて牛込小町とさえ噂された彼の妻の死後は、彼は小説の筆を断ち、自然主義の擡頭するにつれて、既成大家の止むなく通俗小説に筆を執るが如き不誠実もなく、遠く名古屋市に去ってしまった。その頃の柳浪の消息を記した永井荷風の文章によれば、現在の流行児和郎は未だ茶目盛りの幼年であったという。

その後彼は鎌倉に病気がちな身を静養し、一切文壇に執着をもたず、永い間の苦境にも節を持して、高潔な作家の余生を、自ら眺めている。

＊1　村上浪六の『三日月』（一八九一）などの撥鬢奴《ばちびんやっこ》を主人公に、その任侠世界を描いた小説。明治三十年代にかけて流行した。

処女作を書いたことのある**内田魯庵**

（うちだ・ろあん　一八六八－一九二九）名は貢。慶應四年閏四月、東京車坂に生る。小説『片うずら』『うきまくら』『くれの廿八日』等は主なるもの、『罪と罰』『復活』等の翻訳、随筆『バクダン』等の著あり。

内田魯庵なるものが処女作を書いたことがある、といえば不思議な気持がするであろうが、かつては彼も若々しく文壇をにぎやかしたこともある。『くれの廿八日』という一篇がそれである。この作は「新著月刊」の終り頃に発表されたものだが、この雑誌の殆んど大部分を占めた大作であった。おそらくこの作は彼の創作としては、空前絶後のものであろうが、当時、すばらしい好評を得たのである。

初め彼は、「文学界」一派の作家、詩人達、即ち島崎藤村、中西梅花《ばいか》等と深い交友があった。或いは彼が文壇に発足する第一歩は、「文学界」とその勢力に置かれたものであったろう。しかし彼は『くれの廿八日』を発表してからは随筆様の評論にのみ筆を執り、小説には少しも筆を染めなかった。で、彼が評論家として立った第一歩、評論家として名声を得た最初の作品は『文学一般』という小著書である。これは、厨川白村の『近代文学十講』とおよそ相似たところの書物であって、当時の多くの文学青年は、少なからずこれに影響されるところがあった。新しく、外国文学の傾向特色を教えられた青年達は、現在厨川白村を珍重すると同じ意味において、魯庵を珍重した。『文学一般』と相前後して、彼はドストエフスキーの『罪と罰』を翻訳出版した。この書物の初版は、現在のものと異って、菊判四号活字の目新しいものであった。当時はロシヤ文学とかドストエフスキーという言葉だけでさえも、珍らしいことであったので、これもまた『文学一般』と同じく当時の文学青年に少なからぬ影響を与えたのである。

その後間もなく彼は、西鶴、近松の翻刻、紹介に力を入れたが、就中《なかんずく》、西鶴の翻刻に対しては相当の努力を惜しまなかったようである。『好色五人女』が初めて活字となって出た時、それには長い序文があったが、この文章は多分彼の書いたものであろうという、一般の評判であった。当時のものとしては、相当しっかりした研究紹介文であったのだ。

現在では彼は、丸善図書株式会社に入って、文筆と遠ざかり、極《ご》くまれに、正月の雑誌とか創刊号の雑誌とかに、随筆様の諧謔を書くことがある位なものである。しかし、馬場孤蝶などよりは彼の方が、よりよく文壇の消息に通じているようである。老大家先生として、彼は文壇の誰よりも先輩で、劇場の外庭に祭られた稲荷神社のような、対文壇的の地位をもっている。

民友社と蘇峰 蘆花の徳富兄弟

（とくとみ・そほう　一八六三－一九五七）〔本名・猪一郎。熊本生。同志社英学校中退。一八八七年、民友社を、一八九〇年、国民新聞社を創立。著作に『将来之日本』『近世日本国民史』など多数〕

（とくとみ・ろか　一八六八－一九二七）名は健次郎。明治元年十月、熊本に生る。同志社に学ぶ。『自然と人生』『不如帰』『みゝずのたはこと』『新春』『日本から日本へ』等の著がある。

民友社の一派は、明治二十年代の文壇に活躍したグループである。民友社長徳富蘇峰の経営主幹するところのもので、「国民新聞」の外に「国民之友」という月刊雑誌を出していたが、その「国民之友」は一面、新文芸の揺籃であったのである。当時、民友社の中には、徳富蘇峰を始めとして、竹越三叉《さんさ》〔與三郎〕、山路愛山、国木田独歩などがいた。蘇峰の弟、蘆花もその一人だったのである。その客員として、当時の、二葉亭四迷、森鷗外、といった人々がいた。

明治二十二年の春、蘇峰が始めて民友社を結んで「国民之友」を創刊した時、蘇峰はまだ二十四、五の青年であった。竹越三叉が二十二、三、その他の者も皆若かった。蘆花が、「国民之友」に六号活字でしきりに翻訳を載せていたのは、まだ二十位の少年の時代であった。そして民友社の同人は、もともと蘇峰を中心として集まったのであるから、従ってその思想もその文章も、蘇峰一流の調子を帯びていた。いわゆる民友社調なる一派をまでなしていたのである。即ちその思想は平民主義で、その文章はいわゆる「事程左様に」の欧文直訳風であった。民友社もまた、新文体創建に与《あずか》って力があった。更にそれ以上に文壇に貢献したのは、春秋二期の文芸付録で、当時文壇の最傑作をここに収めて公にしたものである。

ちょうど今から五、六年前の「中央公論」の小説欄のように、「国民之友」は文壇の檜舞台で、ここにその作が発表されるようになれば、まず大家としてのその地位を得たので、この欄を「大家称号授与所」などと言うものもあった。逍遙の『細君』、二葉亭の『あひゞき』、鷗外の『舞姫』、紅葉の『拈華微笑《ねんげみしょう》』、緑雨の『覿面《てきめん》』、北村透谷の『宿魂鏡《しゅくだましいきょう》』だの、みな、当時の「国民之友」で発表されたものである。民友社の文壇的事業は、必ず、明治文壇に特筆していいと思う。

その社中で一方、二葉亭はロシヤ文学の紹介者の第一人者として、ツルゲーネフ式の清艶などを書いていたり、また一方では、蘆花はあの『不如帰』を書いて、洛陽の紙価と共にその名声を高めたのである。蘆花は熱心なトルストイアンであった。わざわざヤスナヤ・ポリャナのトルストイを訪ねて帰ったが、それ以来、郊外粕谷に朴居して半農生活をしている。そして時々、『みゝずのたはこと』だの『黒い眼と茶色の目』だの、『死の蔭に』だのと雄篇を書いて、読書界を賑わした。先年、夫妻で欧州漫遊から帰り、『日本から日本へ』を出版して以後、杳《よう》として消息を知らさず、その昔、大将乃木希典をモデルにした『寄生木《やどりぎ》』だの『自然と人生』だのを書いた蘆花、今は老いて、静かに武蔵野の片隅に暮していることだろう。

若き左団次を育てた**松居松葉**

（まつい・しょうよう　一八七〇－一九三三）名は真玄《まさはる》。号を駿河町人とも云う。明治三年二月、仙台に生る。国民英学会出身。演劇研究のため前後二回欧米に遊ぶ。七十余種の小説脚本がある。松竹合名会社文芸顧問。

明治三年、仙台に生れ、上京して国民英学会を出てから、「報知新聞」、「万朝報」の記者を勤めた。彼には元来、事務家的素質は少なかったが、どちらかといえば投げやりな性格と敏活な神経とがあったので、腕のある記者と見なされがちなところがあった。そのため新聞記者生活中、「万朝報」の黒岩周六〔涙香〕に知遇を得、また他の社に転じてからも村井弦斎に信任を得、次第に作家的生活に入るようになった。で、某新聞社社会部長時代に最初の洋行をし欧米各国を漫遊して帰朝した時、彼の後任として社会部長の座に坐った某は、彼にその地位を譲り返すことを固く拒んだ。そこで彼は純然たる作家生活に入り、若き左団次〔二代目〕を援《たす》けて、劇作に専《もっぱ》らになったのである。

彼は前後二回の洋行をしたが、一度は左団次をつれて発った。その頃までの左団次は、先代の左団次の後を嗣《つ》いではいるものの、芸といい貫目《かんめ》といい、すべて零に近い、いわゆる大根役者であったのだ。

帰朝後の左団次は、それにもかかわらず、一躍、当時の好劇青年を驚嘆せしめる程の演出をこころみ、第一流に伍することが出来たのであるが、同優の黒幕となり背景となって、陰に陽に彼を援けていたものは、実に松居松葉であったのである。『悪源太』の出し物がいかに当時の劇界に評判となり、又劇界を刺戟したかは、今更かれこれと言う必要もなかろう。

彼は、でっぷり太った男である。そしていつも葉巻煙草をふかしている。この煙草を喫えば、少しは体が衰弱して、痩せて来るであろうかという、彼の子供らしい考案によるものであるが、彼はそれ程、肉体的にも健康である。願わくば、三越の広告なんかに関係した仕事なぞ見向きもせず、専心に劇作に向ってほしいものである。見様によっては彼の『尾形光琳』なぞは、呉服店の広告文の代用として書いたものだとさえの誤解を得たではないか。「今日は三越、明日は帝劇」という言葉も、彼の発案になったものであると、世間では言い伝えているようだが。但し、彼が三越と職業上の関係があることは事実らしい。[*1]

＊1　一九〇九～一八年、三越の嘱託を務めた。

往年の美少年馬場孤蝶

（ばば・こちょう　一八六九－一九四〇）名は勝弥。明治二年十一月、高知市に生る。島崎藤村と共に明治学院卒業。『戦争と平和』『イリアード』その他の翻訳、評論の著あり。慶應大学教授。

慶應義塾大学の先生で、書も出来、文人画も出来、将棋も上手、俳句もうまい、語学も達者な、人格者で、老人の馬場孤蝶は、その昔はセンチメンタリストの集まりであった「文学界」の同人である。当時の女流作家で美人の名の高かった樋口一葉の日記を見ると、およそ彼の人となりがわかる。それによると彼は、この女流作家に恐れられはしないほどの単純さと、好意を抱かれるほどの開放的な熱情があったらしい。「傍らにあるは美少年馬場孤蝶なり」というところを見ても、一葉女史はかなり孤蝶に興味をもっていたらしいが、ともかく、彼の美少年であったことは事実である。

北村透谷、上田敏、島崎藤村、平田禿木《とくぼく》、星野天知等が「文学界」を創刊するに及んで、戸川秋《しゅう》骨《こつ》並びに彼は、島崎藤村と明治学院時代からの友人であった関係から、「文学界」同人に加わることになった。「文学界」は当時の詩壇からは不健全な詩人の集まりとしてみられていたが、新詩評論に新体詩の発表に縦横の奮闘をこころみ、次に起ったところのロマンチック・ムーヴメントの先駆をなしたかたちがあった。この雑誌は明治二十七年五月北村透谷の自殺するまで、覇気と情熱とをもって、鬱勃たるアトモスフィアをつくっていた。

透谷の死後、孤蝶は創作及び雑文に筆を染める様子であったが、二十八年に文部省検定試験に合格するに及んで、遠く近江の国に去り、彦根中学の教師を勤めてしばらく文壇と交渉を断った。

しかし間もなく上京して、外国文学の翻訳をする傍ら、評論及び創作の筆を執り、時としては探偵小説を書いたこともあった。

だが慶應大学に教鞭をとるに及んで、彼は文壇的には何等の活動をもしなくなり、ただ新進の作家を紹介することに止《とど》まるようになった。のみならず大杉栄等の社会主義的傾向の人達に、個人的に語学の教授をしたこともあって、主義者仲間には彼を非常に徳としている人々が多い。

彼は、前に言った様に、あらゆる趣味、芸術に造詣深い人であるが、最も文壇に尽した彼の仕事はといえば、欧州大陸文学の研究紹介、就中ロシア文学の紹介である。

現在では、小石川の水道町の自宅に、彼は悠々自ら適す生活を送って、色紙や短冊に揮毫《きごう》して静かな彼の心境を、訪ねて来る若い人達に分け与えて、この詩人の面目をなつかしがらせるのである。

往年の美少年、一葉女史に会って感激していた時代から幾星霜、いみじき老詩人の境地に到達した彼は達筆の文字で短冊に書く。

「一葉の住みし町なり夕時雨」

『蒲団』までの田山花袋

（たやま・かたい　一八七一－一九三〇）名は録弥。明治四年十二月、上州館林城内に生る。館林小学校を出たる外学歴なし。長篇『妻』『生』『一兵卒の銃殺』、短篇集『花袋集』『ある僧の奇蹟』、その他数多《あまた》の紀行に関する著作あり。

彼には学歴というものは殆んどない。上州館林の小学校を卒業後、彼は上京して毎日弁当を持って上野の図書館に出かけていた。そこでは西洋の小説とか、貴重書類の部の西鶴物などを読んだ。当時の文壇には紅葉、露伴が名を並べてその世評を相争っていたが、紅葉の名声は最も高かった。『色懺悔』及び『おぼろ舟』（「読売新聞」連載）等の作品は艶麗な文章をもって、当代の若い人達の渇仰を一身に集めていた。

坪内逍遙はすでに、小説の筆を断ち劇作に入る準備をしていた。鷗外は未だ作家として世に出ていなかった。その頃「大家号授与所」という評判をとるほどの隆盛を得た「国民之友」には、〔森田〕思軒、美妙、嵯峨の屋〔お室〕等の人々が作品を発表していたが、一方、二葉亭の『浮雲』も、当時の文学青年には深い感動を与えた。

青年花袋もそこで、ロシアの作家のことを書いた評論をさがし出して、ゴーリキー、トルストイ等の写真版を眺め、うれしさのあまり感激して、人の知らない宝物でも得たかのように、くり返して耽読したことがあった。

『浮雲』とか、心理描写とか、ロシア文学とか、そういう言葉は彼に憧憬の心を駆らしめて遂に、嵯峨の屋主人を訪問さすに至らしめた。ロシア文学の細かい彫刻のような筆致とか、ロシアの作家のことなどを質問するためであった。この時嵯峨の屋は、トルストイやゴンチャロフの話を彼にしてきかせた。

そこで彼は大家に面会出来る自信を得て、紅葉山人にあてて、誰からの紹介もなしに、手紙で面会を求めた。

紅葉からは直ちに返事があって「千紫万紅《せんしばんこう》」という雑誌の成規まで添えて、君等のような熱心家のために造ってある雑誌だから、入会したらどうか、そしてその方の幹事は水蔭がしているから詳細はその方で聞いてくれたまえ、ということを付け加えてあった。

彼は意を決して紅葉山人の宅を訪れた。これ迄に北町の通りを歩いている時、屢々《しばしば》尾崎と書いた表札と、硯友社と書いた郵便箱とは見かけたことがあったが、門内に入ったことは一度もなかった。

当時紅葉は新妻を貰って、北町《きたまち》から横寺町《よこてらまち》へ移った頃で、明治二十四年の五月下旬であった。

文学青年花袋は、その日はキャラコの黒紋付羽織に小倉の袴を穿いて、長い髪を頭の中央から両側に分けていた。訪問すると玄関の隣の八畳から、庭を眺められる長い廊下を通って、そこから、二階の広間に案内された。彼は廊下を通る際、紅葉の妻君の白い横顔と赤い手絡《てがら》とを見落すことはしなかったと、後年になってその当時のことを彼自ら述懐している。

彼は大家紅葉に向って坐ったことを、この上もなく誇りに思った。紅葉は、外国文学の勉強をしなければならないこと、ゾラの文章の細かく行き渡っていること、英国の詩の話、西鶴のことなどについて、彼のために語ってやって、男らしく少しの城壁も設けず、友人に対すように打ちとけた態度をとった。紅葉はその頃二十七、八歳位の年であった。花袋はこの一躍大家となった紅葉の幸福な生活や、新婚を祝った〔巖谷〕一六居士の幅物や、菊と紅葉の揃い模様の湯呑茶碗や、総て目につくあらゆるものに羨望の目を向けながら、この若き文豪と相座したのである。

その後彼は、紅葉とは種々の交渉を重ねて出入をつづけていたが、或る時、うっかりと紅葉に対して「君！」と言って呼びかけたのが因で、それ以来は幾度訪ねて行っても、門下生の鏡花、〔徳田〕秋声等に命じて、子弟の区別を重んじた紅葉は花袋に玄関払いをくわせた。

その頃彼はやはり牛込に住んで、博文館の編集所につとめていたが、傍ら校正して得た百何十金を受取ると直ちにその足で丸善に出かけて、モーパッサンの英訳全集を買って来たことがある。とにかく彼も貧乏暮しをしていた。

しかし明治二十八年前後からは新進作家の列に入ることが出来た。『山家水』、『水車小屋』、『小桃源』をつづいて発表し、その作風のポエチカルなのによって、青年子女に愛読せられ彼は文壇の中心に向って進みつつあった。これらの諸作は片恋、初恋、失恋にからまる事件を材料としてあるもので、後年に及んでも彼の作品には、この種の題材の好みがある。

それより前、彼は、自然主義の先駆者国木田独歩と親しく交わるにつれて、四十年以後の彼の作風にはようやく自然主義の傾向が濃厚となって来た。即ち『蒲団』である。この作は永代美知代と呼ぶ彼の女弟子をモデルにしたものであって、作そのものについても讃否の声高く、又モデルについても種々な噂が起った。日本の文壇にモデル問題のあったのはこれが最初のことである。又主人公を「私」とした即ち「私小説」もこれをもって初めとする。『蒲団』は中年者の熱烈な恋を描いたもので、しかも作者の大胆な告白であることが、少なからず文壇の注目を引いた。

四十一年には『妻』を発表し、つづいて『田舎教師』を出し、主張するところのゴンクール一派から出たものという平面描写によって終始し、島崎藤村、正宗白鳥、徳田秋声と相並び称せられるに至った。

三十年昔の**徳田秋声**

（とくだ・しゅうせい　一八七一－一九四三）名は末雄。明治四年十二月〔旧暦〕、金沢市横山町に生る。第四高等学校を中途退学し、上京して尾崎紅葉の門に入る。長篇『爛《ただれ》』『あらくれ』、短篇集『花たば』『秋声集』『出産』等の著作あり。

明治から大正へかけての、文壇の巨匠として最も長い文壇的生活を持続し、文壇の恒星としてその光輝を歳と共に加えて、五十余歳の今日に到ったのは、独り徳田秋声のみである。

明治四年十二月、加賀の国金沢に生れた。放浪から放浪、再度の上京は、二十八年一月、日清戦争のまさに爛なる頃で、文壇は硯友社の最盛時代、川上眉山は『大盃』を書き、江見水蔭は『朝顔』を書き、広津柳浪は『黒蜴蜓』を書いて、いずれも世を動かしていた頃である。彼は、しばらく或る英語学校の教鞭を執っていたが、後、博文館に入り、間もなく、処女作の『藪かうじ』を「文芸倶楽部」に発表した。これは新平民を材とした短篇で、一部の人々はこれによって、彼の手腕の凡ならざるを認めた。彼が尾崎紅葉の門に這入《はい》ったのもこの頃である。

三十三年三月、彼は読売新聞に入社した。同年の八月から長篇小説『雲のゆくへ』の一篇を、同紙に連載した。彼の文名を定めたのは実にこの一篇であった。彼は元来蒲柳《ほりゅう》の質《たち》で、その頃も胃拡張で苦しんでいた。汚ない下宿の一室で淋しい荒んだ生活をしながら、病苦を忍んで書いたのである。朝一度病院へ行って医者に見て貰い、帰って来て、自分が牛乳を暖め、パンを焼いて、そして禁じられていた飯に換え、衰えて行く気を励ましては筆を執った。机に向っているのが苦しいので、蒲団の上に腹ばいになって書くこともあったという。こうして、どうにか一回分を拵えると、それを持ってまた病院へ行き、電気を掛けて貰ってから新聞社の方に廻った。

『雲のゆくへ』を書き終ると同時に、読売新聞社を辞した。当時、泉鏡花は『辰巳巷談』や『湯島詣』を書いて鬼才の名を謳われ、国木田独歩は文壇から閑却されながらも『武蔵野』の名篇を書き、小杉天外はゾラ張りの自然派を起して『初姿』を書いた頃である。

三十五年には、更に、「読売」紙上へ『後の恋』を書いた。その後、彼は持病の胃を癒すために、九州の温泉に入って二月ばかり遊んでいたが、帰ると小石川に家を持ち、妻を迎えた。名篇『黴《かび》』は、その当時の彼を語っている。恰度《ちょうど》、田山花袋が『妻』を描ける時代である。

彼の作風は、硯友社とは著しく色彩を異にしていた。紅葉の継子《ままこ》扱いは、また、文壇の継児であった。彼は久しくその真価を認められなかった。風葉、鏡花など同門の者が、文壇の寵児と謳わる間に、独り、彼は、とり残されし者の、寂寥と焦燥とに月日を過した。花袋と同じく、彼にも長い雌伏時代だった。三十六年に『少華族』、四十年に『おのが縛《いましめ》』を書いたが、彼はまだ不遇であった。しかし四十年代の初期に、勃然として起った自然主義の機運はようやく、彼に暁光を見せた。四十二年の短篇集『出産』はその時の記念だ。

明治文芸革新の烽火『破戒』の作者**島崎藤村**

（しまざき・とうそん　一八七二―一九四三）名は春樹。明治五年二月十七日、長野県筑摩郡神坂村に生る。泰明小学校、三田英学校を経て、明治学院を卒業。二十三歳に雑誌「文学界」の創刊にあずかり、二十五歳に最初の詩集を出し、三十歳初めて小説に筆をつく。『藤村詩集』『千曲川のスケッチ』『破戒』『春』『家』『海へ』『新生』『桜の実の熟する時』『エトランゼ』等の著あり。

明治文芸界革新の烽火『破戒』の作者は、ただ、それだけでも、明治文壇史を飾るものであると言ってよかろう。

「文学界」の詩人として名を馳せた藤村は、信濃の村塾に教鞭を執りつつ、その人々の生活を描いた数種の短篇を公にして、詩より散文への、浪漫主義より現実主義への推移を示したが、この推移は一般世間からはむしろ冷眼を以て迎えられていた。しかし、長篇『破戒』を抱いて中央に出ずるに及び、その文名は一時にあがった。『破戒』は、少なくともその形式においては全く自然主義の作品と云ってよい。島村抱月は「我が小説壇に一期を画するものもしくは画せんとしつつあった幾多の前駆者を総収して、最も鮮かに新機運の旌旗《せいき》を掲げたものとして、予はこの作に満腔の敬意を捧ぐるに躊躇しない」と云っているが、実際この作は新旧文芸のエポックメエキングをなした作である。地方色の鮮かに出ている事、挿話の多い事、従来の長篇に見るような筋の無い事などは従来のものとは打って変った新味を見せていた——彼の短篇『芽生え』の中に描かれてあった事実は恐らく、この『破戒』創作当時の彼が刻苦を語ったものであろう。

彼は『幼き日』において少年時代、『春』において青年時代、『家』においてその壮年及び中年の時代を描いている。

彼は信濃の旧家に生れた。父親は、熱情的な志士的気概に充ちた人で、国事を憂えて発狂し、悲愴の吟《うめ》きを遺して座敷牢に死んだ。このことは『家』の中に書いてある。彼はこの父親から儒教的教育を受けた。九つの時、十二の兄と一緒に険しい山坂を越えて東京へ出た。その時のことは『幼き日』に書いている。それから姉の嫁入り先に寄寓して学問をした。幼い時から親の傍を離れていたので、人知れぬ気兼ねもしたり苦労もした。『幼き日』の時代から『春』『家』の時代に至るまで、彼はつぶさに世の艱難《かんなん》を嘗《な》めた。明治学院に学んだ青年時代には、北村透谷、戸川秋骨などと共に「文学界」の同人として、当時のロマンチック・ムーヴメントに参じて、盛んにセンチメンタリズムを鼓吹した。その頃熱烈な恋をした。その恋の顛末は『春』に描かれている。悩みに堪え兼ねて、坊主になって放浪の旅に出で、相模の海に身を投じようと迄《い》しながら、その恋人に手をも触れなかった。そして結局は、「黙ってお辞儀をしてそうして別れた」のであった。

明治三十年は、彼の『若菜集』の出版された年で、当時若年の詩人達は、恐らく、随分この詩集に影響もされていれば、刺激も受けているのであろう。

芸術家 **泉鏡花**

（いずみ・きょうか　一八七三－一九三九）名は鏡太郎。明治六年、金沢市に生る。故尾崎紅葉門下。『辰巳巷談』『湯島詣』『照葉狂言』『風流線』『高野聖』『草迷宮』等は数多き著者の中の名高きもの。

自分の気に向かぬ訪問客があると、鏡花は俗物が来たと言ってしかつめらしく香をたいたり、玉露の味の鑑賞出来ない奴を皮肉ったりするが、その昔、紅葉の玄関番であった時には、

「おい鏡花！　餅菓子を買って来い」

と紅葉山人の顎で使われていたものである。

彼は郷里金沢から笈《きゅう》を負うて上京すると、山人の門を訪ね、柳川春葉、小栗風葉、中山白峰《しらね》、徳田秋声等を兄弟子として、山人の書生兼玄関番となった。当時の文壇は、未だ自然主義の気運が萌《きざ》していない時であった。尾崎紅葉の名は硯友社の隆盛と共に、津々浦々にまできこえ渡っていた。山田美妙、川上眉山、江見水蔭等は硯友社の社友で、又当時文壇の一流大家であったのだ。

数多の門人のうち、鏡花は最も紅葉の信任を得て、硯友社中きっての才物と押されていたが、やがて明治二十八年、彼は「文芸倶楽部」に『夜行巡査』の一篇を発表した。この作は或る職務に忠

実な老巡査をモデルとしたものである。紅葉、眉山はこの一篇を盛んに激賞し、泉鏡花の名は一朝にして一流大家の列に加わり、他の同輩、先輩にも優って文壇の鬼才と云われるに至った。『夜行巡査』――これは描写の勝れたこと、内容及び題材の新しきこと、この理由によって深刻小説、或いは観念小説の名を得、この傾向の小説は直ちに文壇に流行を来し、眉山、紅葉の大家といえどもこの傾向を模倣することさえあった。かつて夏目漱石が小説を書き始めた頃、当時の文壇中、鏡花を第一人者としたのは、意味深いところのものである。

一体に紅葉の作品に現われて来る女性には、江戸の下町情緒が多分に現われていて、いわゆる、意気とか張りとかの性格を持っているのであるが、鏡花の作にもこの香《にお》いが多分に存在している。国粋、浮世絵風の趣味である。しかし、彼はあながちに師の紅葉の亜流であるに止らず、神秘的作風を示したことは、当時の文壇にとって一つの驚異であったのだ。

やがて紅葉の逝《な》くなった頃と前後して、文壇には島村抱月の提唱したところの、解放された文学の気運が流れ始めた。自然主義の勃興である。そこにおいて既成作家である硯友社一派の人達はこの新しいイズムに押し流され、各々通俗小説に走るに至った。硯友社の客分と見られていた広津柳浪をはじめ、眉山、春葉、風葉、水蔭等は文壇の本流から遠く離れ去ってしまった。しかし鏡花は独り彼の個性をのばすことに専心し、『高野聖』の傑作をさえ、その頃書き上げたのである。

自然主義の気運が文壇に起った当時にあっては、文壇人はいずれかといえば、いかにして文壇に出ようかという心配よりも、いかにして文壇から蹴落されまいかという心配が大事なことであったのだ。

話は変るが、九月一日の大震災の時、地震があるや否や、鏡花はその時書斎で執筆していたが、庭にとび降りた。しかし彼は床の間に掛けてあった師の紅葉山人の掛軸を巻いて、風呂敷に包んで持って出ることを忘れなかった。庭にとび降りた彼は、四方八方から火の手の挙がる中を、塀を越えて紅葉の掛軸一つを持ったまま逃げ出したのである。この一事をみても師を思う心厚き彼の風貌を計り知ることが、諸君出来るであろう。

新詩社時代の**鉄幹**と肩書の多い**晶子**

（よさの・てっかん　一八七三－一九三五）寛。かつて鉄幹と号したる事あり。明治六年二月二十六日、京都岡崎に生る。小学校外、学歴無し。故落合直文、森鷗外二氏に師事し、明治四十四年欧州に学び、大正元年帰朝。詩集『檞之葉』『鵐と雨』、歌集『灰の音』、訳詩集『リラの花』等の著がある。慶應大学文学科教授。

（よさの・あきこ　一八七八－一九四二）明治十一年十二月七日、大阪府堺市甲斐町に生る。与謝野夫人。市立堺女学校出身。明治三十三年以来、新詩社同人として、歌壇に新気運を起す。大正元年欧州諸国を漫遊、『新訳源氏物語』『晶子短歌全集』『草の夢』その他五十種近くの著書あり。大阪毎日新聞社及び横浜貿易新聞社客員、文化学院学監。

鉄幹は金子《かねこ》薫園《くんえん》と共に、落合直文《おちあいなおぶみ》の門人であった。明治三十年以前の新派は主として直文の新歌運動によって啓発せられたものであって、鉄幹もこの運動に参加していた。のち彼は独立し、一方、直文を形式上顧問の位置におき、明治三十三年新詩社とよぶ若き歌人の結社をつくった。その頃の彼の住居は、靖国神社の側にあった。宮に向って左側、広い通りから幾つ目と数えた横町で、四間ばかりの平屋であったが、彼の筆蹟で、入口のところに「新詩社」と書いた小さな標札が打ちつけてあった。

庭に向った八畳ばかりの一室が、彼の書斎であり、客間であり、「明星《みようじよう》」の編集室であった。何の飾りもない室《へや》で、床に国学者の歌讃画像が一幅かかって、障子の下に小さな机が一つ、それっ限りで書物は殆んど一冊もないといっていい程の室であった。その室の中で彼は投書の添削をし批評を書き、「明星」の発送書きもした。

彼は垢だらけの足を胡座《あぐら》に組んで、自我の詩をつくれ！ と気焔をあげていた。外出する時には太い桜の木のステッキを持って、夏であればヘルメットの古手を冠《かぶ》って歩き、冬であればよれよれのマントを着て歩いた。この三十に足らぬ背の高い男が、当時の「文庫」の歌壇選者であり、「明星」の編集者である彼とは、誰しも思えないほどの無造作かげんであった。

その頃彼は関西地方に旅行して鳳《ほう》晶子に逢って来たので、直接彼女がどんな才女であるかもよく知っていた。

さて彼が「明星」なる一雑誌を背景として、主張と共に発表する月々の歌は、不思議なるまでの反響を起して来た。今まで口を閉じていた人が、初めて口を開く機会を得たかのように短歌を詠んだ。破格を笑う人、嘲る人があると、それだけ注意を呼び集めた。

高須梅渓《ばいけい》、河井酔茗《すいめい》も当時歌を詠んだ。不思議にも小栗風葉まで「明星」に歌を載せていた。皮肉屋の斎藤緑雨、俳人の水落露石まで、歌を詠みはじめて来た。

「明星」の売れ行きは次第によくなって、七号八号頃には七千部も売れた。社友という名前で直接に配布を受けている者が五百人位はあった。彼は発送の帯封も書かなければならないし、批評にも詠草にも筆をとらなければならない忙しい体であった。

その当時彼の標榜したところのものは、新詩社の成規によっておよそうかがわれるが、彼は自分の詩をつくれ、と提言した。その言葉は、以後の文壇に起った運動の如き深い意味ではなかったが、当時のコンヴェンショナル〔保守的〕な和歌、及び旧派の作家にとっては「自ら認むるところの物の言葉を吐露せよ」というこの言葉が落雷のように感ぜられたのであった。硯友社一派の文芸と、全然変った傾向の叫びであったのである。

しかも、その雑誌は、その当時の煙草ヒーロー（三銭）の値で頒《わか》たれるという、粗末な体裁が当時の文学青年を魅する一つの原因であったのだ。

かくして彼は、彼の発足以来奔放熱烈な情をもって観察し詠《うた》いして来ていたが、その頃になってはその以前の『東西南北』時代の「太刀」とか「虎」とかいう言葉の仮面をかりた、韓山羇旅《きりよ》の情を写すにのみとどまらず、いわゆる自我の声、心衷より自然に流れ出る声で詠うようになった。最早その雑誌の体裁も変り、欧州文芸も紹介され、欧州名画も挿入されて来ていた。彼は時事を諷し世相を歌うことを止した。そして、極力恋愛を讃美した。恋愛即人世とまで極言した。新詩壇「星菫《ほしすみれ》」時代[*1]が画した趨勢は、和歌においては益々甚《はなはだ》しくなるに至った。彼の恋愛歌には「星菫」「百合よ」「接吻よ」「握手よ」「黒髪よ」なぞの言葉の含まれていないものがなかった。

鳳晶子のものに至っては春本を繙く時の観があった。

鉄幹が「新詩社」を起した当時のことも、今から見れば、遠い昔のこととなった。「太刀」とか「熊」とか凄文句《すごもんく》を並べたてて、歌だの詩だのとさわぎまわった古い話は、今は忘れられて問題にする人間もいなくなった。

晶子はその当時の文学少女であったのだ。堺市に生れ、そこの女学校の学生であった頃から彼女は「明星」へ和歌の投書をしていた。さまでそんな熱烈な恋なんかしていないように傍目からは見られるにもかかわらず、彼女は春画もそこのけの恋歌を書いていた。しかし彼女の顔を未だ見たことのない青年投書家達は、思い合せたようにこの思い切った国風ダダイズムに面くらい、ひいてはその作者の顔を理想化して想像するようになった。はては、やいやいと言うようになった。

人間は誰でも俗物である限りのものは、周囲の事情によっては思いあがり、また自信をも得るものだ。大太鼓をたたきまわるほどならば、歌なんかつくらないで、柿本人麿の像をぶちこわし、政治ゴロと取組合いでもするがいい。この青二才奴《め》！　とは当時の硯友社派の人達の、新詩社の人達へ対する気持であったのだ。

新詩社派では又、陳套《ちんとう》を破れ、伝統を棄てよ、而《しか》して自我を吐露せよ、というのであった。そして自らを「前垂党」と呼んで、新体詩と和歌との新らしいムーヴメントを起した。

与謝野晶子、もと鳳晶子と呼んでいたが、彼女の結婚は満天下の青年子女を驚かした。初め彼女は水野葉舟《ようしゆう》と結婚するという噂が一般に知れわたっていたのにもかかわらず、またそう噂された結婚の前後彼女と共に新婚旅行に出かけようと意気込んでいた葉舟は失恋の憂き目を見るに至ったという、すばらしい人気の談が一時世間に喧《かまびす》しかった。

結婚後も彼女は読者諸氏の御存じの如く、短歌に小説に説論に、又は文明批評に十分その才能を用いることに努めたのである。就中、源氏物語を現代語に抄略した事実は、国文学史上特筆しなければならないことである。

彼女の子福者であることと、多作家であることとは、すでに有名なことであるが、彼女はまた夫君鉄幹を、代議士（京都市中立）とならしめようと、自らその選挙の参謀となり、京都におもむき上田敏をはじめ智識階級の間を説き廻った。で、開票の結果、鉄幹は三十票の点数で落選の部に入ったのである。衆議院議員夫人であることに失敗した彼女は、雑誌「太陽」の婦人論壇を受持ち、山田わか、平塚らいてう等の「新しき婦人[*2]」と共に論説を書き、又一方、大阪毎日新聞社客員、横浜貿易新報社客員、加うるに文化学院学監などの多くの肩書をもっている。

又最近、「明星」を発行して、その記者をもしている。

何ぞその肩書の多きことぞや！

＊1　明治三十年代、与謝野鉄幹や晶子を中心とした明星派の詩人は、天の星や地の菫に託して恋愛を詠う浪漫的な作品傾向から、「星菫派《せいきんは》」とも呼ばれた。
＊2　青鞜派のグループが打ち出した、近代的自我に目覚めた進歩的女性像。「新しい女」ともいい、流行語となった。

紙幣を焼いて、今は老詩人**河井酔茗**

（かわい・すいめい　一八七四‐一九六五）名は又平。明治七年五月七日、大阪府堺市北旅籠町に生る。つとに「文庫」詩人として名を知られる。早稲田大学に学びし事あり。「電報新聞」「女子文壇」等を経て現在に至る。詩集『無弦弓』『酔茗詩集』等の著あり。「婦人之友」編集部員。

「随分とてつもないような毛色の変った雑誌へも投稿した事があるようだが、大抵投書したものは載った。載る事は載ったが、いつの場合でも、どこでも詩の方がきまって優遇されるという事が、私を詩に向かわしめた一つの原因であった。言うまでもなく私の故郷では、投書をする者は私一人、文学雑誌をひねくりまわしているものも殆ど私一人で一族郷党からは異端視されていた。思い切った迫害も受けた。でもそのうちに一人の先覚者と仰ぐ人もなく、また一人の友人として語る者もなく、只投書をして、自分の文章や詩が載ったのを見ると、その雑誌が自分の世界であるかの如く深い感激を以って読まれた」

と、彼は「投稿昔ばなし」をしたことがある。「文庫」の前身と「少年文庫」に、弟の死を悼んだ詩を投稿して出たのが、雑誌に載せられた最初であるという。後に彼はその「文庫」の記者になったのであった。

彼は明治六年に和泉の堺に生れたというのだから、今年五十歳を一つ二つ越した老詩人であろう。明治二十三年はコレラの非常に流行した年で、まだ残暑の烈しい九月の初め、母親もその病気に伝染して二十五、六時間ほどの間に亡くなった。夫なき後は身体の弱い一人子の彼を極力愛していたが、卒然として亡くなったので、取り残された彼は失心した人のようになった。彼の少年時代は顚覆した。その絶望の底から解放された彼は、別人のように積極的に動き出した。家族といっても、後には頑固一点張の無知な祖母しか居なかったから、まずそれに対抗して家業の呉服商を捨て、文学に趨《はし》ろうと企てた。同じ年の秋の末に無断で家を出て京都に隠れた。学校に入って勉強するつもりだったが、親戚の者に見出されて無理矢理に家に連れ戻された。彼は何度家出を断行したか知れなかったが、そのつど、すぐと家からの迎えが来るのであった。二十歳に成らずして彼は結婚している。というよりも結婚させられたのであったが。と、今度も彼は、また子供のような妻を連れて家出をするのであった——若い彼の胸にはそれ程の文学の希望の血が燃えていたのであった。

その頃のことでもあろう。

「こりャ、全く、自分の家に金があるからいけないんだ、家に金さえなけりぁ、家業を継いで呉服店の帳場に座らなくてもいいのだ、え、え、金を焼いてしまえ！」

と、そう思って、紙幣の束を火鉢の中に投げ込んだこともあるという。後年詩壇に出てから、温藉《おんしゃ》の二字で言われた彼が、乱暴と言えば乱暴だが、それ程の情熱のあったことを思うと、おのずから微笑を禁じ得ないものがあるであろう。

上京、「文庫」の記者になってからも、祖母が迎えに来て、再三、堺の家へ引き戻され、親族会議の結果またまた家の中に監視されたこともあった。日清戦争当時のことである。
明治三十三年の二月、「家の遺業を廃し、東上の志を決す、二三両月に渉り親族知人の反対を説得すること、家の後始末に多忙」と、彼はその覚え書に書いている。小説家なら小説にもなったろう、詩人の彼は「野の歩み」で歌っている——

家の煩悶《もだへ》をさかり来て
覊絆《きづな》断たれしうれしさに
孤独《ひとり》行くなる淋しさも
野辺の歩みに忘れぬる。

「郷を辞する為には死を以て争った」とも言っている。多年の懸案であった文壇生活に入る願望がようやく熟したのであった。翌年の一月、第一詩集『無弦弓』を出版している。
日露戦争の当時「女子文壇」を編集したことも特筆してよかろう。山田邦子、生田花世を始め、水野仙子、神近市子、加藤朝鳥《あさとり》の夫人、加藤武雄の夫人、若山牧水の夫人、前田河広一郎《ひろいちろう》の夫人、原田実の夫人などはみな、その「女子文壇」に育てられたのであった。その後の、婦人の文学熱の高かったことも与っているのであろう。同人会のたびに、病軀を推して横瀬夜雨《やう》も、わざわざそのために常陸から上京して来たという程であった。

苦労知らずに乗り出した上司小剣

（かみつかさ・しょうけん　一八七四－一九四七）明治七年十二月、奈良市水門町に生る。長篇小説『木像』『東京（第一部第二部）』、短篇集『父の婚礼』『生存を拒絶する人』『お光壮吉』。

かつて徳田秋声が、上司小剣を評して「平生は消極的で小心で、内部には強い自我を持っている人」と言ったことがある。

彼が始め小説というものを書いたのは、確か明治四十二年か三年かの頃で、『神主』という短篇であった。彼は神主の子として生れたのである。彼はその短篇を、ひょっとした気まぐれから、春陽堂の「新小説」に送ったのである。当時「新小説」の編集主任は後藤宙外、文壇の一権威であった。その短篇は翌月の「新小説」の誌上に掲載された。『神主』は、彼自身の父親であっただろうか、酒好きの田舎神主の頽廃した生活を描いたもので、当時流行の自然主義に根ざしていたのであった。「新小説」の数百頁の中で、この短篇を除けば小説らしいものはないとまで言った批評家もあった。が、それは恐らく宙外の「新小説」そのものへの反感で、事実としてはたいしたものでもなかったのであろう。それ以後、彼は小説を書くと、必ずこの「新小説」に掲載されたのであった。宙外からすすめられた場合もあれば、また、彼の持ち込んだ場合もあった。大抵月の十日か十五日頃までに送れば、翌月の一日には必ず新聞広告となって現われていたという。文壇的に幸運な彼であった。

「私は全く自分の作物を発表する方法に就いて、気を揉むことはなかったので、その点では殆んど苦労知らずに文壇へ出たのでありまして、その後、いろいろな雑誌から寄稿の依頼を受けるようになるまで、私は一度も自分の書いたものを持ち廻って、掲載を頼んだことはない。今日のように新進作家の歓迎される時代ならば、何んでもないことですが、その頃にあっては、こんな事も身の仕合わせを語る一つの材料になるのであります」と、彼自ら語っている程である。

彼の、文壇的な処女作とも見られているものは『鱧《はも》の皮』である。

彼は永いこと「読売新聞」の文芸部にいた。一方では小説を書いていた。

「ただ新聞社に籍を置いているというだけで、直接新聞の実務には一つも当たりませんでしたから、いわゆる二重の生活をする必要はなくて、常住坐臥小説に没頭し、俗務のために思索や執筆を妨げらるることはありませんでしたし、また毎日必ず新聞の方へ出社しなければならぬということもなかったので、創作の忙しい時は三日でも四日でも宅の書斎に引籠っていましたし、そう忙しくない時には、朝から執筆に飽きた午後の二時頃に一寸《ちよつと》新聞社へ顔を出して、一時間もいろいろの人を相手に話をして、夕飯の頃までに帰って、夜はまた机に向うという、極々気楽勤めでありました」などと、のんきなことを言っている彼である。

近来の彼の愚作は、彼のこの苦労なき過去の生活に依るものであろう。

放浪の詩人、ヨネ・ノグチこと野口米次郎

（のぐち・よねじろう　一八七五―一九四七）欧米にてはヨネ・ノグチとして知らる。明治八年十二月八日、愛知県津島町に生る。慶應義塾に学んだ後渡米し、欧米に三十四、五年間生活、詩人ミラーに学ぶ。英文著書、十四、五種。日本語著書中『二重国籍者の詩』『野口米次郎詩論』等主なるもの。

野口米次郎は、ヨネ・ノグチの名において、日本よりは欧米にその名高き詩人である。米大陸に放浪して学僕の境遇に身を置いた一貧少年が、一躍して世界的大詩人（？）の名を謳わるるに至った迄の話は、頗《すこぶ》る浪漫的なものである。

彼が渡米したのは、十八歳の時であった、明治二十六年のことである。渡米の動機はただ一種の好奇心に過ぎなかった。「桑港《サンフランシスコ》新聞」という日刊新聞の配達ボーイになった、彼は当時のことを次のように語っている。

「生活は随分貧しかったが、私はそれにも直ぐ慣れて、結局時間が沢山あって読書に都合の好いのを喜ぶようになった。その頃は英語も単に語学書ばかりでなく、英文学の一端も頭で齧りこなすようになっていた。新聞社には頭数相当なベッドがなかったので、私のような新米のボーイは、大き

な机の上に沢山の新聞紙を敷いて、その上に転寝《ごろね》をせねばならなかった。枕には棚から百科全書を一冊抜いて来て、それを代用にした。私はその頃バイロンを崇拝していたから、百科全書の中にあるマコーレーの『バイロン論』を、急拵えのベッドの上で眠くなるまで読み耽った」

その後、スクール・ボーイをやって皿洗いもしたりした。が、或る人の世話で、或る大学の私立予備校へ通学出来る口が見つかった。彼は、その時のことを、また次のように語っている。

「その学校は月謝が高かったが、私は講堂の掃除や寄宿生の食事の時の給仕をして、月謝を免除された。で、この学校で初めてアービングの『スケッチブック』を読み、英京倫敦のウエストミンスター大伽藍などの描写を見て、是非英国へ渡りたいと思った。このスタンホードから得た深い大きな印象は、その後の私がハーバードや、英国のオクスフォード大学から受けたものより以上であった」

でありながら、彼は、その傍ら、一旅館の皿洗いに雇われた。なかなか苦しい労働であった。朝は三時半から起された。夜も十時前に寝たことはなかった。日清戦争の噂も彼は異郷の土地で聞いた。その後の或る日のことであった。それは四月の末であった。

彼は、高い山の頂辺に小さな小屋を建てて住まい、薔薇やカーネーションを愛しながら、一人暮らしている詩人ミラーの家を訪ねたのであった。

「私は、渡米以来二年と六ケ月の間、安らかなベッドもなくて疲れています。どうかこの山の頂辺の、花やアカシヤの木の生えているところで、一週間程寝かして下さい」と、彼は頼んだ。

「いいとも、君、いいとも、今夜からでも泊るがいい」と、この山上の詩人は、この若い日本人に言った。

そこで、彼が初めて文壇に出る途が開拓されたのであった。ミラーはトルストイによく似ていた。午前は読書、午後は園庭に立つのであった。彼もこの詩人にならって、朝のうちは一緒に読書し午後は午後で、また一緒に山へ行って木を伐ったり栗鼠《りす》を捕えて食ったり、鶉《うずら》を捕って夕飯の馳走にしたり、道路を修繕したりした。ミラーの家では蠟燭《ろうそく》もランプも点さなかった。ミラーはいつも鳥と共に起きて鳥と共に寝るという生活をしていたからであった。
十五、六篇の詩が出来た。彼は、それを桑港で発刊している「ラーク」という雑誌の編集者、バージスに会って、掲載する気はないかと言って見た。文典も何もない、ただ感じたままを書いたという彼の詩を、バージスは非常に面白がって、英詩五章を掲載することになった。バージスからは言辞を極めて称讃の手簡が来た。彼の胸は躍った。当時、彼は僅かに十九歳の青年であった。その翌日には「チャップ・ブック」も彼の『不思議な霧の春』という英詩を掲載して「野口氏の作を第一に米国文壇に紹介する愉快を、ラークに掠《うば》われてしまったのを悲しむ」と書いた。彼の名声は新奇を愛好する米国人の一つの噂となったのである。諸々方々の新聞記者が面会を求めに来たり、或いは写真を撮りに来たりした。そのために、彼は一時サーサリトに逃げた程であった。その留守に、桑港の新聞「クロニクル」の探訪記者が訪ねて来て、彼が机の上に置き忘れた例の文典のない英詩を盗んで帰った。わからないことはブラウニング以上だなどと、冷やかし半分に掲載したこともあった。
こうして、ヨネ・ノグチ、野口米次郎の名は、日本の文壇へも伝わって来たのであった。

シンボリズムと蒲原有明

（かんばら・ありあけ　一八七六－一九五二）名は隼雄。明治九年三月十五日、東京麹町区隼町に生る。殆ど独学。詩集『草わかば』『独絃哀歌』『有明詩集』等あり。

彼が詩人として知られたのは、第一期「明星」とか今の「新潮」の前身である「新声」に作品を発表しはじめてからである。その処女作『草わかば』が明治三十二、三年頃、「新声」に発表され、彼の名は新進詩人の列に加えられることが出来た。当時「新声」は四六判の小冊子ではあったが、新鮮味のある文学雑誌であったのである。

彼は純粋な江戸ッ子であるが、これといって別に、系統的な学問はしなかった。ただ、国民英学会に入って、英語をマスターした関係から英国の詩を耽読し、又英国の詩壇を通して、フランスの詩壇をも知ることが出来た。当時まだ文壇にも自然主義運動が起らない前から、彼は自然主義の研究をこころみ、すでにこの主義については一家の定見をもっていた。

彼は元来、学究的なところがあって、詩人としては惜しむべきところをもってはいるが、自然主義の研究の他、彼はわが国に初めて、シンボリズム（自然主義的シンボリズム）を輸入したのである。島崎藤村、岩野泡鳴等もこれにつれて、この新しいイズムの研究、詩作に耽ったが、彼はこの意味においては文壇に対して、エポック・メイキングな仕事をしたとも言われる。

だが、これは未だ彼の詩人としての仕事ではない、学究の徒としての仕事である、と彼の詩人としての才能を危ぶむ者があるならば、後年の『春鳥集』を彼の代表的作品として挙げよう。彼はこの詩集によって、彼の紹介したシンボリズムをわが国の文壇に十分咲かして見せてくれたのである。この詩集が、いかに当時の文壇に影響したことか！　これは日本における最初の代表的象徴詩集ということが出来る。

彼は常にこの態度の作風を変えず、詩作をつづけて来たが、欠点といえば彼は自ら昇天したところがあって、詩壇とは次第に離れて来るようになった。しかしそれには、彼の態度に学究的なところがあるのも一面の理由である。

詩壇を退いてからの後の彼は、専ら、日本語源研究、仏典研究に没頭し、ただ短歌をつくること位なもので、詩作からは一際遠ざかってしまった。で、以後彼の短歌が、どんな傾向方面に進んで行くかは興味あることであるかもしれないが、彼の目下の和歌に対する態度は、ほんの手すさびに過ぎない程のものであろう。

彼の人となりは真面目で、その風貌には、仏像的な静けさがある。感覚にも古典的な円満さがあって、温良それ自身である。だが、彼の笑い声は、彼の温良な風貌を裏切って、天下一品な高笑いで、蒲原の笑い声といえば有名なものである。

やっと妻をもらった**近松秋江**

（ちかまつ・しゅうこう　一八七六－一九四四）本名、徳田浩司。明治九年五月、岡山県和気郡藤野村に生る。早稲田大学英文科出身。『別れたる妻に送る手紙』『秘密』等の著あり。

彼は中学時代から漢学趣味をもち、また唯物思想に育まれていた関係から、福沢諭吉を崇拝し上京して慶應義塾に入学した。しかし間もなく退学して、早稲田文科に入学した。同じ級中には正宗白鳥がいた。

卒業後は島村抱月を助けて、「早稲田文学」の編集にしたがい、文壇無駄話と題して文芸批評、及び文明批評的の雑文――随筆様の文章を同誌に載せていた。

彼の批評文は、少なからず高山樗牛《ちよぎゆう》、綱島梁川《りようせん》の感化をうけたところがあって、時代的傾向を帯びていたが、すでに彼は評論家としての風格を具えていた。

文壇に対して彼が姿を初めて現わしめたのは、彼の出世作『別れたる妻に送る手紙』であった。この作は男の女に対する纏綿《てんめん》とした執着、情緒の世界を見せた彼独特の境地のものであった。これによって彼は小説家として名を現わすことが出来たが、その頃から彼は近松巣林子の心中物を非常に好むのはて、徳田秋江の名前を更《か》えて、近松秋江と自ら名乗った。

この時彼のこの境地にあって筆を執った作『舞鶴心中』が世に現われるに及んで、彼は文壇大家の列に加えられるに至った。この作は、京都格屋の息子と女中との情事を描いたもので、その濃艶な筆致は長田幹彦と並び称せられるに至った。

この心中物に味をしめたところの彼は、再び心中物『住吉心中』を書いた。しかしこの作は全然失敗の作として、全文壇の悪評を受けた。で、その頃彼は幹彦、〔吉井〕勇等と共に京都におもむいては酒席の宴を張り、遊蕩、耽溺の行蹟が多かったが、のみならず、この間の消息を材料として、創作の発表をして、或いは文学の邪道に彼の創作を陥れようとしていた。ここにおいて、赤門新進の批評家赤木桁平《こうへい》は、「遊蕩文学撲滅」を提唱し、彼等の酒席物語をば頭ごなしにやっつけたのである。

幹彦、勇等が創作壇の正流から遠ざかって行ったのも、この頃のことである。又彼が京都に去ったのもその後間もないことであるのだ。

彼は元来遅筆家であって、一日にせいぜい一枚か二枚位の出来で、加うるに京都に去ってからも女性、主として遊女に興味をもつことを決して中止しなかったので、彼の生活は次第に沈滞を来すようになった。彼の旧友白鳥も彼を批評して「秋江は相当の才人であるが、彼には根気が少い。根気さえあれば彼は私よりたくさんの小説を書いて来たであろう」と言っている如く、京都に在る間、しばらく文壇から遠ざかっていた。

宇野浩二はかつてその頃の彼の生活を『近松秋江論』の中に書いて、彼の貧しいことと、牛込赤城下の下宿屋長生館の室をそのままにして、京都大阪で女に綿々としている思い切りの悪さとを、冷笑したが、彼はそれに答えて、いくら貧乏しても薩摩上布位はいつでも持っているから御安心なさい、と皮肉を返した。そこに彼の意気地が見えているようだ。

彼は、今、中野に邸を構えて、先妻の去って以来四十幾歳の現在まで独身で通して来たが、今度新たに妻を迎えて、子供まで出来た。めでたいことである。

けるかも

島木赤彦

（しまき・あかひこ　一八七六－一九二六）本名久保田俊彦。明治九年十二月、長野県上諏訪町に生る。長野師範出身。歌集『馬鈴薯の花』『切火』の著及び童謡の作あり。

彼は長野尋常師範時代から詩と歌とに興味をもっていた。勿論校中きっての秀才であったのだ。その頃から「文庫」とか「青年文学」とかに作品を発表していた。彼の本名は塚原俊彦というのだが、塚原山百合という雅号で、歌人というよりも詩の人として知られていた。就中、長篇詩は彼の最も得意とするところであった。

早くから万葉集の研究に心を寄せ、橘千蔭を崇拝するのあまり、手紙文、原稿まで千蔭流の筆で巧妙に書いていた。彼がいかに万葉を崇拝し研究したかが、これをみてもわかるであろう。

その後彼は、久保田と姓を改めたが、この事実は彼が、家庭的に複雑した運命に置かれたことを、証明するものである。たしか、彼は養子であったようだ。この故か、彼の性格には一徹なところがあって、党派的気質、律守的、排他的なところがあるのが欠点といえば言い得る。又長所でもある。後年彼が起した「アララギ」派は、明らかに彼の、この欠点と長所とを多分に所有しているようである。

彼が歌壇の人として有名になったのは、「アララギ」一派を起してからである。彼は、伝通院の淑徳女学校に教鞭をとる傍ら、雑誌「アララギ」の発行と作歌とに努力して、盛んに万葉の復興を宣伝し、遂に、アララギ派と称う判然とした一つの作風を創り出したのである。しかし、いずれかといえば、彼の性格による故であろうが、彼は、ひたすら自分一派をたて過ぎる傾向があって、師弟関係を重んずる悪臭を発し過ぎている。「アララギ」一派以外をば見向きもしない歌人根性、けるかも気質がある。それは詩人らしく、又自信に充ちていて、傍目にも悪くは見えない点もあるが、思い上った独学者、村会議員輩の陥り易い欠点である。

「アララギ」派が今日の隆盛を見ながら、保守的であるのは、主に性格の反映であると言わなければならないであろう。

彼は郷里信州を愛する念が強く、月の半ばは東京に居て、半ばは信州に住むことにしている。酒を飲んで、酔えば面白い歌人ではあるが、又、自信に充ちた詩人らしく、自分のためにこそ歌に酔うところもある。彼は事実、信州に行っている間に、どんなことをしているか?「アララギ」派の宣伝と短冊を書くことである。村会議員とか青年団員の間をまわって、彼の短歌の宣伝に夢中になっている。けるかも根性は排斥すべきかな、である。

イプセン会の**中村吉蔵**

（なかむら・きちぞう　一八七七－一九四一）明治十年五月十五日、島根県鹿足《かのあし》郡津和野町に生る。早稲田大学英文科、哲学科卒業後、三十九年六月渡米、米国プリンストン、及びコロンビア大学修業。後、英仏独露等見学。四十二年十二月帰朝。脚本『新社会劇』『井伊大老の死』『大塩平八郎』及び翻訳『ブランド』『希臘悲劇六曲』等の著あり。

彼は早大哲学科の出身であって、性温厚な思想家的の人である。高須梅渓と親友、かつ熱心なクリスチャンであった。

かつて彼の青年時代、大阪朝日新聞社の五百円懸賞の小説募集に応じて『無花果《いちじく》』一篇見事に当選し、天下の子女の興味を引いたことがある。彼は、これを山陰のさる旅館で執筆した。中村春雨とはその頃の彼の号である。

欧州各国を見学して帰朝後は、彼は早稲田の講義をしばらくやっていたが、島村抱月が教職を棄てて芸術座を組織するや、彼も抱月を助けて、舞台監督助手となった。その後芸術座は抱月の死と共に、彼が当分監督をしていた。しかし間もなく芸術座は解散するの止むなきに至ったのである。

抱月在世中ではあったが、その以前の彼は劇作家として、坪内逍遙のひきいる文芸協会員となって新劇運動に従って来た。

その頃の新劇作者は主として、気分劇的或いは情緒劇的の作品を発表していた。その例としては秋田雨雀の『幻影と夜曲』、吉井勇の『午後三時』がある。しかるに吉蔵は、彼の性格の好みによって情緒的、瞑想的の静寂のみには即して居られず、社会劇に対しての努力をこころみ、思想観念を基として社会制度、階級制度への正しき批判をこころみ、当時から、イプセンの面影があるとさえ云われた。しかし彼の思想と、現実観察との間に一枚の障壁があったことは一つの欠点であった。又、芸術座時代の彼の作としては『剃刀』『ハット・ピン』等が有名であり、かつ女優松井須磨子の手によって、各劇場において上演された。いずれも一幕物ではあるが、作者は、従来の旧劇中に現われる殺人のシーンの、絵画的舞台上の効果をば、近代人の疲れたる情操を緊張せしめるべく心理的に舞台上に効果を現わした。抱月の死後は、自らイプセン会を組織し、早稲田出身の新進劇作家劇研究会の牛耳をとるに至った。一方『大塩平八郎』『銭屋五兵衛父子』『井伊大老の死』等続いて長篇戯曲を発表して、社会劇の第一人者と見なされて来た。就中、『井伊大老の死』はモデル問題のため、いちじるしく世間の物議を醸し、水戸市出身の人々からは少なからぬ反感をいだかれた。

イプセン会は、現在では、中村吉蔵をはじめ、藤井真澄、武藤直治等の新進作家を加え益々発展して来つつある。大正十一年十二月には牛込神楽坂演劇場において、同会主催のもとに表現派劇、『令嬢と犬』（藤井真澄作）、ハウプトマン作『ハンネレの昇天』及び彼の作（『地下室』）を上演し多大の好評を博した。同会は水谷竹紫、沢田正二郎、佐々木積《つもる》の援助のもとに、同人の研究、創作を実地に、舞台において発表することになったのである。幸い、真面目なる新劇研究運動の助長のため、イプセン会の発展を祈るものである。

歌をなめる**窪田空穂**

（くぼた・うつぼ　一八七七 - 一九六七）名は通治《つうじ》。明治十年六月、長野県東筑摩郡和田村に生る。早稲田大学文科卒業。歌集『鳥声集』『土を眺めて』『青水沫』等の著あり。早稲田大学講師。雑誌「国民文学」主筆。


郷里長野にいた頃から彼は、歌人太田水穂と相識っていた。

明治三十三年の秋上京し、九段坂下の知人の家に下宿して間もなく、その頃雑誌「明星」の絵を書いていた一条某〔成美〕の紹介によって、与謝野鉄幹と識るようになった。彼は郷里にいた頃から、小松原という名前で「明星」の投書家であったので、鉄幹に会ったことは、後に強い刺戟を与えたのである。その時三人は浅草に行き、舟で隅田川をのぼって、結城素明《そめい》の画室を訪ねて夜明けまで語りあかし、それより百花園の萩を見に行った。

鉄幹はそこで売っている萩筆を買って、四阿屋《あずまや》の中で和歌を書いたり、朗吟したりした。

その後も彼は、鉄幹の家で開かれる、新詩社例会に出席し、そこで落合直文に接し、又高須梅渓、水野葉舟、平塚篤、前田林外等とも相識るに至った。

しかし、彼は未だ早稲田大学文科学生であった。真面目にも学究的にも、英文学並びに大陸文学を研究し、また好んで国文の古典、歌書を耽読した。彼は創作にも筆を執りたい考えであったが、和歌は本質的に彼から取去ることが出来なかったことを、在学時代の彼の読書の傾向は語っている。同じクラスに若山牧水がいた。しかし彼と反対に牧水は怠けものであった。学校もよく欠席したし、たまに出席するにしても、その時は教室の一番後方に席をとって、芝居の大向うの気で悪友と共に喧《やかま》しくしていた。

吉江喬松《たかまつ》もまた彼の学友であった。喬松は彼の才気を愛し、彼は喬松の温情と瞑想的心境を愛した。

当時文壇には詩壇と共に動き流れて行く新派なるものと、在来のコンヴェンションを追う旧派なるものとの傾向があったが、新詩社の勃興及び金子薫園、尾上紫舟等の現われるに及んで、後者は次第に古きもの、棄つべきものとして、次第に勢いを失いつつあった。しかるに、明治四十二年頃に及んで、詩壇——即ち当時の新体詩壇に、官能の解放と呼ばれた一時代を画す現象起って以来、歌壇は文学及び文壇の大勢から遠くはなれていた。その頃の若き歌人の群は互に、その主義、歌調によって機関雑誌「創作」「詩歌」「自然」「ザンボア」等に各々立籠り、ムーヴメントを開始した。

その中に覇者と称するに足るものは、白秋、及び牧水の二人であった。

勇、〔土岐〕哀果、〔前田〕夕暮、啄木、並びに空穂は、歌壇の中堅として活動をはじめた。

空穂には『空穂歌集』があった。彼の初期の『まひる野』に集めた以後の作を集めたものであって、初期の燃え立つ如き熱情はここに次第にひそむかの観を呈し、又一方、人生に対する態度、観察の正確なるところのものがあった。

歌人松村英一は空穂の知友である。

空穂は後進の歌人のため、松村英一と計って「国民文学」を創刊した。この雑誌はかなりの年月続いて発行されたが、同人の分裂を是に及んで廃刊した。当時彼は国文学の学究的研究に興味をもち、枕草子註訳、万葉集講義は、その頃の研究の一端である。

彼は目下早稲田大学文学部に文学史及び万葉、新古今集等の講義をしているが、彼の歌を詠む調子は、詠むのではなく歌をなめているかのようなところのものが見える。子供が鉄砲玉を口に入れて、溶けて行くのをおしみながらなめているように、彼は一つ一つの歌を、おしみながらなめて行くように詠むのである。

フロベールをなつかしがる**正宗白鳥**

（まさむね・はくちょう　一八七九－一九六二）名は忠夫。明治十二年三月三日、岡山県和気郡穂浪村に生る。早稲田専門学校文科出身。読売新聞に七年間勤む。『二階の窓』『五月幟《さつきのぼり》』その他。

かつて岩野泡鳴がある文学会の席上で言ったことがある。「今の文壇で小説らしい小説を書くのは白鳥一人だ。俺も未だ駄目だ。これから書くつもりだ」。そして間もなく泡鳴は死んでしまった。一元描写論を宝刀のようにふりまわし、数多の作家批評家を大向うにまわしてなお余悠を見せていた程の岩野が言った言葉である。岩野は決して嘘の言えなかった人であるから、それを本音と見てさしつかえないようだ。岩野も白鳥だけには頭があがらないと始終言っていた。しかし、この事実を白鳥に告げたとするならば、彼は、そっぽを向いて嫌やな顔をするであろう。また強いて、どんな気持がしますか、と聞くならば、彼は逃げ出してしまうであろう。

彼は真夏の大磯の海岸を、四、五年前に買ったような帽子を平気で冠って、とぼとぼと歩いて行く。そして人が見ていようがいまいが、やりたくなれば立小便もする。傍若無人の無作法であるが、どこかその後姿には、淋しい影がしみじみと浮んで見える。とそれは或る人の実際彼を大磯で目撃した時の感想である。

彼は中学時代には熱心なクリスチャンであった。そして洗礼も受けた。中学を卒業すると、姉と共に大阪に出て、それから上京して早稲田大学（その当時の東京専門学校）の文科に入学して牛込横寺町の赤城神社境内の下宿に住んだ。

当時は文壇に未だ自然主義の潮流の起らない前であったので、硯友社は飛ぶ鳥も落すというすばらしいものであったが、彼は同じ町内に、尾崎徳太郎（紅葉山人）と書いた門札のあるのを見て、感激のあまり用事もないのに街を大急ぎで走ったということである。

早稲田に在学中、彼は才気ある学生として級友並びに教授連からもおそれられていた。当時の早稲田の文科生は、現在の学生とは異なって、官学出身の教授に対しては、結束して質問の攻撃を喰わせて、その教授を学校から追い払う稚気を得意として抱いていた。彼の級友近松秋江、納武津等もその稚気ある学生であったが、就中彼は教授いじめの天才であった。その頃新進評論家高山樗牛は早稲田の講師となって、彼等の級の英語講義を受持ったが、白鳥はこの若い講師に質問の矢を放ちつづけていじめた。樗牛は未だ大学を出て間もない頃であったので、講義の誤りのあるのは無理からぬことであったが、樗牛の例の気性から決して自分の誤りであることは言わない。そこを白鳥は、樗牛が教壇で泣き出すまでに、ひどくやっつけた。その後間もなく樗牛は病いを得て、興津に静養した。この若き講師も白鳥には舌を巻いたそうである。

又或る時、X教授が英文法の時間、定冠詞の用法を誤って、そこを白鳥が質したのに対して教授は、うまくごまかそうとした。白鳥は立ち上って、その誤りであることを指摘し、ついでに定冠詞の用法を十幾つも例を引いて説き立て、遂に教授をへこましたことがある。

その教授は今もなお早稲田大学に教鞭をとっているが、文法の時間に定冠詞のことになると、十幾つの用法を述べてきて、「この用法は正宗白鳥君から、随分前に教わったのです」とつけ加えて言うのを常としている。この老教授も往年の白鳥にはかなり手こずったと、教室で述懐することがある。

彼は在学時代から田山花袋、島崎藤村のもとに出入し、露西亜の作家の批評、作品の描写方法等の談をしきりにしていた。又極めてデカダンでもあって、官能本位の生活に耽溺もしていた。これ等の事実をもってすれば、後年彼は告白して、或る女に耽溺しその費い込みを充たすのに小説を書いたのであって、はじめから小説を書くつもりはなかったと言っているが、それはおそらく、彼のとぼけての言い方であろう。耽溺したことは事実として、花袋、藤村のもとに出入りしたのは、単に彼が芸術を愛好するのみではなく、彼も作家たらんとする意志があってからのことであろう。

小説を発表する前、卒業当時は彼は早稲田文科講義録の仕事をしながら、読売新聞演芸記者となって、六号雑記をも書いていた。主として抱月の紹介によって就職したものである。

彼の処女作は「新小説」に発表せられた。当時は、逍遙が紅葉に語っている如く、早稲田派には作家が少なくて困っていたので、彼の作は早稲田派の若き作家のものとして、早稲田派の総ての批評家に非常に珍重せられた。次いで彼は講義録の仕事も止し、読売新聞社も辞して、『泥人形』『毒』『二家族』『何処《どこ》へ』の名篇を続々と発表したのである。これ等の作に通じて描かれているものは、一種の頽廃的生活者の抱いているニヒリズムである。苦しい現実のまったただなかに呻吟する人間の、希望も光明もなく暮して行かなければならない生の悲歌である。恋、愛はおろか義務責任も顧みない無意味な人間をモデルとした主人公が描出されている。

傑作『何処へ』が発表された当時、島村抱月はこの作を当時の文壇中の第一の傑作と推賞した。つづいて『泥人形』『見て過ぎた女』『何処までも』『微光』『心中未遂』等現われるに及んで、彼の名声は年と共に高まり、文壇の第一人者と称せられるに至った。

その後文壇に自然主義亡び、或いは享楽主義、或はネオ・ロマンチシズム、伝統主義、人道主義、又近くはプロレタリア文学等目まぐるしく数多くの主義文学が興きつ亡びつして来た間も、彼は一貫して主義の変節をせず、彼の個性を深めて行くことにのみ努力し、他の多くの既成作家が文壇の新しい流れに押し去られて行くにもかかわらず、彼の文名はいや栄えてゆくのであった。

一時彼は文筆を棄て郷里岡山県の海岸に帰って、専ら土に親しむつもりであったが、遂にその希望は実現出来ず、再び上京して居を求めたが思わしい家も見つからず、今は大磯に住んでいるが、今に及んで彼はフロベールの心境をなつかしく思うと言っている。

おとなしい**吉江孤雁**

（よしえ・こがん　一八八〇－一九四〇）名は喬松。明治十三年九月、長野県筑摩郡塩尻村に生る。早稲田文学部出身。大正五年同大学より留学生として仏蘭西に赴き、同九年帰朝。論文集『仏蘭西印象記』その他翻訳あり。

早稲田大学仏文科教授吉江喬松といえば、鳥渡《ちよつと》、学究的な人を想像するであろうが、又事実、永い間のフランス滞在から帰って来てからは、どちらかといえば外国文学、特にフランス文学の学究論文或いは批評文の発表に専心しているようであるが、元来は、彼、詩人らしき風貌をもっている人である。しかも生れ故郷の信州、北の雪国らしい人の風貌ではなく、南国フランスの明るさを持つ詩人といったがよかろう。

もと、彼は孤雁と号し、水野葉舟なぞと散文詩に筆を染め、ロマンチック運動の先駆を、早くも自然主義の隆盛時代から画《くわ》だてていた。それより前、彼は早稲田大学の学生であった頃から、故国木田独歩と親交を結び、独歩の性格の長所を大いに学ぶところがあった。

独歩の経営していた画報社に勤めていた頃の彼は、勿論、現在の彼よりも若年であり、情熱もあって、その頃未だ淋しかった街である西大久保町あたりの夜路を、独歩と共に散歩しながら、芸術を談じ、人生を談じ、感激して二人とも涙を流していたという。後年に及んでも真摯で物のよくわかった人、という感じを誰にでも抱かせるところは、今は亡き独歩のそれの影響によったとも見られるようである。

早稲田大学を卒業後、しばらく彼は早稲田中学の教師をしていたが、えらばれて早稲田大学文学部講師となり、つづいて教授となり、今日に及んだのである。その間彼は、一方散文詩又は翻訳、批評の筆をとり、常に文壇の沈滞と堕落とを矯正すべく専ら努めて来た。

彼のロマンティシズムには、多分のミスチシズム〔神秘主義〕が加わっていて、明るくはあるが霧深き春日の草原を偲ばせる、いみじき静けさが漂うている。あたかもシャヴァンヌの絵に向かうの感がある。成程、彼はシャヴァンヌを好むこと、なおプラターヌ〔プラタナス〕の木影を好む以上のところのものがあるのだ。

フランスから帰朝後の彼は、健康を害し、常に薬餌に親しみがちである。まことに気の毒なことといわなければならぬ。しかし、最近新潮社から出るフランス近代文学の翻訳叢書の監修をし、又各雑誌に彼一流の、優しい筆致だが充実した、内に熱情をひそめた批評論文を盛んに載せつつある。願わくは、欲を言えば、彼、健康の恢復と共に、この沈滞し切った文壇に直言批判の斧を加えることを、切望して止まないものである。

三田派の家元 **永井荷風**

（ながい・かふう　一八七九‐一九五九）名は壮吉。明治十二年十二月、東京小石川に生る。東京外国語学校に学ぶ。欧米に遊ぶ事数ヶ年。『夢の女』『地獄の花』『あめりか物語』『ふらんす物語』『すみだ川』『新橋夜話』等の著あり。

一字につき三百円以下では小説を書かないと、「新小説」誌上に発表した荷風は、うるさい訪問客撃退のため、あんな宣言をしたのだと知れて、各新聞社の編集者達はやっと安心することが出来た。

彼は少年時代から草双紙の情趣を好み、早くも作家となる志願を立てたが、官吏である彼の父は、文学などは心ある人間のすることでないと反対して、彼を外交官にならしめようとした。父は「もしどうしても文学をやるつもりなら、福地桜痴《おうち》のような文学者になれ」と言っていた。

彼は二十歳前後の頃、劇作家たらんとして福地桜痴を訪ね、その紹介で某劇場の座付作者となったが、その後広津柳浪の門に出入した。当時柳浪は硯友社の客分で、かつ文壇の麒麟児《きりんじ》という評を得るほどの作家であったが、門人弟子をつくることを好まず、若い荷風に、「自分は弟子はつくらないが、気が向いた時に話しに来たまえ」と言ったので、彼はその後は自ら柳浪を師と定めて、その門に出入しはじめた。それは明治三十五年頃のことであったが、新聞小説として〔村上〕浪六、〔塚原〕渋柿園《じゅうしえん》、〔田口〕掬汀《きくてい》、〔菊池〕幽芳等の新聞小説の歓迎されると共に、文壇にもこれ等の道徳的趣味をもったいわゆる家庭小説、光明小説と世に称われる傾向の作品が流行しはじめた。徳冨蘆花の『思ひ出』もこの頃出たのである。

しかしそれに反して一方には小杉天外、小栗風葉によって唱導せられる写実主義が起って来た。これは明らかにゾラの経験主義的態度の模倣であったが、天外の『魔風恋風』、風葉の『青春』等が問題になるにつれて、写実主義は益々その極端に達し、すべてそのままを写すということが、彼等の目的の最後であった。即ちこの時、わが荷風もこの趨勢に立って、処女作『地獄の花』を発表した。不倫の恋愛を題材とし、本能満足主義を表わしたものであって、その態度はゾライズムを脱したところのものとは言えなかった。

彼は処女作を発表後、アメリカより欧州大陸に渡って、その間文壇には何等の交渉もなく、明治四十年『あめりか物語』をもたらして帰朝した。つづいて公にされた『歓楽』『監獄署の裏』は『あめりか物語』と同じく、在来のゾライズムとは立脚地を異にして、加うるに情緒的、耽美的、享楽的の傾向を示すに至っていた。

次に公にされた長篇『冷笑』(「朝日新聞」所載)は、彼の自序によればこの作の目的は、雑乱没趣味極まる東京生活に向って深刻なる批判を試み、時代苦と日本在来の国民性の美との研究表出であるという。享楽児である主人公が文人画的悟りの心境に入ろうとして、しかもアトモスフィアのため入ることが出来ないやるせなさを語ったところのものである。かくて彼の主人公は遂に江戸趣味において生活を見出すこととなって行くという。彼の少年時代に彼を育んだ草双紙の懐に帰って来たのである。

自然主義の文学が彼の少年時の幻を破った。彼は絶望した。しかし江戸趣味はその幻を補綴《ほてい》してくれた。彼は「草双紙の女の意気地、歌沢のやるせないリズムに、彼の倦怠の情を」慰めようと求めたのであった。

この江戸趣味に対する憧憬と追憶とは、数多の模倣者を生じた。就中、「三田文学」、「スバル」に現われた新進作家はそれであった。久保田万太郎の『浅草』、小山内薫の『大川端』等、三田派傾向と称せられる文学が起ったのである。いわゆる下町文学である。

帰朝当時の彼は相場に手を出したり、或いは三田の文科に教鞭をとって、すらりとした洋服姿で金冠のついたステッキを持って教室に出かけたものであったが、今は、訪問客に逢うことさえも忌み嫌い、哀傷的な追憶の筆を執りつつ彼の観照の世界におもむろにとけ込んでいる。主として「新小説」誌上に発表するは、この追憶の譜である。同誌編集者はこれを随筆欄に発表し、時々は誤植さえ見せている。

なお、彼の創作劇も彼の小説と殆んど同じ傾向を有したものであって、技巧の妙と構想の美しさとは当代随一であることは、言うもおろかなことである。

いつまでも二十八歳の**田中貢太郎**

（たなか・こうたろう　一八八〇‐一九四一）明治十三年三月二日、高知県長岡郡三里村仁井田に生る。高等小学中途退学。船大工、新聞記者等を経て、明治四十年上京。『奇話哀話』その他数篇の著あり。

彼はよく飲み、よく語り、よく笑う。大きな笑いである。しかし決して酒に乱れるようなことはない。もし給仕女が彼に年齢をきくと、二十八だと答えて、子供のように笑う。全く二十八の青年に見える。

一般に文壇人とか作家とかは、無理もないことではあるが、末梢神経をぴりぴり動かす。しかしわが貢太郎にあっては、風貌が大きい。悠々と盃を受けながら、

「俺は今度支那へ行ったら、仲秋の洞庭湖に舟をうかべて酒をのむ」

といった調子の大きさがある。

彼は土佐の海岸に生れた。沖に吠える鯨を眺め、太平洋の浪の音をききながら育った。高等小学を卒業すると造船家の叔父の家に仮寓し、三等大工の資格となって、帆船大工をやっていた。彼は

その間、主として漢学を学んだ。外史、史記、唐詩選は愛読書であった。しかし彼が何故舟大工を止して、月給五円の教員心得という肩書の先生になったか！　それには理由がある。大工というものは朝未明に起きて、夜はおそい。しかも夜になると他の若者と同じく村娘のところに通わなければならない。どうしたら眠くないように娘の家に通われるであろうか！　そこで彼は、病気と偽称して、右手に手拭を巻き、首につり下げて、村を歩いた。そして逢う人毎に自分の病気をふれまわって、眠くないようにして村娘を〔夜〕はいいに行くことが出来るようになった。その時村長平田某が彼に、小学校教員になることをすすめたのである。彼は教員となっても、袴を持っていなかった。検定試験の時には、高知市の宿屋の主人に借りて試験場に出かけた。そして、いい成績で合格した。

四年間教員をして、次に高知新聞記者となった。月給十円。だが酒のため借金重なり、五ヶ月分の月給を前借し、これも直ちに費《つか》いはたし動きがとれなくなった。

当時彼は短篇小説を新聞に発表していたが、志を決し上京して、同郷の友人の紹介により京橋山下町の人民新聞社に入社した。社では、彼は校正係をしていたが、ストライキに組して追放させられた。その頃幸田露伴門下の秀才と言われていた田村松魚《しょうぎょ》は彼を気の毒に思い、大町桂月に紹介状を書いてくれた。それ以来、桂月は彼に種々なる援助と教導とを惜しまなかった。彼もまたよく桂月の人格を敬し、二人の間には常に師弟の美しい愛が示され合って、今だに及んでいるのである。

彼は桂月の補助によって、東川楊舟の家に寄寓していたが、この時病いにかかり、帰国して再び小学校教員となった。明治三十七年の日露戦争当時のことである。彼は芳野川の川口、川口村の小学校教員を務めること四ヶ年、再び上京して桂月の玄関に住んだ。当時桂月は博文館を止して、大久保に家を持っていて閑散な身であったので、彼は師に連れられてよく飲み歩いた。そのことは当時の『桂月文集』にも現われていることであるが、彼はいささか得意でもあり、前途の心配を思われもした。

思想家田岡嶺雲《れいうん》、及び後年の社会主義の前身である自由党の幸徳秋水、奥宮健之《おくのみやけんし》は彼と同郷の先輩であるが、その頃の彼はそれ等先輩の家に出入した。それはちょうど大逆事件のおきる二年前のことであったので、しきりに主義者も出入していた。しかし彼は主義者と関係のあったわけではない。ただ就職口を依頼しに通ったのである。だが彼は田舎で書いた作品を唯一つだけ、神田の大学館に売りつけることが出来ただけであった。稿料十五円也。

やがて彼は桂月の紹介によって、湯島天神町の日高有倫堂書店の編集係となることが出来て、二、三ヶ月した頃、小山六之助（下関において李鴻章を撃った人）が出獄して書いた獄中記を、彼は小山書店主人に紹介した。しかし店主の約束違反のため彼は、編集係を止して、秋水の玄関に住むことに定めた。そしてそのことを桂月に相談した。この時桂月は彼が秋水の家に寄寓することには反対して、彼を桂月の家に寄寓させ、『鎌倉武士』のルビ付けの仕事を与えた。三十円の収入。――この時例の大逆事件が突発したのである。大陰謀事件の発覚である。長野県において、製材所の職工の一人が、爆裂弾を製造しているところを捕縛せられたのである。五月二十五日頃のことだ。同志の者は続々捕縛されはじめた。巨頭幸徳秋水は六月二日になって捕縛された。無政府主義者、逆徒として同志二十四人、死刑を宣告された。〔明治〕四十四年一月十八日のことである。その翌日、共犯者十二名だけに減刑があり、越えて二十四日には十二名は死刑になった。ついで嶺雲も日光において逝去。

この前後のいきさつに関係あった人々の追文を詳《つまび》らかに書いて、彼は馬場孤蝶の紹介によって、「中央公論」に発表した。この一篇は大杉栄の推賞したところのものであり、事実、種々な方面から見ても興味ある作品である。

爾来、彼は毎月の雑誌に、随筆、物語、創作、意のむくままに筆を執り、彼独特の境地を開拓し東洋的神秘の世界に、或いは文人画的趣味の強張《こわばり》に、行くところ可ならざるなき有様である。

容貌愚なるがごとき**高須芳次郎**

（たかす・よしじろう　一八八〇－一九四八）名は芳次郎〔初期の号は梅渓〕。明治十三年四月十三日、大阪市船場に生る。早稲田大学英文科出身。『平家の人々』『近松の人々』『近代文芸史論』『平安時代』等の著あり。

梅渓《ばいけい》という雅号は古臭いというので、彼は、芳次郎という本名をよぶことにして、その改名披露を先年公表した。芳次郎なんて、二枚目の役者を想わすような名前だが、彼は事実、口のべらぼうに大きな、そして額のはげ上った五十男である。一見、まぬけの如き顔つきをしている。おまけに酒も随分好きだし道楽もする。しかし罪なことは決してしない。この点が彼の容貌と共に特色である。

彼は大阪の桃谷に生れた。家庭は極めて貧しく、早くから孤児となって、親戚に引取られた。そのため、彼は少年時代から、独立独行の精神をもっていて、決して他人に頼るようなことはなく、今日まで全然独立独歩して来ている。真に文壇出世物語に加えられるべき人とは、おそらく彼のことであろう。

はじめ彼は「新声」の投書家として、名前を挙げた。それは明治三十年前後のことであったが、彼は、中村吉蔵、河井酔茗、西村真次などと共に、大阪を中心として「浪花青年文学会」を起し、その機関雑誌として「よしあし草」を出した。彼は、すべて大阪を中心としたものばかりを、この雑誌に発表していたのであった。

その後、早稲田の文科に入ったが、在学中から新潮社に関係して、自活しながら勉強していた。卒業後は新聞雑誌の記者を勤めていたが、彼は元来一種の覇気を抱いているため、勤め人としては相応しくないところがあって、どこの社でも長くは続かなかった。就中、彼は最近、愛児を失い、その間しばらく文筆を遠ざかっていたが、再び歴史的のものを書くようになった。しかし彼の書くものには、どことなくリファインされたところがない。

昔から彼は創作に手を染めたことは一度もなく、専ら評論ばかり書いて来たのである。或る時は日蓮をかついで宗教的色彩なもの、或る時は政治的な批評、或る時は歴史的評論と、彼の中心興味の動くにつれて、研究の題材、色彩をも動かして来た。しかし彼には、新しいイズムの盛衰につれて主義主張を変えるような、いわゆる、ジャーナリストの臭味は少しもない。彼の評論には、終始一貫して一味の反逆的精神が流れている。彼も、左傾派の一人であるのだ。

話はちがうが、かつて、彼は与謝野鉄幹から訴えられたことがある――『文壇照魔鏡』という秘密出版の、文壇の人々の悪口を書いた書物がどこからともなく出版された。[*1]四六判で百頁以上の二号活字のものである。定価は確か十二銭位。その中には殆んど全頁にわたって、鉄幹の悪口雑言、殺人、強姦の事件が書き立ててあった。そこで鉄幹は、これは梅渓が秘密に執筆したものとして訴えて出た。彼は事実、それに関係があったわけではなかった。それには困ってしまって非常に悄気《しょげ》返ったことがある。

　このことは文壇的事件としては、大事件であるといわなければならないから、ここに以上のことを言っておく次第である。詳しいことは、彼の自叙伝に書いてあるから、読者諸氏、もし彼の話に興味があるならば、その方も読み給え。

＊1　『文壇照魔鏡』は明治三十四年（一九〇一）三月、「発行・大日本廓清会　代表・田中重太郎」として出版。鉄幹は高須梅渓および「新声」発行人・中根駒十郎を告訴したが、証拠不十分として無罪判決が下された。

キャプリシアスな才人**小山内薫**

（おさない・かおる　一八八一‐一九二八）明治十四年七月二十六日、広島市に生る。東京帝国大学英文科卒業。大正元年欧州大陸諸国遊学、翌年帰朝。小説集『大川端』『江島生島』『盲目』等の外、劇に関する編著、翻訳が多い。

第一高等学校の校歌「ああ玉杯に花うけて云々」という歌は、小山内薫が一高在学時代に作ったものである。彼はその頃から劇方面の研究を専らやってみる考えで、森鷗外の門に出入していた。

今でも彼を知る者は言う。

「小山内は生れは広島であるが、才人であるところはいかにも都会的だ」

彼の才人であることは、自他共に許しているところのものが見える。彼はいつどこに居る時でも、第三者を常に置いて仕事をし又考えるタイプの男である。悪く申しあげればきざである。学生時代からこの傾向は明らかであったのだ。よし町あたりの待合で、フランス語の劇に関する書物を、ペーパー・ナイフで芸者に切らせたという話は衆人のよく知るところである。もしこんなことを普通の青年がしたとすれば、ジレッタントと言って人に嘲笑されるであろう。彼だから、聡明だから、衆人はジレッタントと言わない。才人だと言う。

早くも彼は在学時代から左団次と交友があって、実際に舞台芸術に関係し、すでに某劇場の舞台監督となっていた。同時に文芸同人雑誌、第一期「新思潮」を創刊し、創作或いは外国の劇文学の解説翻訳を発表した。

帝大を卒業した時には、最早彼は新しき劇評家、新しき劇作家として世にときめいていた。彼の態度は、在来の歌舞伎本位のものではなく、いわゆる新劇の研究的批評、新しき劇の創造というにあった。彼の論集である『演劇新潮』、並びに『演劇新声』は当時の劇作家及び批評家、好劇家にとっては、新劇を鑑賞する唯一の手引であったのである。

明治四十一年彼は左団次と共に、自由劇場という無形劇場を造り、同年十一月、有楽座において新しき劇の上演をした。出し物は、イプセン作『ジョン・ガブリエル・ボルクマン』（森鷗外訳による）。

出演俳優は、左団次、宗之助、筵若《えんじやく》（後に松蔦《しょうちょう》と改む）、舞台監督は、彼自ら。蓋《けだ》し、我が国においてイプセンが上演されたのは、これをもって嚆矢とする。

このことは、旧俳優の行きつまった芸術に、一つの光を投げ込んだこととも見られ、又新たな発達の気運を勃興させたこととも言い得る。何しろ刺戟的のことであった。

自由劇場はその後、益々盛大となって、明治四十二年五月には、
ヴェデキント作『出発前半時間』（鷗外訳）、鷗外作『生田川』、チェーホフ作『犬』（小山内薫訳）

舞台監督、小山内薫

これも多大の成功をして、同年十二月には、
ゴーリキー作『夜の宿』（小山内薫訳）、吉井勇作『夢介と僧と』
舞台監督、小山内薫
その後もこの劇場は、薫の指導、左団次の主演のもとに、新劇或いは翻訳劇の上演を主として、劇文学の進展上大いに尽すところがあった。その間、彼は陰に陽に左団次を助け、同優をして今日の聡明と実力とを得さしめたのである。
その後自由劇場の解散してからも、彼はなお左団次のために尽すところがあり、かつ劇作演出の理論及び実際研究に没頭していた。そのかたわら彼は小説家として早くも『大川端』の作において下町情緒の濃厚な作風を示し、自然主義のようやく行きつまった文壇に新ロマンチシズムの境地を開拓した。この作は久保田万太郎の『浅草』、谷崎潤一郎の『お艶殺し』、永井荷風の『すみだ川』と共に、江戸の名残りを見せる下町情緒文学の代表作である。就中『江島生島』は享楽趣味的な傾向さえ多分に現われ、当時の文壇の最も注目するところとなったものである。
最近、彼は京阪をしきりに往来し、映画芸術の製作と映写監督に没頭し、先年までは松竹の監督顧問であった。目下はプラトン社発行の婦人雑誌「女性」の編集顧問であり、かつ又各座各劇場の舞台監督をして、おそろしく多忙な身の上である。それに加うるに再び小説に筆を染め、一作を某雑誌に発表して、かなり文壇の物議を醸し、常人の真似ることの出来ない才人である。けれど、どちらかと言えば、気の多過ぎる才人である。

『赤い鳥』の先生**鈴木三重吉**

（すずき・みえきち　一八八二－一九三六）明治十五年九月二十九日、広島県広島市猿楽町に生る。東京帝大英文科卒業、故夏目漱石門下。翻訳『懺悔』、世界童話集『黄金鳥』以下十九冊、『古事記物語』『救護隊』等その他小説集の著あり。

彼の傑作『赤い鳥』の名をそのまま、雑誌「赤い鳥」の名としたところは、バルビュスの創作『クラルテ』をそのまま機関雑誌「クラルテ」としたのとよく似ている。だが「赤い鳥」という名前は彼がそれ程好む名前なのであろう。また、この雑誌は日本において初めての、芸術的童話雑誌であり、童話、童謡の普及雑誌である。のみならず、児童画、自由画と称《よ》ばれるところの幼年少年の絵画、カルカチュアの保護雑誌である。そして彼は、今は鈴木三重吉という神経質な創作家ではなく、三重吉先生という面白いおじさんである。

彼は広島に生れた。高等学校時代に広島瀬戸の小さな島に教員生活を送って、学校を怠けていたことがある。帝国大学を卒業すると、漱石門下の一人として、文壇にうって出た小説『千代紙』の題をそのままつけた短篇集『千代紙』は『鳥』『小猫』、『小鳥の巣』（長篇）等の彼の得意の作を入れているが、これ等の作が始めて文壇に現われると、当時の陰鬱な自然主義文壇は目をそばだてて、そのネオ・ロマンチシズムの美しさを嘆賞した。文壇からは彼の小説に対して、感応小説、夢幻小説という言葉が与えられたが、彼の空想的であるらしいところは、その実、写生文から彼が出しているのであって、現実味のないものではない。しかも、掌に乗せて賞《め》で可愛がるべき作品である。その理由をもって、彼の愛読者は三十前後のロマンチックな美しい女に限っている。電車の中で三重吉の小説集を持っているのは、たいてい、女としては最も女の美を発揮している年頃の女であって、それも、書籍の表紙にある夢二の、夢みる女の瞳と似通った美しさのある女に限っているようだ。彼女等はオペラバッグを持っていると同じ意味において、それを携えているのでもあろうが、三重吉を好む心の優しさが現われていて、傍目《はため》にも美しく見える。

だが、作に向う時の彼は非常に神経質で、筆でもペンでも決して新しいのは使わない。子供に戯《いたず》ら書きをさせて少し堅くなったところを使う。或る時宿屋へ筆を忘れて、はるばると又その筆をとりに行ったことがある。すると宿屋の主人は、新しい筆を出してくれたので、彼は非常に憤慨して、彼の使いならした古いのを持って帰ったこともある。

彼の作集は、漱石のものの次によく売れる。作者の生存中、全集を出したのは日本においては彼をもって最初とするであろう。即ち春陽堂から出版された『三重吉全集』がそれである。それを以て見ても、彼の作風は早くも完成の域に達していたことがわかるではないか。

しかし彼は全集出版後『八の馬鹿』という作品を最後として、創作の筆を断った。この作には、どこか童話的なところがあって、未明と同じく詩人らしい心境がほの見えている。なるほど、彼は早かれ晩《おそ》かれ童話に行くべき作家だったのであろう。

プロレタリア文学の先駆者**小川未明**

（おがわ・みめい　一八八二－一九六一）名は健作。明治十五年四月七日、新潟県中頸城郡高田市に生る。早稲田大学英文科卒業。短篇集『愁人』『物言はぬ顔』『赤き地平線』その他童話、感想集、短篇集等多くあり。

彼の郷里は「眠っているような北国の町」であった。彼は言ったことがある。「どんな人でも、自分の生れた故郷を忘れ得ぬ物である。世界を家とするようなコスモポリタンでも、又は諸国の景気を見てその方へと流れて行く流浪者でも、静かな時、沁々《しみじみ》として、その故郷を思わないものはないであろう。私が東京へ来て、文学へ志して小説を書いた時分には、多くはその故郷に対する思慕の情であった」と。そうして思慕の情で書き始めて、今日に至った彼の文壇生活二十年、常に清貧でありながら初一念、いつもいわゆる「新進作家」の気持で、紙に字を刻んでいるのであるという。

その昔、大学時代、日高未徹は同じクラスであった。勤勉篤学をもって鳴る未徹と、稚気磊落《ちきらいらく》をもって鳴る未明との対照、しかも妙を極め、その頃から、同じクラス仲間でも二人だけは目立っていたということである。

時に突然、未明は教壇にたって、

「僕は、諸君、小説家になるのであります、必ず小説家になるのであります、諸君、わかりましたか、僕は、きっと、小説家になってみせるのであります」

と、言っていたそうである。

果して彼は小説家になった。未明は、越後の国、糸魚川の河畔に神主の子として生れた。相馬御風《ふう》は同郷の人、しかも幼な友達である。御風が詩、短歌を作っているに対して、彼は白州と号して漢詩を作っていた。

後、東洋に遊学、坪内逍遙に師事して、創作を見て貰っていたりした。僅か二十三歳の時北国を背景にした処女作を、「新小説」に発表したが、余り問題にならなかった。爾来、一日に一作を書いた程の精進の念に燃えた精力家であった。当時島村抱月の自然主義の擡頭に対して、今もその作品に見るとおりの彼の、ネオ・ロマンチシズムは、半ば苦笑をもって文壇に迎えられたという。彼の立場は苦しい孤独であった。大学卒業後は、しばらく読売新聞社の文芸部にいたが間もなく退社してしまった。貧困も、彼の詩人的素質には勝てなかったのである。彼に文壇の位置を与えたのは『少年の笛』であった。世評囂然《ごうぜん》たるものがあったに対して、独り小宮豊隆は頭から彼を叩きつけたのである——文壇の常とは言え、叩かれた小川未明が世評老大家の位置にすすまんとする今日、叩いた小宮豊隆今何処《いずく》にかある、と、言いたくもなるであろう。

『白痴』『魯鈍な猫』の作は、彼を今日あらしめた出世作である。当時、彼の幼年の友、相馬御風は新進評論家であった。この友に励まされたこともまた多大と言わなくてはならない。

その頃、「文章世界」で、作家の人気投票をしたことがある。未明は、実にその第一位を占めていた。未明の全盛時代と言った人もある。時も時、さしもの自然主義も文壇からはようやく傾きかけていたのである。彼は、鈴木三重吉などとネオ・ロマンチシズムの上に立って、いわゆる少年文学を文学に勃興さした。今日、彼が、童話作家としての一人者であるの位置は、そこに基調を置いている。

しかし、彼の文壇への貢献は、というよりも社会への貢献は、この少年文学にあったのではない。彼の初期の作品を繰り返して見るがいい、プロレタリアという文字、ブルジョアという文字、乃至インテリゲンチィアという文字が随所に見えるであろう。彼の組織した「青鳥会」は、今日の階級文芸闘争のもとであった。この点は、いずれから言っても、特筆して当然のことであると思う。

一種異様な文名ある**生方敏郎**

（うぶかた・としろう　一八八二－一九六九）明治十五年八月、群馬県沼田に生まる。明治学院を経て早稲田大学英文科卒業。『人のアラ世間のアラ』『一円札と猫』『金持の犬と貧乏人の猫』その他数種の著あり。

彼は早稲田大学在学中から秀才のほまれ高く、教授坪内逍遙並びに島村抱月は、彼をこの上なく信任し、又愛した。

その頃のことである。

学校の近くの某飲食店の娘は彼に熱烈な恋をし、いつも彼が登校するのを硝子の穴からのぞいて見ていた。しかし彼は友人と一度か二度その店へ昼食をとりに来ただけのことで、彼女の存在さえ気づかなかったのである。後年彼女の告白しているところをきくに、彼女は彼の顔とか様子に恋をしたのではなく、物を食べながら友人に話している彼の、皮肉と痛快な諧謔を給仕しながら傍聞《かたえぎ》きして、思いを寄せるようになったのだそうだ。

そうして毎日彼女は彼が来るのを待った。しかし一年経っても二年経っても彼は、彼女の家へやって来なかった。彼女は彼の住所は勿論のこと、小さな目鏡をかけた彼《か》の小さな学生を、生方敏郎というのであることさえも知らなかった。

しかし、やっと幾年目かに丁度彼が学校を卒業する近くの頃、彼は友人と共にやって来た。娘は何か彼に話しかけるきっかけを待っていたが、彼はそんなことには気がつかないで、相変らず痛快な皮肉を友人に浴せているだけであった。やがて、彼が勘定を払って帰る時、彼は黄色の鉛筆を土間に落したのも気がつかず、もとより彼女にそういう心のあるものとは知らず、帰って行ってしまった。その後彼は間もなく卒業して、二度と彼《か》の家の前を通らなくなってしまった。

彼女は今四十幾歳である。そして鉛筆は長火鉢のひき出しにしまっている。又生方敏郎も明治十五年生れの、今は老年に近い文壇の批評家である。そして彼は未だに、その娘のことは知らないでいるのである。

その後娘は結婚して今は一家をもっているが、時々、「生方敏郎」のことを話すことがある。或る文学雑誌を見て、彼の写真によって彼が生方敏郎であると知ることが出来たのである。そして彼女は言う。

「あの人の奥さんは美人なんだっていいますね。しかし、あたしと奥さんのどっちが美人でしょう?」

その話によっても知られるように、彼は、今もって皮肉と諧謔の大親分である。大正の緑雨の評さえある。

だが彼は、そのはじめは批評家になろうとは思っていなかった。その頃の文科学生が誰しも希望していたように、創作家となる志望であった。しかし、彼の痛快なる諧謔と諷刺と、彼の才気とは、後で彼を創作家とならしめなかったのである。

雑誌編集者の求めに応じて彼は、批筆、随筆を盛んに書かされた。彼は創作集及び幾多の短篇を発表したことはあったが、それは何等問題とならなかった。創作は断念しなければならず、植竹書店から発行した『敏郎集』は問題とならず、（彼には美人の妻があったけれど）彼は不幸な数年を送るに至ったのである。

しかるに、恩師坪内逍遙の理解ある懇《ねんご》ろな推賞によって『人のアラ世間のアラ』発行以来、一躍学生時代の彼の才能と境遇との延長線上とも見らるべき地位に、彼は文壇的名声と共に立つことが出来たのである。

彼の批評及び観察の態度は、側面から文壇を、人世を批評し観察しているところのもので、彼の諷刺と皮肉とは総じてしいんらつ骨を刺すの鋭さがある。彼独特の境地といってよい。そしてこの態度は過去永い間彼の持ちつづけて来たものであると同時に、以後の態度もこの延長に他ならないのであろう。

彼の名声は、世間的に又文壇的に、或る局定された部分にのみ存在しているのであって、現在文壇の他の作家批評家に比して彼の名声は、あるべくして余りなさすぎるの観がある。彼の作品の通俗でないのもその一因であろうが、彼の世才に長けていないのが大なる原因であろう。

それにしても彼と、彼の文名とは、一種異様な諷刺的存在である。

情死した武郎の弟**里見弴**と**有島生馬**

（ありしま・いくま　一八八二－一九七四）本名壬生馬《みぶま》。明治十五年十一月横浜に生る。外国語学校卒業後ローマ、パリーの両美術学校に学ぶ。小説『南欧の日』及び『美術の秋』『回想のセザンヌ』等の著あり。

（さとみ・とん　一八八八－一九八三）本名山内英夫。明治二十一年七月横浜月岡町に生る。学習院高等科を経て、帝大英文科に学ぶ。小説集『善心悪心』『潮風』等その他多くの著あり。

里見弴の文壇への業績と罪業とは、人間社を組織して、不良、遊蕩の文士を多く作ったことにある。その人間社の組織はどうなっているとしても、その首脳は明らかに彼であった、ということは知らぬ者であっても、昨年〔一九二三〕人妻と情死した有島武郎の実弟であるということは誰もが知っているであろう。しかし彼がトルストイの末流、人道主義文芸の牙城であった雑誌「白樺」の最初の同人の一人と言えば、意外の感に衝《う》たれる者もあろう。彼は武者小路や志賀直哉などと共に「白樺」の新作家として、夏目漱石の推薦によって「朝日〔新聞〕」に小説を掲げて、文壇に名を知られたのである。里見弴というのは、山内英夫という青年が今から僅か十年前、「白樺」に小説を発表する場合の彼を呼ぶ仮の名前であった。それが今では押しも押されもせぬ文壇大家の名前になった。

彼は幼年の折から有島家を出て、山内家を襲うていた。彼自身の告白するところに依ると最初はほんのアマチュアとして小説を書いていたので、作家として世に立とうなどという野望はなかったが、養母が家の財産を知らせたので、初めて作家たらんとする覚悟を定めたとのことである。彼がブルジョアの坊ちゃんとしては、案外に世間のアヤを知り過ぎているのは女に苦労したお蔭である。世間で苦労と言えば女と金とより他はないと言ってよいが、彼はその金のほうに苦労しなかった代りに女のほうでは随分苦労した。彼の女性観は、他の「白樺」のような甘ったるいところはない。作家としての女性の描き方においても、何となくアクヌケがしている。それは彼のいわゆる「腹芸」なり「玄人芸」なりで裏書きされているのである。彼のこのアクヌケのした女性観は、彼をして万年文学青年式の女性観を持っている「白樺」の人々と異なる方面を執らせることになった。彼の『妻を買ふ経験』などが、その別れ路であるように思われる、が、彼は女のために苦労しただけに、女のために金を費《つか》った。彼の財産は「人間」と「女」のために傾いたという噂である。そのことは彼の最近の力作『多情仏心』に描かれている。とは言え、人間としての弴が女に倦きて仏門に入るにはまだすこし早過ぎるようにも思われる。情死した兄武郎の歳には、まだ余程間もあろう。

愛するから殺したくなる実感より生れた無題の小説――それが、彼の文壇に認められた直接の動機であった。その時のことを彼は次のように書いている。

「本当に純一だったと云ってもいい迄に日夜昂奮し続けて居た私と妻の昂奮の度合に、かなり隔《へだた》りが生じてきたために、胸を掻《か》き挘《むし》り度《た》いような、もだもだした癇癪《かんしゃく》の揚句、時には本当に叩き殺してやろうかと思う事があった。それは勿論憎みから殺すのではなく、深く愛するから殺したくなるのだった。若し私が殺して了ったとしたら、このシチュエーションに自分を置いて、前年のきっかけを役立てながら、五日程で書き上げたのが、あの題のつけない小説だった」

その前年の四月、彼は『晩《おそ》い初恋』を「中央公論」に載せている。主幹の滝田〔樗陰《ちょいん》〕とはまだ未見であった。その小説は大阪に居る頃、手紙で頼まれて、あちらで書きあげたものであった。その翌年の正月、滝田が例の手俥で、初めて彼の家に乗り着けた時には「私はかなり嬉しくもあり、得意でもあった。会うと二月号の小説の依頼だ、勿論私はいい加減光栄に感じている事を隠し切れないにこにこ顔で、引受たと思う」と、彼はその当時のことを思い出して言っている。

有島生馬は小説家よりも、まず画家である。武郎の弟であり、弴の兄である。

「有島君は南国に生れた熱血児を想わせる、君の生家は九州の方にあったかどうか、私もくわしいことは知らないが、すくなくとも君には熱烈で直情な南国の方の人の血が流れて居る。一生のうちの最もデリカな年頃を欧羅巴《ヨーロッパ》の方で送り、喜怒も愛憎もわれわれの国のように控え目にはして居ない欧羅巴人の間に月日を暮して来たということが、余計に君の気質を引出したようだ」

と島崎藤村は、生馬についてかつて語ったことがある。二科会員の彼が、随分思い切った批評を公にしたりしたのも、彼の熱烈なこの気質を示すものであろう。

親を怨む民衆詩人野口雨情

（のぐち・うじょう　一八八二－一九四五）名は英吉。明治十五年五月、茨城県磯原に生る。早稲田英文科出身。詩集『都会と田園』、民謡集『別後』、童謡集『十五夜お月さん』の著あり。

野口雨情は早大文科の出身である。人も知る民衆詩人である。

俺は河原の枯れすすき
同じお前も枯れすすき
どうせ二人はこの世では
花の咲かない枯れすすき

子供も唄う、女学生も唄う、労働者も唄う、売春婦も唄う、大学生も唄う――彼は確かに民衆詩人である。

「早大などで教育を受けたのが残念で堪《たま》らぬ」と彼は言う。

「早大はそんなに下らぬ教育をするのですか」と聞いて見ると、彼は言う。

「いや早大が下らぬのではない、大体俺は学校なんかで学んだことを後悔しているのだ。なまなか学校なんかで教育されたために、色んなことを知るようになり、そのために、純粋な心の世界が非常に狭められ、それに禍《わざわい》されて詩を作ろうとしても、俺のほんとうの心の叫びが挙げられない、生のままの俺を表現したくても、他からはいったものが、いつの間にかそれを生のものでないものにする。なんとかして俺は、他からはいった知識を俺の中から出そうとしているが、即々難しい。アルファベットさえも忘れようと努めているのだが、記憶力が執拗で容易に忘れない。新聞も一切読まない、本も一冊も持っていない、こうまでして俺は純真の俺に帰りたいと努めているのだが駄目だ、両親さえ怨めしくなる。両親が俺に金を掛けて教育さえしてくれなかったならば俺はどんなに今よりも多く、自由に、何の憚《はばか》るところもなく、心のままの詩を、心のままに発表することが出来るだろう！」

「ウム！」と聞く人は啞然としたという——民衆詩人、野口雨情、彼は心の髄までも三界無宿のヴァガボンドであった。

川上貞奴に片恋した**秋田雨雀**

（あきた・うじゃく　一八八三－一九六二）名は徳三。明治十六年一月三十日青森県南津軽に生る。早稲田英文科卒業。戯曲集『三つの魂』『国境の夜』、童話集『太陽と花園』その他多くの著作あり。

彼は八甲山脈と岩木山とで挟まれた津軽平原の、どちらかと言えば八甲田山に寄った方の小さな城下に生れた。彼の一族は南方から来た秋田という大きな士族であったということである。彼の生れて間もなく、父親が失明してしまった。彼が父親の膝に抱かれている時は、父親は全くの盲人であった。その父親は盲目になる前に町の儒者に就いて漢学や医学に関した本などを教わったので、失明後もその地方の失明者を集めて、本を読んで聞かしたり、また産科学や鍼按《しんあん》術などを研究して、それを教えたりしていた。そういうことをして相応な金をこしらえて、彼の勉学に不自由をさせまいとしたのである。彼の母親は土地の大きな豪家の二番目の娘であった。母親は大層迷信深い女で、七年の間、子供がなかったので、町外れの古い神明様に願をかけて彼を産んだのである。

明治四十年、早稲田の英文科を卒業している。同年、彼は『同性の恋』『駅路』『アイヌの煙』『尼の風呂』を発表している。戯曲に筆を染めたのはその翌々年である。『紀念会前夜』というのが、確かその処女作であった。

劇と秋田雨雀――に就いては、淋しいささやかな一つの挿話がある。学生時代の彼は、美少年として唱われていた。彼はその頃から、大学を出てからも、まだしばらくの間、当時の劇壇に華々しく活躍していた女優川上貞奴に、遣る瀬のない片恋の思いを寄せたのである。文字どおりに片恋であったらしい。が、文字どおり毎夜のように、舞台の上の貞奴を見に劇場へ通ったものであるという。観客の肩越しに、吐息をついたり、自分で自分の手を握り締めたり、涙をこぼしたりしているうちに、芝居というものが好きになり、いつの間にか劇作家となってしまったのである。

劇作入門、劇研究などと言って、この頃、しきりと講演などもしている彼であるが、

「劇作家になるのには、（僕のようにとは言わないとしても）女優に恋すること、それも片恋をすることが径路である」

と言わないのは、返す返すも彼の不正直であると言わなくてはならない。

トルストイに『アルベルト』という短篇がある。家のない貧しい、だが、天才的な若い音楽家が、毎夜きまったボックスへ、オペラを観に来た一人の女を恋した。女は貴族であった。その音楽家は、自分のとどきそうにもない秘めた恋を、夜な夜な、嘆いていた。眠る家を持たぬ彼は、毎夜、そのオペラがはねてから、そっと、その女の坐っていたボックスで眠った――というのは、この短篇の中の一つの挿話である。

書くために生れた志賀直哉

（しが・なおや　一八八三－一九七一）明治十六年二月二十日、宮城県石巻に生る。学習院卒業後、東京帝国大学文科に学んだが、途中退学。短篇集『夜の光』、長篇『暗夜行路』の著あり。

彼は学習院時代から、新しい文学、新しい思想に興味をもっていた。ルソーとかトルストイ等の著書を耽読したり、また家にあった浪六の小説等も読んだり、彼は生れながらにして文学に興味を、否、文学のために生れたのであった。当時学習院内には生徒間に外国文学研究、新しき自由思想――人道主義的な思想の研究が流行していた。長与善郎、有島生馬、里見弴、木下利玄、武者小路実篤等も当時から彼の友人であって、また、文学青年であったのだ。

当時「荒野」という同人回覧雑誌は、彼及びこれ等の文学青年の手によって創刊され、その頃の学習院内の文学的アトモスフィアの中心となっていた。で、学校当局、学監先生達は、殊のほかこの文学思想、自由思想を恐ろしいものとして取締まった。それとなく圧迫をしたり、時としては彼等を呼びつけて叱責したりした。しかし、自然の新しい萌芽の勢いは如何とも止み難く、彼等の純真な芸術的衝動、創造の熱情は燃え上って熄《や》まず、新しき文学の新しき芽は次第に成長し、葉を繁らし根を拡げ、彼等は文芸同人雑誌「白樺」を洛陽堂から出すことになった。

「白樺」は他の文学雑誌と異なって若き華冑《かちゅう》の新人の集まりであるという意味でもって、文壇的には侮蔑もされ、期待もされたのであったが、彼等はトルストイと人道主義をふり廻し、一方、セザンヌ、ゴッホ、ゴーガン、ロダン等の絵画の写真版をおしげなく挿入して、この雑誌の売れ行きのいいことは勿論、古雑誌としても価格を高くさした。

「白樺」に処女発表した彼の創作は『網走へ』という短篇であった。この作は発表当時は、たいして問題ともならなかったが、後年彼が文壇的地位を得てからの後、人々は口をそろえて賞讃するほどの傑作であった。国木田独歩の『運命』が発表当時問題とならず、後になって傑作という評判を得たのと、よく似ている。

だが夏目漱石は、早くも彼の才を認め、彼の他、武者小路、里見等を朝日新聞に紹介して、小説を発表さす便宜を与えた。

彼は人としては潔癖すぎてエゴイスチックなところもあり、悪魔的なところもあり、また青年時代は家を外にして遊蕩三昧に耽ったこともあったが、作家としては、芸術に対する良心が人並以上に強く、一言一句粗末にせず、書くよりも消す方が多いといった調子である。

「味わいがある」、「ユーモラスだ」、「短篇作家だ」、「実にうまい」とこの言葉以外には批評の言葉の出ない程、彼は短篇作家として他の作家に較べて遥かに高いところに立っているのである。彼の長篇『暗夜行路』の題材は、直ちに彼の生活そのままと見ては誤りのところもあるが、あの主人公の気持、生活態度、エピソード等は、そのまま彼の歩いて来た路の記録であると見て、また彼の出世物語と見てさしつかえないであろう。

彼の数多の作品のうち傑作と称せられるものは一つ一つ数えるにいとまないが、就中、『大津順吉』は発表された当時、殆んど空前絶後といっていい程の好評を得た作品であり、又事実傑作である。『和解』『留女《るめ》』『夜の光』等すべてエポック・メイキングな好評を得ないものはない。

彼の『ある一頁』によれば、京都は彼のさまで好む都会ではないのであるが、最近から彼は京都に住んでいる。また、武者小路は日向の「新しい村」に居り、有島武郎は死に、里見弴は人間派に加わり、外見上もとの「白樺」同人も離散してしまってはいるが、彼等は常に助言し合って、よき芸術の創造に専心になっている。

帰去来の今様良寛和尚 **相馬御風**

（そうま・ぎょふう　一八八三－一九五〇）名は昌治。明治十六年七月十日、新潟県西頸城郡糸魚川町に生る。明治三十九年早稲田大学文科卒業後、早稲田大学文学科講師たりしが、大正五年郷里に帰住して今日に及ぶ。『御風詩集』『大愚良寛』等の著あり。

帰去来の辞を発表して以来、文壇から去って遠く郷里糸魚川に隠退した彼。乞食和尚良寛、一茶の研究に没頭している彼。かつて批評壇の牛耳をとっていた頃、女美容術師の美人小口みち子と共鳴し合って、艶名を世間に流したことは、嘘のようである。

さて、彼は小川未明と郷里を同じくし、糸魚川中学でも同級生であった。その頃のこの中学の国語教師下村英は自ら中心となって、未明御風の二人と共に文学研究のささやかな会合をしていた。未明は漢詩をつくった。御風は新体詩、短歌をよくした。そしてこれを「明星」、「新声」、「文庫」等の諸雑誌に投書していたのである。

中学を卒業すると、彼は京都に行き第三高等学校に入学する準備の勉強をしていたが、見事に失敗して、歌ばかり書いた日記帳を唯一持って復《ふた》び田舎に帰った。試験に落第したこの文学青年は、毎日、東京に行きたいことと、佐佐木信綱や金子薫園に逢いたいこととを考え暮していた。
遂にその年の十月、一ヶ月の予定で、彼は東京に出ることが出来た。彼は本八丁堀の親戚の家に泊めて貰っていたが、東京見物よりは、歌友に逢って歌の話をすることのみ待ち焦《こが》れていた。ようやく牛込の汚い下宿屋に移って、東京の青年歌人という人達に逢って、感激のあまり涙をこぼした。そして最後に佐佐木信綱を仰ぎ見るの光栄にまで到着した。彼は半生のうち、その時位、純な心持を抱いたことはないと、自ら述懐している。信綱はこの時、無名の文学青年である御風のため「相馬御風君の越後に帰ると」と題して、美しい色紙に、

北海の岩根に伏してあめつちの
　まことの歌をさり得よ君

という歌を書いて彼に与えた。彼は感激のあまり言葉を出すことも出来ず、泣いてしまった。その光栄さえあるに、彼は信綱の紹介で、金子薫園の宅を訪問した。薫園は手ずから文学青年の彼のため栗をむいてやった。彼は感激して、それ以来というものしばらくは栗を貴いものと思っていたそうである。かつ、薫園も一首を彼に書き与えた。

駒ながら花を手向けて過ぎにけり
　関帝廟《かんていびょう》のあけがたの月

彼は又感激のあまり言葉を発することが出来なかった。

この彼の感激ある上京は、以後田舎に帰ってからも歌をつくるより以外に、何一つ価値ある仕事を認めさせない程の、強い感銘を与えた。翌年一月、再び家をとび出して京都に行った。

京都においては、彼は二、三の歌友と交遊し、新詩社の社友に加わった。その上に、当時新派歌人中の新派歌人と称せられていた与謝野鉄幹から新しく手紙をもらった。

「鶯に竹箒とりて庭掃くまでの長閑さと相成申候。京の山の藪づたい椿落つることしきりなるべくと存候、云々」

という文章であった。

彼は次第に京都などには居たたまらなくなって、再び上京した。当時鉄幹と晶子とは結婚した時は明治三十三年の頃であったのだ。

上京して早稲田大学の文科の課程をおえると、彼は片上天絃《かたがみてんげん》、近松秋江の後を嗣《つ》ぎ「早稲田文学」の編集にしたがい、主幹島村抱月を助けた。一方翻訳、文芸批評、近代文学研究を発表し、又小説に筆も執り、文壇を縦横に馳駆して、才気を示した。加うるにジャーナリストとしても、種々な画策を文壇にこころみ、当時の文芸批評壇の第一人者と称せられるに至った。

明治四十年、彼は人見東明、野口雨情、三木露風と共に早稲田詩社を起し、詩作の傍ら、詩評にも筆を執った。彼が「早稲田文学」誌上に説いた、詩歌の形論は当時の詩壇に対して、誠に金言であったのである。即ち、詩歌の形式は、人間の情緒さながらの形式、主観さながらの形式であるべきこと、詩調は自由なる情緒、主観さながらのリズムであるべきこと、行と連との制約を自由にし破壊すべきこと云々というものであって、主観そのものを詩歌の自然主義として現わそうとするのであった。

しかし彼の精神生活には一大転機が出来した。彼はトルストイの晩年の思想に共鳴するのあまり大正五年、『還元録』と題する一書を発表したのを最後として、これまでの地位、名声を棄ててしまって郷里に隠れ、現在では良寛、一茶等の研究文、或いは随筆ものを「中央公論」、「早稲田文学」に折々発表するのみである。

医者になりそぐれた歌人**前田夕暮**

（まえだ・ゆうぐれ　一八八三‐一九五一）名は洋三。明治十六年七月二十六日、神奈川県中郡大根村南矢口に生る。白日社を興し、明治四十四年、雑誌「詩歌」を創刊。大正七年、廃刊。歌集『収穫』『生くる日に』『深林』等の著あり。

彼は十八歳の時に上京して来た。医者に成ろうと思ったのであった。ところが彼は医者には成らずに歌人になってしまった。

上京すると、彼はすぐと病気した。郷愁病であったかも知れない。ちょっとした気まぐれから、日本文章学院に這入って、初めて文章を投稿して、高須梅渓のために認められて、雑誌「新声」に『月の白百合』を紹介された。これが彼の筆を執るようになった動機である。二十三歳の時に再び上京して、尾上紫舟の門に入った。

確か、その翌年の秋である。「白日社」を興して、時の「明星」に対抗しようとして、文壇の名家四十余家の寄稿賛助を乞うたが、うまくゆかなかった。彼はそれがために、腹が立つやら、恥しいやら、淋しいやらで、伊豆の大島へ逃げようとした。が、翌年の一月、彼は二十五歳であるに、辛うじて雑誌「向日葵《ひぐるま》」を発行した。若山牧水、正富汪洋、有本芳水《ほうすい》などが同人であった。大いに「明星」一派の歌風を批難したが、力足らず、二号で仆《たお》れてしまった。月刊歌集「哀楽」を一号、二号と出版して、彼が歌壇一部の注意を惹起したのもその頃であった。翌々年の春、「秀才文壇」に入って同志を後援した。また、その翌年、若山牧水などと雑誌「創作」を発行した。三月に第一歌集『収穫』を出版した。若山牧水と当時歌壇の比翼歌人と称せられて、歌人としての、彼の位置が文壇にきまったのである。

第二歌集は『陰影』であった。第三歌集は『生くる日に』であった。『歌話と評釈』を出版したり、福士幸次郎、萩原朔太郎、室生犀星、加藤朝鳥、川路柳虹、斎藤茂吉、尾山篤二郎を知って、彼も、彼等と共に、押しも押されもせぬ文壇の歌人となったのであった。

「芸術」に恋した**中村星湖**

〔なかむら・せいこ　一八八四－一九七四〕名は将為。明治十七年二月、山梨県南都留郡河口村に生る。早稲田大学英文科卒業。長篇小説『少年行』、短篇集『女のなか』『失はれた指環』等の外、『ボヴァリー夫人』等の訳あり。

彼は甲斐の国から上京して早稲田の文科に入った。それまで田舎にあっても、「中学世界」「文章世界」に盛んに投書していた文学青年であったが、文科の学生となっても他の学生の如くデカダン風の気分には少しも染まらず、真面目な学生として終始した。彼は自生活に恋を求めることに断念したか、芸術に恋を求めると称して、一途に読書にふけった。

卒業前の頃、早稲田文学は長谷川二葉亭〔四迷〕を選者として、創作の懸賞募集をした。彼はこれに応じて『少年行』の当選を見た。その時選者である二葉亭は彼の文才を激賞したということである。

卒業後、自然主義運動のため大いにつくすところがあって、又数多の作品を発表し、当時の白鳥、〔真山〕青果等と並び称せられるに至った。

彼の作風は堅実本位のものであるが、また彼の性格もその如く、すばらしく地味本位のものである。そのため彼は親しからぬ友人からは、誤解される傾向がある。「生麦村の聖人」と言われている一方、その謹厳と正直とに、むしろ反感を持つ者が数多ある。彼が『蛆虫』を発表して、一躍大家の列に加えられた頃の話であるが、彼の友人は彼を評して、「中村は未だ一度も妓楼に登ったことはあるまい」。誰もこれに反対するものはなかったという。

彼は御風、久雄と共に、抱月を助けて「早稲田文学」編集に従う傍ら、問題文芸の提唱、伝統主義の評論等、創作の外、評論壇にも活躍していたが、人道主義の運動が勃興して以来、彼の名は文壇から影をかくしてしまった。あまつさえ生麦村に居を定めているため、友人との交通も意の如くならず、彼は次第に孤独の世界に入って行きつつある。

しかし花袋の次を受けて「文章世界」の選者をしばらくやっていた関係上、いくらか余命を保ち得ることが出来ていた。現今では、彼は総ての雑誌社との関係を失い、名声は全く地におち、かつ創作の発表も、わずかに「早稲田文学」において見るだけのものである。しかも決して、よく批評された時は一度もない。

けれども彼はフロベールに共鳴し、その彼の翻訳は忠実本位のものであって、一部の人々には推奨されている。

「早稲田文学」の編集を本間久雄の手に渡して以来、彼は文壇外交的にも勢力を失った。

俳壇の選者となるまでの**荻原井泉水**

（おぎわら・せいせんすい　一八八四－一九七六）名は藤吉。明治十七年六月十六日、東京市芝区神明町に生る。明治四十一年東大文学科言語学科を出て、大学院に三年間在学後、雑誌「層雲」を創《はじ》めて新しき俳句を提唱し今日に至る。『俳句提唱』『俳壇十年』『生命の木』等の著あり。

荻原井泉水は今、俳壇の、押しも押されもせぬ投書の選者である。

彼がまだ小学校に通っていた時、或る日父親に伴われて浅草へ行った。仲見世で父親から買って貰ったのが『俳諧独習』という俳句の本であった。その後、何かの広告で見て、老鼠堂永機《ろうそどうえいき》という人の『俳諧自在』という本を自分で買った――彼の俳諧入門と見てもよかろう。「小国民」にも離れて「文庫」などという文学雑誌に投書するほどの年齢になった。新聞も父親にせがんで当時一番文芸的であった「読売」をとって貰った。この新聞には募集俳句があったので彼は小遣銭を盛《さかん》にハガキに代えるほどの熱心さであった。も一つ、「新小説」へもよく投書した。幸田露伴選の落葉という題で入賞したのを手始めに、度々図書切符を貰ったので、島崎藤村の『若葉集』や、『落梅集』などの叢書類は「春陽堂懸賞」などといった赤い印をぺたりと押してあるもので大抵揃えてしまったということである。

中学を出る時分に「ホトトギス」「俳声」「半面」などいう俳句雑誌を知るに従って購読もしたり投書もしていた。俳句の真の意味、従ってその難解であることを知ったのもその頃であった。子規の『俳諧大要』に教えられるところも多かった。芭蕉や蕪村の句集を始め選集類もよく読んだ。その句の意味を解するための評釈も渉りつくした。作法を書いたものも手当りに貪ったものであった。

第一高等学校に入ってからは、俳句の会に出ることも覚えた。句会に出るようになってからその道の友人も出来るし、句作の熱はますます高まって来た。その頃子規はまだ生きていたが、病気はかなり重くて、その上非常に気むずかしくなっているということなので、彼は、「日本新聞」の募集課題で、子規の選だけを受けていた。或る友達に勧められて、一緒に初めて日本派の句会に出たのは、子規が死んだ年のその暮の蕪村忌の会だった。鳴雪、虚子、碧梧桐という先輩を知ったのもその時であった。

高等学校時代に、彼は句会の幹事になった。その会へは、英国から帰朝したばかりの夏目漱石も来たという。漱石がまだ『猫』を書かない以前のことであった。彼の書棚には教科書よりも俳諧書の方が多く詰め込まれていた。机に向っても復習する時間より句作する時間の方がずっと多い位だった。まるで俳句のために学校に行っているようなものであった。

「俳句は五七五の型や、因襲的の感じの約束を離れなければ、本当の芸術として立つ事の出来ない事、又、その型を離れてこそ俳句として行くべき正しい道が見出されるという事に気が付いたのは、それから凡そ十年も後になっての事であった」と、彼は自分で嗟嘆している。

運、運、運ばかりの出世 片上伸

（かたがみ・のぶる　一八八四−一九二八）明治十七年二月、愛媛県越智《おち》郡波止浜《はしはま》村に生る。早稲田大学文科卒業。大正四年同大学留学生としてロシヤに趣き、大正七年末帰朝。論文集『生の要求と文学』『ロシアの現実』外、『死人の家』等の翻訳あり。〔天弦（天絃）は初期の号〕

早稲田文科の創設者は、何と言っても坪内逍遙大博士である。しかし当時、感化力のあった点では、むしろ大西操山の方が偉かったと言われている。破れ袴と言われた島村抱月は、青年美学者として、頑なな心の一学究であった。美学に関した卒業論文を、ランプが仆《たお》れたかどうかして焼いてしまった時、試験の前夜を徹して一気呵成に書き直して首席、学校時代から群鶏の一鶴を以って見られていた。その前年、第一回の首席は金子筑水、第三回の首席は、今に知っている人は少いが、早稲田きっての第一の秀才、余り偉大にして日本に居られず、米国に遊びエール大学の教授、東洋史を講じ、後に同大学から日本に逆洋行した朝河貫一、その次席が綱島梁川だった。梁川の墓碑を書いたのは五十嵐力である。早稲田の教壇に立って死んだラフカディオ・ハーン小泉八雲の墓に近く、梁川は雑司ケ谷の墓地に眠っている。永井一孝《ひでのり》は筑水と同期である。抱月の同期で一時抱月以上に声望があり、早稲田の人気を一身に背負って、一人文名を馳せたのは後藤宙外である。抱月、宙外の仲よろしからず、抱月、洋行から帰って「早稲田文学」に拠れば、宙外、また相対して、「新小説」に立籠もった。

早稲田専門学校に初めて文科の卒業生が出た明治二十七、八、九年が、多産時代であった如く、早稲田が大学部になって、いわゆる早稲田文学士なるものの輩出二、三年間がまたも輝いた多産時代であった。有象無象無慮雲霞、三十八年に、吉江孤雁、武田豊三郎、横山有策、小川未明、高須梅渓、三十九年に、関与三郎、片上伸、相馬御風、野尻抱影、楠山正雄、生方敏郎、水谷竹紫、四十年に、中村星湖、秋田雨雀、岡村千秋、池田大伍、四十一年に、北昤吉、土岐哀果、福永挽歌、仲田勝之助、原田譲二、加藤介春《かいしゅん》、若山牧水、安成貞雄、四十二年に、坪内士行、本間久雄、島村民蔵、三木露風、佐藤緑葉、仲木貞一《なかぎていいち》、加藤朝鳥——この第二の多産時代は島村抱月が文科の中心をなした時代である。

この第二多産時代の二大題目は、何と言っても相馬御風と片上伸とであった。御風は雑司ケ谷に根城を置いて早稲田文学社に勢いを得、片上伸は大久保に構えて早稲田大学の中堅を志した。

爾来二十年、この程、金子筑水のあとを継いで、早稲田大学文学部部長に出世した。逍遙博士、抱月、筑水、伸、と、代々の部長、惜しい哉、伸は一番の見劣りがする。彼の今日にあったのは八分は、その時、その時の彼の幸運、一分は彼の才、一分は彼の押しの強さであった。最近、彼の学生に人望のなきはむしろ同情に値する。というわけばかりでもあるまいが、文壇に野望を抱く学生は、皆、相継いで、伸の教壇をさりつつある。この好機に敢えて伸に反省を求むる所以《ゆえん》である。

彼は、明治十七年、愛媛県越智郡波止浜村に生る。松山中学に通学の頃、当時『坊ちゃん』の作者、故夏目漱石は同校の上級に教鞭を執っていた。漱石が直ぐ近所に下宿して、毎日大きな手拭をぶら下げて、松山市から半里余り離れた道後の温泉に出かけていたことを微かに記憶しているという。雑誌「少年文集」の投書家時代である。

〔片上は〕小学校に教鞭を執っていたこともある。蒲原有明の編集していた雑誌「新声」に、天弦と号して詩作を投稿していたのは彼の上京後である。学生時代、友人等から勉強家だと言われていたが、実は極めて不規則なる勉強で、試験前狼狽して友人のノートを写したことも度々であったという。

大正四年十月、大学より派遣せられて露西亜に遊学し、六年三月上旬、露西亜《ロシヤ》に革命が起った七年四月に帰朝している。露西亜に赴く前は、露西亜語学も殆んど知らなかった彼であったという。出世したものである。

なるほど貧乏ではあった宮地嘉六

（みやち・かろく　一八八四－一九五八）明治十七年六月十一日、佐賀市唐人町に生る。幼少より、仕立屋小僧、下駄屋小僧、機械職工、放浪生活等をなして今日に至る。早稲田大学文科に学びし事あり。『或る職工の手記』『群像』等の著あり。

彼は自分が経済的に貧乏であったことを、今までに幾度となく繰り返して言っている。（だが吾人は経済的にプロレタリアであることはどうでもいいことであって、生活意識がプロレタリアでなくてはならないという所説を抱いているものである。）なるほど彼は貧乏ではあった。

彼は呉市の造船所に職工として働いていた、と自ら言っているけれど、彼の往年をよく知っているものは、いや、彼はただ鳥渡《ちよつと》の間工場をのぞいてみて来たのであって、新聞記者になったりその他の文筆の仕事をしてみたりして、もともと文筆の人となる希望があったらしい、という。で、彼は上京すると処々を流れ廻って生活のため職を求めてみたが、決して生計は豊かではなく、大正二年三十一日の夜、蚊帳に体を包んで人の家の板の間に寝たということもあった。彼の肉体をもってして、生計に困るような労働賃銀は、今日の不合理な社会にもある筈はないが、ここを見ても彼は明らかに文筆の仕事に望みを置いていたと言い得るようだ。だが、そのことは決して今日の彼の芸術から光輝を奪うことではない。ただ彼が如何に難しくとも芸術を棄てなかったという、強い心を汲んでいるのである。

その頃から彼は故岩野泡鳴の月評会に出席していた。この会は泡鳴の死んだ前月まで続いた創作月評会であって、会員としては、石丸梧平、羽太鋭治《はぶとえいじ》、加藤朝鳥、大泉黒石、倉田潮、山本勇夫、江部鴨村《えべおうそん》、光成信男等の、どちらかといえばこの当時は未だ三流作家であった人達が集っていた。彼は時々作品を書いて、それを朗読して、会員の批評を受けてよろこんでいた。だが或る時、泡鳴が彼の作品の欠点を批難したことがあってからは、二人の間に深い溝が出来て以来彼は二度と泡鳴を訪問しなくなったのである。

それより前、泡鳴の友人中根某は、彼の貧困であるに同情して、「日本及日本人」誌上に彼の創作一篇を載せてやった。だが、たまたまその頃社会主義的傾向の人達から提唱せられたところの、プロレタリア芸術の前身とも見られる労働者を題材とする一種の人道派芸術、その立場にある人々によって彼の作品は認められることが出来た。で、文壇の人というよりも、社会主義的傾向の人々の推奨を得て次第に文壇の中心に出てくるようになったのである。

彼には別にこれといって傑作と謳われている作品はないようだが、次第に技巧の円熟と共に大雑誌に発表し、今や彼はプロレタリア芸術の先駆者、労働小説の元老として、自らゆるしているようである。

「空に真赤な」小唄の**北原白秋**

（きたはら・はくしゅう　一八八五－一九四二）名は隆吉。明治十八年一月、福岡県山門《やまと》郡に生る。早稲田大学英文科中途退学。詩集『白秋詩集（二巻）』『白秋小唄集』、歌集『桐の花』『雲母集』『雀の卵』、散文集『白秋小品』『雀の生活』、童謡集『トンボの眼玉』その他数多の著書あり。

後年、木菟《みみずく》の家に棲んだ北原白秋は、造られた詩人ではなくて、生れながらの詩人である。

彼は、明治十八年、筑後の国山門郡沖ノ端村に生れた。家は九州一の古い海産物の問屋で、祖父の代からは、傍ら酒の醸造を始め、父の代には酒の方計りをやっていた。母は肥後南関の石井という豪族の娘であった。彼の家には使用人を合せると百数十人の家族がいた——と、言っただけでも、彼の生い立ちは、今世に稀《めず》らしい伝説である。

蜜柑の味が酸かったので、厭世観を起して自殺しようとした彼であった。初めて汽車を見て、驚きの余り、これを崇拝した彼であった。八歳の時、既に、『竹取物語』や『平治物語』を読んだ彼であった。翌年、日清戦争が始まった。十六歳の時、島崎藤村の『若菜集』を読み、また、雑誌「明星」を読んで始めて新派の和歌を知った彼であった。その翌年の冬、友達と一緒に文学会を組織して「烽火」という廻覧雑誌を発行して、詩歌に没頭した彼であった。家産もようやく傾きかけていた。父は、もとより文学書の繙読《はんどく》を厳禁したので、本を砂の中に隠して置いて読んだり、わざと狂人の真似をしたりなどした彼であった。それがためか、一時は激しい神経衰弱になって、学校を休学し、阿蘇山の麓《ふもと》の栃木温泉に一冬を過し、その頃から、彼は、将来、詩人になろうと決心した。

「文庫」の投書家であった。殊に『林下の黙想』の長詩は、後進を誘導するに篤かった、河井酔茗の激賞を得た。日露戦争の当時である。四月、上京。早稲田の英文科予科に入学、若山牧水を知り、「文庫」の関係で長田秀雄と相知った。

二十一歳の時、「早稲田学報」の懸賞に応じて『全都覚醒賦』の長篇詩を投書して、首賞に当選した。続いて長篇詩『春海夢路』『絵草紙店』などを発表して、新進詩人「韻文界の鏡花」と言われたという。横瀬夜雨、溝口白羊などと共に「文庫」派詩人の中堅とも言われていたという。翌年、与謝野寛に勧められて、新詩社に入社して、『思ひ出』の詩、十数篇を「明星」で紹介された。

二十四歳の時、「新思潮」に、泣菫、有明と並んで、象徴詩『謀反』を発表し、また「中央公論」にも詩作を発表した。その翌年、石井柏亭、山本鼎《かなえ》、高村光太郎、荻原守衛、木下杢太郎、吉井勇、長田秀雄と一緒に「パンの会」を起した。半自費で『邪宗門』を出版したのもこの頃である。

明治四十五年は、「パンの会」の全盛期であった。友達は皆彼の家に集って、創作したり、酒を飲んだりして、狂熱的に唄った。

空に真赤な雲のいろ。
玻璃《はり》に真赤な酒の色。
なんでこの身が悲しかろ。
空に真赤な雲のいろ。

今に見ろと言った**武者小路実篤**

（むしゃのこうじ・さねあつ　一八八五－一九七六）時に無車の号を用う。子爵武者小路公共《きんとも》の弟。明治十八年五月、東京麹町に生る。学習院を卒《お》え、東京帝国大学文科（哲学）に一年間在学。『世間知らず』『小さき世界』『後より来る者に』『向日葵』『生きんとする者』『童話劇三篇』『その妹』『新しき村の生活』その他多くの小説戯曲詩思想の著がある。大正七年「新しき村」の建設に志し同志と共に日向国に赴いた。

「今に見ろ！」

「今に、そうだ、今に見ていろ！」

と言って文壇へ擡頭したのが、武者小路実篤である。雑誌「白樺」が、今日までにわが文壇へ送り出した作家の一人である。第一巻第一号の生れたのは、今から十二、三年以前のことである。当時文壇は自然主義跳梁の後を享け、あらゆる方面に新機運の動きつつある時代であって、雑誌「三田文学」の活動、雑誌「スバル」の活動は、暗にその新機運を代表するの概があった。この時に当って、文壇の一隅に呱々《ここ》の声を掲げたのは、言うまでもなく雑誌「白樺」である。この意味において、雑誌「白樺」も、また、当時における新機運の産物と見るのを至当とするであろう。しかもこの新機運を享けて、白樺派の諸作家が、一種の人道主義的傾向を辿ったことは、かなり興味に値する事実である。自然主義文学の余焔未だ鎮まらざるに「三田文学」の一派を以って代表すべき享楽主義文学が、ようやく文壇の中心勢力たらんとする形勢を示していた当時の文壇である。「白樺」の第一巻第一号の巻頭において、彼が夏目漱石の小説『それから』を推賞していることは、暗にその間の消息を物語るものであろう。爾後、今日に至る「白樺」の歴史は確かに堅忍と操守との歴史である。殊に、一般文壇の無関心と雑誌経営の困難との間に在って、よく今日のごとき成果を齎《もたら》し来った点に至っては、恐らく一種の驚異であろう。しかもその間において、同誌はなお美術的方面における近代芸術の紹介と、極めて偉大なる功業を遂げている。

広津和郎は彼と文壇的莫逆の友である。和郎はかつて言ったことがある――武者小路氏の自己批評は「正義」とか「人道」とかまで行くと立ち止ってしまっている。氏の懐疑は「正義」まで、「人道」までの懐疑である。「正義」とか「人道」とかを彼は解剖すべからざるものの如くに信仰している。「トルストイや、ロダンや、ストリンドベルヒの事を考えると自分は頭が下る気がする。けれども日本の文壇の奴等の事を考えると、自信がつく」と云う様な、始終自己批評の尺度に他人を持って来る事を私は氏のために惜む――だが、このことは、今日の彼にも多分にあるようである。だからこそ、彼は文壇を前にして「今に見ろ！」とも言えたのであろう。

見るともなしに見ていたら、最近、武者小路実篤と新しき村に、「或る男」[*1]が現われて来たのである。三角関係を超した四角関係とも言うべき恋愛事件が起ったのである。妻[*2]は若き青年と同棲し、彼は彼で新しき恋人[*3]を得て既に子を生ましめ、しかもこの四人が、同じ村に同じところに住んでいるという。これも彼の謂う「今に見ろ！」であろう。

「今に見ろ！」と言う。また、どんなことかが起って来るだろう。

＊1　杉山正雄。「新しき村」会員。一九三二年、実篤の養子となり、武者小路実篤房子と結婚。

＊2　房子。一九一三年、実篤と結婚。一九二二年、離婚し、正雄と再婚。実篤が一九二五年に村を去ってのち、正雄とともに生涯「新しき村」存続に尽力。

＊3　飯河安子。一九二一年、「新しき村」入村。一九二二年、実篤と結婚。

父に背いた兄弟**長田秀雄**と**幹彦**

（ながた・ひでお　一八八五 - 一九四九）明治十八年五月十三日、東京市麹町区富士見町に生る。中学卒業後、明治大学文科、関西大学等に遊ぶ。戯曲集『歓楽の鬼』『琴平丸』『放火』『飢渇』、小説集『午前二時』『明けがた』等の著あり。

（ながた・みきひこ　一八八七 - 一九六四）秀雄の弟、明治二十年三月一日、東京市麹町に生る。東京高師附属中学卒業、早稲田大学英文学科出身。長短の小説の作頗る多し。『澪』『零落』『尼僧』『自殺者の手記』『雪の夜がたり』『舞扇』『紅夢集』『小鳶』『薄明の花』『絵日傘』『露草』『情火』『埋木』『虚栄』『港の唄』『ゆく春』『残る花』『続金色夜叉』『不知火』『嵐の曲』『白鳥の歌』『闇と光』『青春の夢』『野に咲く花』の主なる作の外、幹彦全集の四巻まで発行されおれり。

第二の多産時代と言われた頃の早稲田の文科に席を置きながらも、卒業しなかったがために、早稲田の交友名簿にも載らない男がある。例えば北原白秋の如き、例えば相馬泰三の如きである。長田幹彦もまたこの仲間であるが、もっとも彼は何度か落第して、ずっと後になって早稲田を出たことは出た。当時の幹彦は兵式体操が出来なくて有名であった。彼は右向け！　と言われて左に向くことがよくあったという。幹彦はキザ中のキザ、鏝《こて》で髪をひねらせて、大いに気取ったものだったが、このハイカラが後にああまでさばけて、「ヘイ、私は通俗芸術的小説家で」と言える人になろうとは誰しも思わなかった。昔、文壇に鳴った彼が、今、新聞連載小説だけに、その名をさらしているというのは、多少の感慨のないこともなかろう。

幹彦が、まだその雄姿を文壇に現わさなかった頃、旅役者の群などに交って、北の方に漂泊していた頃、その厳父に宛てて書いた手簡がある。漂浪の幹彦、その旅に彼が収穫して来たもの、彼の文壇出世である。

「謹啓、その後は忙しき旅路の習いとて、心ならずも御無音にのみ打過ぎ、まことに申訳も御座なく候……今日は青森の停車場にて久々にて東京の新聞を披見致し、そぞろに都の空なつかしく覚え申候。最早二箇月の余も拝眉不仕《つかまらず》、駅路の雨につけ風につけ、孤独の旅の侘びしさ胸に迫り、云い甲斐もなく涙のさしぐまる昨日今日とは相成申候。扨《さ》て先便を以て御願い申上置候金子遂に到着不仕最早度々のことにて御座候間、御恵み被下《くださ》るまじく疾くより断念は致し居り候得共、目下の窮状に心弱くも仇なる望みを繋ぎ、又た一応の御願いを申上げたる次第に御座候。児も一旦は心弱きことを申上げ、父上様には御不快の念を与え、そのまま旅に出で候得共遠く都を離れ、流離の旅にある現在の身を思えばさすがに行末のことども、心細く、意気地なきものよとの御嘲りも甘んじて受けねばならぬ身の程悲しく覚えられ申候。……只今連絡船田村丸の三等室にてほの暗き電灯の光に照されながら此の文相認《したた》め居候。我れながらみすぼらしきこの姿、旅路の露霜に晒らされ、襟垢に塗《まみ》れたる衣類唯一枚。これも我れから落ちゆく運命の果敢《はか》なさを思い知らすように覚られ候。所詮一処に安住の出来ざる児にて御座候えば、末は如何様の死態を致すやらそれも相分らず、何共不孝の児と御諦め被下度奉願上候。舷を打つ波浪の怒号、津軽海峡の夜は暗澹と更けて、何処も知れぬ遥かなる沖合に唯一点灯台の火光明滅致し居候。そは児の何ものかに向って進みゆかんとする希望の光にも譬うべく、悲しさは胸にあまり候得共、仍《な》おかつ若き血の胸に波打つを覚え申候。遊惰にして為すなき不肖の児と御さげすみは有之候得共、他日は必ず何事か成就いたし今日の御さげすみに報う可《べ》く、北海の波上に揺られながらそのことのみは堅く心に誓い申候。かくして流浪致すうちには必ず児が生命の火の燃え立つ時も可参《まいるべく》、何卒このうえとも御配慮なきようくれぐれも奉祈上候。この船が函館の埠頭に投錨いたすと同時に、児が嚢中は僅か数個の銅銭をあますのみと相成る可く、かかる痛苦も一生に一度は味わわねばならぬことと存じ候。今夜薄着の肌にしみ渡る舷の鉄板の冷たさは一生胆に銘じて忘れざる可く候……敬具」

一読、微笑を禁じ得ざるものがあろう。

兄の秀雄はどうであったか。彼は十七、八の頃、目白台にある独逸協会という中学校に通っていた。協会に拘留室というものがあった。何か教師の意にそむいたことをした場合には、毎日退課後一時間或は二時間ずつ、その拘留室へ入れられるのが生徒に対する罰則であった。彼も度々その拘留室の御厄介になったのである。決して善良な生徒ではなかった。

中学を出ると、一高の入学試験を受けたが、失敗したので、大阪の医学校へ入ったが、医者になる気がなかったから、すぐよしてしまった。彼はその頃詩を作って、「新詩社」に入って「明星」に詩作を発表していた。時代から言っても、まだ文学で自活の出来るという見込みのつかない時であった。だから当然家庭でも、彼のことは常に問題となっていたのである。しかし弟の幹彦の方は次男であっただけに、そうも言われなかったらしいのである。

兄弟は医師の家に生れたのだ。

彼等の祖父は熊本の田舎で庄屋をしていた。国学が好きで、歌なぞも詠んでいたし、歴史に興味を持っていた。そして自分だけの著作をも遺している人である。この点から見て、この兄弟には、確かに祖父の遺伝のあったことを思わすだろう。

歌人の夫妻**若山牧水**と**喜志子**

（わかやま・ぼくすい　一八八五－一九二八）名は繁。明治十八年八月、宮崎県東臼杵郡坪谷村に生る。早稲田大学英文科出身。歌集『別離』『路上』『みなかみ』を経て『くろ土』に至る迄十二冊散文集『牧水歌話』『旅とふる郷』『海より山より』『静かなる旅をゆきつつ』『比叡と熊野』『批評と添刪』。
（わかやま・きしこ　一八八八－一九六八）牧水氏夫人。明治二十一年、長野県東筑摩郡広丘村に生る。歌集『無花果』、牧水氏との合著『白梅集』等の著あり。

底ひなきさびしさなれや黒髪の千々にみだれてまどへりわれは
何はなく子の名を呼びつ机の塵払ふさびしき君を見しかな
なかなかにわれこそ君につらかりしこのさびしさを何とすべけむ
酔へばとて酔ふほど君のさびしきに底ひも知らずわがまどふかな
朝《あした》よりはやわが唄ふ子守唄わびしきものの一つなるらむ

と歌う妻を持っている若山牧水も、また歌人である。

牧水は二十歳の時に上京して来て、最初小説家になろうと思って、早稲田の英文科に席を置いた。当時彼の最も私淑したのは尾上紫舟であった。一日来訪、和歌の撰評を乞い、彼も歌人となろうと決心したのである。車前草社を結んだのもその頃である。二十五歳の時に、処女歌集『海の声』を自費で出版している。

牧水の酒飲みは、文壇周知の話柄である。ここでは彼の家庭生活の一端を書いて見ようと思う。

——喜志子の『るすいの日記』を借りる——

「ああ疲れた疲れた、早く行って来よう」

というのは、旅に出かける前の主人の口癖で、当座の要事だけ急いで片付けて置いては旅行する。

「また?!」

と、私は目をみはる。それも私の慣れすぎる位慣れた口調で問い返すのであるけれど、「それもそうね、ほんとにゆっくり行っていらっしゃい。そうして気を換えて来るといいわ」いつも心の中でそう云っては夫を見上げるのである。

「何にしても、こう忙しくちゃ、やりきれない。今度行ってすっかり眠って来たら当分もう出かけるのも廃す。そして新しい方針で仕事を片付ける工風をしなきゃ、何も彼もおしまいだ」

こう云うのがまた私には悲しい位胸に響く。

「そんなことを考えてはいや、いや！　いつでも旅に出たい時は出かけて下さい」やはり心の中でこんなことを云って、私は小さいバスケットの中に一番おしまいに入れるべくチョコレートを紙に包んでいた。

玄関を出てゆく父親に「父さんいってらっしゃい」「父さまいってらっしゃいまし」という兄や姉の言葉に尾いて、「ハイチ!」という下の子の頭の振りようがおかしいと云って出て行く人も残る人も大笑いをした。

「さあ、これで当分また自分ひとりだな」と云うがっかりしたような引き締った気持を覚えて、無闇に煙草を喫ったり室屋の中を歩いたりして半日を過す。

女房天下から解放させられた**相馬泰三**

（そうま・たいぞう　一八八五－一九五二）本名退蔵。明治十八年十二月二十九日、新潟県中蒲原郡庄瀬村に生る。東京開成中学出身、早稲田大学英文科中途退学。「万朝報」、「大正日日新聞」等の記者をせし事あり。短篇小説集『夢と六月』『隣人』『鹿子木夫人』『野の哄笑』、長篇小説『荊棘《いばら》の路』『愛慾の垢』、童話集『陽炎の空へ』等の著あり。

「おそろしく芸術家らしい表情をつくるが、書くものは駄目だ」と某氏が泰三を悪評していたことがあるが、書くものは駄目だという評は的中していない。但し、おそろしく芸術家らしい顔つきをするということは事実である。彼は、もっともらしい表情をする。会場に出席しても、袴を長くつけて、気難しい顔をしている。

最近、美人の名高かったとり子夫人と離別するまでは、彼、散歩にも芝居にも寄席にも夫人を同伴していないことはなかった。家にあっては夫人は二階に住み、彼は階下に居て、飯も炊けば拭き掃除もするといった調子であった。ポンチ絵葉書にみる女房天下さながらであったのだ。だが今や彼は、止むなくその生活から解放させられるに至った。

とり子は目下洋装して丸ビルに勤めて、客足を繁くさす程の人気である。その有様を、彼は垣間見に出かけるという。

だが彼の実生活はともかくとして、彼の作家としての過程はどうであるかというに、誠に精進の極《かぎ》りを尽した、襟を正さしめるところのものがある。

早稲田大学文科を半途退学して、広津和郎、葛西善蔵と共に同人雑誌「奇蹟」を発行し、深刻な題材と新鮮味ある描写とによって次第にみとめられて来た。当時早稲田派の権威であった中村星湖は、彼の作をばネオ・ロマンチシズムの上々なるものであると激賞した。しかしながら長田幹彦、近松秋江等によって代表せられていた、いわゆる遊蕩文学である享楽趣味風の作が天下に風靡の頂上に達していた頃であったので、彼は、世評に比して報いられる地位には居なかった。のみならず永い間不遇の日を送るに至ったのである。

彼は「婦人評論」、「大正日日」の記者となったことがある。この頃、彼の友人、広津〔和郎〕、谷崎〔精二〕等は新早稲田派の中堅作家として、あまねく世評にのぼされ始めて来た。やがて人道主義が文壇に生れるに及んで、この新傾向に乗じ彼もこの友人達と共に短篇を発表していたが、たいした問題とならず、一時文壇を去って、三浦半島の海辺に隠退し、「福岡日日新聞」に長篇『荊棘の路』を連載した。

この作は、彼の友人仲間の出来事をモデルとしたものであって、モデルにされた友人達からはかなり手痛い批難を受けたこともあるが、当時の若い文学者の生活をよく見せている興味ある作品である。島崎藤村の『春』に匹適されて然るべきもので、彼の出世作は『夢と六月』の中の短篇であるけれど、代表作とも傑作とも称せられるは、『荊棘の路』である。

彼は目下、市外池袋に仮寓し、夫人とり子とも離別し、いずれかといえば不遇の地にある。しかし興起れば創作に向い、才気ばしった短篇を発表し、枯渇しない意気を見せている。

ちろり節の名手 **加能作次郎**

（かのう・さくじろう　一八八五－一九四一）明治十八年一月、石川県羽咋郡西海村に生る。明治四十四年早大英文科卒業、大正二年より同十年迄「文章世界」編集。長篇小説『世の中へ』、創作集『厄年』『寂しき路』等の著あり。

先年彼は、文壇に興味をもたなくなった、というような文章を某新聞紙に発表して以来、作品をあまり発表しなくなった。功成り名とげて、嫌な世間との交渉を断とうという意味か、それともちろり節の家元にでもなろうとしているのか、いずれにしろ彼は生新の気を失いかけているようだ。だが或いは秘かに長篇でも書いているのかもしれない。そして酒も止すとかいう噂では、彼のちろり節も最早きかれなくなってしまうであろう。

小寺菊子（彼と同国の女流作家）の話によると、彼は「のとさ」と謂《い》われている雪かき人夫に似ているそうだ。というのは、彼女のデリケイトな言いまわしによる批評であって、その本意は田舎者そっくりだという意味であろう。彼は非常にリファインされた神経、頭脳を持ってはいるが、田舎者らしい素朴さと一徹さがある。

早稲田大学文科に在学時代は、彼は吉田絃二郎と同級であったが、或時のことである。教授の片上伸の態度について級友一同不平があった。彼はその級の代表者となって片上伸の自宅に出かけて談判した。彼の帰りと事件の結末とを待っていた学生一同は、いつ迄経っても彼が帰って来ないので、朝になって彼を迎えに片上の自宅へ行ってみると驚いた。彼と片上とは向い合って、両人とも額に青すじをたて、汗をたらたら流しながら、朝陽の昇っているのも気がつかず、激しい談判の最中であった。彼と片上とは夜を徹して激しく言い合ったのである。意地っ張りという点については、片上にはすでに定評があるが、彼もまたさるものである。

彼は能登半島の西海という寒村に生れた漁夫の子である。幼年時代は、彼の作『世の中へ』に現われて来る主人公の様に、種々雑多の苦労をなめさせられた。或いは京都に行き、牛屋の下足番になり、再び田舎に連れ帰られて家事の手伝をさせられ、又もや京都に連れて行かれたりした。

上京して早稲田大学文科に入学し、堅実な学生として教授、級友に愛せられていたが、やがて卒業前、「早稲田文学」に短篇を発表した。しかし何等の問題にもならなかった。

文科を卒業すると直ちに、雑誌「ホトトギス」の編集にしたがい、傍ら評論家として立つ考えがあったが、その機会を得なかった。

次に、彼は博文館に入社し、前田晁主幹のもとに、「文章世界」の編集にしたがい、以来八年間、同誌が「新文学」と改題されるまでこれに関係していた。その間彼は創作の筆もとり、「早稲田文学」、「文章世界」に短篇を発表していた。

かくて大正六年の頃、創作集『世の中へ』を出すに及んで、彼の文名は一躍高まるものがあった。

その後四年間博文館に勤め、大正十年になって、彼は退社し、専ら創作に従うことにした。

彼は水守亀之助と共に、文壇切っての、苦労人という風評を得ている。従ってその作風は地味である。しかも純朴でありながら一味の明るい色彩漂わせ、何処ともなく読者を誘い寄せる力を持っている。

『傷ける群』『若き日』『小夜子』『幸福へ』等、いずれも彼の見聞して来た事実を描いたものであって、例の彼の作風によって、十分好評を博した。

彼は一時、里見弴、田中純、芥川龍之介、久米正雄、菊池寛等の人間一派の作家と共に組しようとし、雑誌「人間」にも屡々《しばしば》作品を発表したことがある。しかし彼の作風、及び彼の人物は決して、人間一派の作家と歩行を共にする性質のものではない。彼の創作集『世の中へ』の中に示されたる如き作風に向うが至当であろうと思われる。彼のちろり節の哀音に知己を感じたいと思う読者は、まず『世の中へ』を読むがいいようだ。必ず『霰《あられ》の音』に似た一脈の淋しさが、あたりに押し寄せて来る。

臼川を夫君に持つ　**野上弥生子**

（のがみ・やえこ　一八八五－一九八五）本名やへ子。野上豊一郎夫人。明治十八年大分県臼杵に生る。明治女学校に学んだ。小説集『新しき命』、戯曲『小説六つ』『霊魂の赤ん坊』その他の著あり。

野上弥生子は、往年の臼川《きゅうせん》、今の豊一郎を良人に持って、家庭円満である。夫妻とも大分県の臼杵に生れた。今年、臼川は四十二の中老というから、弥生子は、確か三つ違いの三十九であろう。今から、ざっと二十年の前のことであろう。臼川は帝大の学生であった。大学に近い駒込あたりの素人下宿か何かの、ひと間を借りて帝大に通っていた。「お兄さま、お兄さま」と言い「やえちゃん、やえちゃん」と言う美しい女と同棲していた。夫婦だろうか、兄弟だろうかという近所の噂であった――それが言うまでもなく、臼川、弥生子であった。

大正二年に、青鞜社から『青鞜小説集』が出版された。野上弥生、小笠原さだ、水野仙、小金井きみ、荒木郁、尾島菊、加藤籌、人見直、岩野清、岡田八千代、神崎恒、神近市、森しげ、林千歳、加藤緑、茅野雅、藤岡一枝、木内錠――どうしたわけだったのか、みな子の字が略してあるという十八人十八篇の小説が賑わしく納めてある。いずれも、今から思って見ても随分、力のある作を発表している。だが、今日、その中で文壇に残っている者は、神近市子は兎も角としても、独り弥生子だけであると言っていいだろう。他の多くの作家達は殆んど筆を捨ててしまった有様である。

小寺菊子だったか、そのことを嘆いて言ったことがある――どうしてもっと自分の芸術に執着がないのだろうかと私は怪しまずにはいられません。つまり、文壇が余り女流作家を可愛がってくれなかったので引込んでおしまいになったのでしょうか？　尤《もっと》も書くということ、それだけが一番いいことであり、芸術的欲望を充たす表現、とは限りませんが。人として芸術家として充分な生活を希《ねが》う上において、その方法はどうであろうとそれは個人個人の勝手ではありますが、一寸顔を出してじきに引込んでゆく作家の多いのを私は大変淋しく感じます――と言う。尤もな話である。独り、野上弥生子はわが意を強うすると言ってもいいであろう。

大正二年に、その『青鞜小説集』の出版される前に、弥生は、「ホトトギス」へ続けざまに、明治四十一年の暮頃から、『病人』を始め、『母上様』『閑居』『飼犬』『父親と三人の娘』を発表している。

弥生子は、夫君の臼川か、青鞜か、でなかったら、「ホトトギス」を背景にして、文壇へ乗り出して来たとも言えよう。

大人びて、分別くさかった 水守亀之助

（みずもり・かめのすけ　一八八六－一九五八）明治十九年六月二十二日、兵庫県赤穂郡若狭野村に生る。医学書生から、雑誌記者に転じて今日に至る。短篇集『帰れる父』『愛着』『恋愛の後』、長篇『新しき岸へ』等の著あり。

匿名の投書家時代から、「大人びて、分別くさかった」と、中村武羅夫は、今、「新潮」の編集室に机を並べて仕事をしている水守亀之助のことを言っている。ついでに武羅夫の『明治文壇昔がたり』[*1]の「水守亀之助氏と知る」の、文をそのまま拝借しよう。

「過ぎ去ったことというものは、すべて懐かしいものだ。苦しかったことでも、悲しかったことでも、腹の立ったことでも、時が経って後に思いだして見ると、みんなそれぞれに懐かしい。

私が当時どんなに貧乏であったか、それをここで話す必要はない。私が伯母の家のいそうろうで、たださえ神経質な気の小さい私が、どんなに肩身の狭い思いをして、遠慮深くその日その日を送って居たか。その日は丁度誰も留守で、女中と私とで留守番をして居た。私は少し西日の当る茶の間に居たし、女中は多分台所か女中部屋にでも居たのであろう。そこへ訪ねて来てくれたのが水守亀

之助氏であった。

水守氏は手に一冊の「文章世界」を持って居た。それは私のまだ見ない、その月の雑誌で、つまりそれに私が誌友会を開こうと提唱した記事が出て居て、水守氏は神田の本屋でその記事を見て、大いに賛成して直ぐその足で私を訪ねてくれたのである。

田舎出のまだ都会馴れない、臆病で神経質な私は、最初水守氏が突然訪ねて来てくれたことに、疑問を抱かずには居られなかった。私はそれまで新聞の記事や人の噂などで、東京には不良青年が多くて、真面目な学生や田舎の青年を誘惑して堕落させるということを聞いて居たのである。それで私はひょっとすると水守氏がその恐るべき不良青年の一人で、田舎青年の私を誘惑しに来たのではないかと疑ったのである。騙されてはならないと内々用心して、水守氏の人物を観察した。

元よりそれは私が田舎者の風声鶴唳《ふうせいかくれい》で、水守氏が決してそんな私を騙しに来た不良青年や何かではなく、立派な青年であったことは、今日が証明して居る。その時が縁となって、爾後二十年近い今日まで、親しい友人として交際もして居る。だが、その時には私は実際そう疑って、水守氏の人物に油断しなかったのである。

水守氏は紺飛白《こんがすり》の袴に、能くその時分田舎の先生などが着たような、木綿の紋付羽織を着て、黒いメリンスの兵児帯《へこおび》を締めて居た。羽織の紋は何だか車の輪のような図案であったように記憶して居るが、しかし、それは私にただそんな気がして居るだけで、実際その通りであったかどうか、はっきりしたことは言えない。小柄な、額の広い、目と口もとの小さい、おとなしそうな青年であった。それに話しているうちに、角のとれた、人ざわりの穏やかな、決して私が疑ったように不良青年などの心配のなさそうな人物であることがわかった。そこで私もだんだん打ちとけて、いろいろな話をした。

私などとはちがって、水守氏はその時分もう余《よ》っ程《ぼど》都会馴れて居た。独立して本郷の方の下宿に構えて、その時分の大家であった三島霜川氏のところなどにも出入りし、今から比べると雑誌の数も、本屋の数も、作家の数も極く少く、従って狭い文壇ではあったけれども、その文壇の状勢というようなものにも通じて居た。私はようやく新聞や雑誌の記事でだけしか名前を知っていないような作家や文壇の噂を、直接水守氏の口ずから聞いて、少なからず驚異の目を見張ったものである」

と、往時の水守亀之助を躍如たらしめているものがあろう。と同時に、今のこの筆者中村武羅夫をも躍如たらしめているであろう。

＊1　「文芸通信」一九二三年頃連載。

神童の面影のある**谷崎潤一郎**

（たにざき・じゅんいちろう　一八八六－一九六五）明治十九年七月、東京日本橋蛎殻町に生る。東京帝国大学英文科中途退学。『刺青』『人魚の嘆き』『異端者の悲しみ』『金と銀』『近代情痴集』『AとBの話』『愛すればこそ』その他多くの著作あり。

鬼才谷崎潤一郎は、明治十九年七月、蛎殻町の株式仲買人の子として生れた生粋の江戸っ子である。幼時から草双紙を耽読し、浮世絵気分を好み、早くも享楽児の面影が見えていた。中学時代には校中随一の秀才の評を得、一年級から直ちに三年級に進んだ。作文の教師は彼の才筆を嘆賞し、彼の文章を短時間生徒に読みきかして、その度毎に、

「谷崎は、やはりうまい！」

と言うのを常とした。

その頃から彼には常人を逸した、変態的性格が現われて居て、昼食後級友が彼をおだてると彼は教壇に出て、西鶴、〔柳亭〕種彦等の性欲描写を得意になって級友に話してやったものである。又自らを六代目菊五郎に似た顔の持主であると自負し、それがたいした自慢の種であったのである。

第一高等学校に入学後、彼はようやく精神上にも生活にも廃頽を来し、学校の欠席はおろかなこと、夜も日もなくデカダンの限りを尽したのである。先年彼が旅行中某地の旅館に泊った時、あきれはてたる彼のデカダン振りに宿の主人が彼に何者であるかと尋ねたことがあったが、彼は唯一言、

「俺は小説家だよ」

とだけ言って、けろりとしていたという。かつての正宗白鳥にも、この傾向のところのものがあったが、総て天才と言われる程の者には、常人の想像出来ない自由さがある。それはさておき、高等学校及び大学時代の彼の廃頽生活が、後年の彼の作風を育むに大いに力のあったことは言う迄もないことである。しかし遂に極度のデカダンのためと、学費欠乏のためとによって、帝国大学英文科を中途退学するの止むなきに至った。その頃友人知己に借金して、不義理を重ねた事がらは、後年の彼の作に屢々《しばしば》書かれていることであるから、ここでは略す。それにしても彼の在学時代には、神童の面影が十分現われていたとは彼を知る人のひとしく言うところである。

退学後、彼は友人後藤末雄、和辻哲郎、大貫晶川《しょうせん》等と共に、第三期「新思潮」を編集し、『少年』、『刺青』等の作を発表した。これ等の作は、強烈な官能、情緒を豊かな筆致によって描写したものであって、当時の枯渇した自然主義文学に比すれば、光と暗との相違があった。しかし「新思潮」に発表したこれ等の作の中、或る篇は、それより前「帝国文学」に持ち込んだことのあるものである。その時同誌の編集者は、彼の作のいかなるものであるかを鑑賞するの能力なく、それを没書にするはおろか、紙屑箱に投げ込んでいたのである。

『少年』、『刺青』、『麒麟』等の名篇が、発表される毎に天下の耳目をそばだたせたことは、ここに

繰り返して言う必要はあるまい。一朝にして目さむれば、彼の身は一大天下の大文豪となっていたのである。

つづいて彼は『捨てられる迄』『悪魔』を発表した。これ等は強烈な色彩と官能以外に、マゾヒズムの傾向を多分に帯びているものであった。蓋《けだ》し、彼は『少年』の中に現われている少年から、『悪魔』の中の主人公に迄、転換を来したのであろう。

彼の江戸趣味と官能描写との極致を示したものには『刺青』があり、『お艶殺し』がある。蓋し自然主義の盛んなる時代に現われて、享楽主義の開拓をし、至上主義的傾向の先駆に立ったことは、彼は彼の才に自負を置いたのみならず、芸術的欲求に燃えたっていたことを証明出来るものであろう。

最近に及んで彼は、横浜市本牧に居を据え、長篇『鮫人』を数回にわたって「中央公論」に発表していたが、それ以来小説の筆を断ち、劇作に没頭し、『愛すればこそ』『お国と五平』等の名篇を発表した。就中『お国と五平』とは国民文芸協会の賞を得、帝国劇場において、幸四郎、〔守田〕勘弥の手によって上演されたのである。

一方彼は活動写真にも興味を持ち、フィルムによりて江戸情緒或いは官能的気分を現わすことに意を注いでいるようである。かつ、数種の映画脚本をも発表し、すでに『アマチュア倶楽部』は葉山みち子等日活の新進俳優の手によってフィルムとされ、好評を博した。目下は神戸六甲苦楽園に悠々自適している。

転々三十年の**宮嶋資夫**

（みやじま・すけお　一八八六－一九五一）本名信泰。明治十九年八月一日、東京四谷区伝馬町に生る。十三より小僧に出で爾後三十余種の労働に従事して今日に至る。『坑夫』『恨みなき殺人』『犬の死まで』『失職』『国定忠次』『第四階級の文学』等の著あり。

いわゆる労働文学の作者、宮嶋資夫は数奇を極めたる彼の半生であった。

彼は明治十九年の八月に、四谷の伝馬町に生れた。彼の父親は大垣の藩士で、その頃は地所も家作も持っていた。後年、永井荷風の『狐』という小説を読んだ時、彼は父親の暴虐に苦しむ一家の有様を、淡々と同感させられたという。父親は相場に手を出した。彼が十一歳の時には、最後まで持ち堪えていたただ広い屋敷も、人手に渡って借家住居をするようになっていた。失敗した父親は独り台湾へ渡って行った。彼は決していい子供ではなかった。「父親のいない留守を預かっている母親を散々苦しめもしたものであった。余り母親をそうして苦しめたりした故でもあろうか、十三歳の春にふとした機会で、母親に連れられて、真宗の説教を聴きに行って、話を聞いている中に、急に身の程が恐ろしくなって泣き出したことがあった」と、彼は自分で言っている。その年、十三の秋、彼は小舟町にあった砂糖問屋の小僧になった。小僧時代の苦痛を知っている者に細田源吉がいる。縁は奇なもの、世の中は広いようで狭いものだ。源吉の細君の姉は、資夫の居たその問屋にその頃もう番頭をしていた男と夫婦になっているということである。その後間もなく日本橋通りの羅紗屋の小僧になったり、また一週間とたたないうちに、その家を飛び出して三越の小僧になったりした。三越に、陳列台が出来てから間もない頃であった。夜は真暗な風通しの悪い土蔵造りの部屋に、百人程の小僧が枕を並べて眠るので、ここで初めて彼はシラミというものを知ったということである。

しかし、彼はその頃から文学の愛好家であった。無暗に小説を耽読したり、新声社から出ていた何とか作法だの、文学修業法とか何とか言う本を読み散らしたものであった。幸田露伴の門下になりたいと思って、露伴を向島に訪ねたのもその頃のことであった。

十六の夏に脚気になって家に帰って来た。父親は更に貧しくなって台湾から戻って来ていた。十七の暮から十九の春まで、両国のほうにあった歯医者の書生になった。彼の読書の根柢を一番培ってくれたのはこの時代であった。

父親は砲兵工廠の御用商人なぞをやっていたが、彼は父親とそりが合わないので家にもいず、メリヤス屋の職工をしたり、絵端書の彩色をしたりして、たった一人で暮していた。彼が失恋の苦悩を知ったのはその頃のことであった。出来ることなら北海道へでも行って、氷の上に身体をたたきつけて、粉々にしてしまいたいと思って、横浜の波止場を彷徨《さまよ》っていた。三日も飯を喰わずにふらふらしている中に、失恋の苦痛よりも飢餓の苦痛に襲われて、のらのらと、また東京へ帰って来た。

彼は、その往時を回想して言っている。

「餓は或る場合には人を殺すが、或る場合には人を救う。私は餓のお蔭で喰えなかった飯が喰いたくなり、疲労は私を熟睡させた。それで私は兎にも角にも生き返った。それは本当に生きたのか、或る時機の間は同々と今の引返しをやったのか私には判らない。その中に人間はまた、何か知らの事件に出会って、生き甲斐を感ずるような気になれるものだという事もそれから後に覚えた事ではあるが、最初に被った手傷という奴は、表面的に恢復したようでも、中々癒り切らないものという事も、そののち覚えた事である」

彼を社会主義の思想に傾けさした動因は、その頃、幸徳、堺の二人が、万朝〔報〕で非戦論を唱えて感激したことであった。

その後、彼は、人夫、広告取、相場師、金貸の手代などもした――そうした彼が、今日の文壇の位置を得るには、更にそれからの彼の前途に幾山川があったのであった。

芸妓の名刺で入浴した**吉井勇**

（よしい・いさむ　一八八六－一九六〇）伯爵吉井幸蔵の嗣子。明治十九年十月、東京麹町に生る。早稲田大学文科に入学し、後、政治経済科に転じて中途退学。歌集『酒ほがひ』『初恋』『祇園歌集』『黒髪集』『東京紅燈集』『吉井勇集』その他、戯曲集『午後三時』『夜』『俳諧亭句楽の死』『髑髏舞』等の著あり。

「病み上り吉弥が河岸にひとり出で、川原よもぎ見入る……」

などと詠った頃の彼は、京舞妓を左右にはべらして、長田幹彦を相棒に真赤な絹蒲団の上に大胡座をかいて、盃を唇にあて、丁度ニーチェが酔っぱらったかのように、「歓楽の悲哀」を連発していた。

彼は伯爵吉井幸蔵の嗣子。明治十九年十月東京麹町に生れた。早稲田大学文学科に入学して後政治経済科に転じて、中途退学した。

彼は短歌、散文、戯曲の作家として文壇に名をなしているが、その文壇への第一歩は短歌においてはじまっている。主として紅灯街裏の歓楽のはかなさ、恋愛の傷《いたま》しさはかなさを歌った作を発表し、「ザンボア」の北原白秋と同じ傾向を有《も》っている歌人との評を得た。しかし勇には白秋の靡爛《びらん》した神経、異国情緒の戦慄、南国的色彩はなく、纏綿《てんめん》とした官能と、戯曲的情緒を多分に有しているのであった。彼の歌集『水荘記』は一種の歌物語と見てしかるべきものであって、戯曲的構図の散文の中に、高まる感情の短歌をちりばめたものである。そして、その中に流れる一条の情緒は、享楽の叫びのはるかにかすれ行く、うら悲しさの強調であった。『酒《さか》ほがひ』も歓楽された恋の悲哀を歌ったものである。

彼は伯爵の嗣子、加うるに歌人として、並居る京芸妓に盃に溢れるまで酒を盛られた。幹彦は小説家、並びに彼の友なる通人として、これ又京芸妓は酒を盛るに吝《やぶさか》でなかった。当時勇は、お湯の番台に、風呂札だと思って芸妓某女の名刺を出して、番台の女をして顔色なからしめたというほどの、酒席と実生活とのけじめのつかぬ耽溺であった。しかるに、赤木桁平は何という不粋な批評家であったことか！　桁平は彼等の耽溺生活を羨むのあまり、彼等一味の者の作品をば、遊蕩文学として、すなわち直截に撲滅してしまった。長田幹彦、近松秋江はその後、一時不遇の地位にさえおちたほどである。しかも桁平は後年、批評の筆を断った後で、今に及んで初めて近松秋江の作の傑《すぐ》れていることがわかったと、告白したというではないか！

それより前、彼〔吉井〕はすでに「昴《スバル》」の同人として、劇作に筆をとっていた。四十二年、俳優養成所の試演会において『浅草観音堂』が上演され、四十三年十二月、自由劇場の手により『夢介と僧と』が上演された。

また四十四年六月、同劇場の手により『河内屋与兵衛』が上演され、いずれも新劇作者としての才能を見せていた。

当時の劇作者には、逍遙、鷗外の他、抱月、荷風、〔桝本〕清、〔木下〕杢太郎、〔小山内〕薫、〔中村〕吉蔵、〔和辻〕哲郎、正雄（楠山）、〔佐藤〕紅緑、〔川村〕花菱《かりょう》、〔長田〕秀雄、〔秋田〕雨雀の諸作家があったが、彼はこれ等の人々に抜んで、年少にして高架に登るの観があった。

その後、人道主義のようやく下火となった頃、菊池寛、久米正雄、里見弴、芥川龍之介、田中純の諸作家が集って、文芸雑誌「人間」を発刊するに及んで、彼も加わって「人間」同人となったが、彼の作風は明らかに人間派の作風と調子を同じくするものがあった。彼の同誌に発表した作品は、人間派の起したであろう伝統を代表しているかの如くまで読者諸氏から思われた。彼は前記の諸作家とくつわを並べて文壇を乗り廻したかの如き風貌があったのである。

「昴」時代前後の彼の諸作を集めた劇作集には『午後三時』がある。情緒劇、気分劇の名のもとに批評さるべきものであって、見るものをして静かに劇中にとけ込ましめる魔力を具《そな》えている。『浪の音』『信号の赤球』『海鳥の悲鳴』の作には、夢幻的情緒のうちに死の恐怖が暗示されている。歓楽が齎《もたら》して来る哀愁へ対しての強き憧憬である。

最近の代表としては、有楽座において上演された『小《こ》しんと焉馬《えんば》』、市村座において上演された『髑髏舞《どくろのまい》』がある。両者とも『俳諧亭句楽の死』と同じく寄席芸人をモデルとしたものであって、前者は舞台協会の手によって、後者は六代目菊五郎の手によって取扱われ、共に好評を博した。この二作のうちには、亡び行く芸人気質を嘆く作者の心、芸術的旧江戸の名残りのいわゆる文化なるものに惨めに踏みつぶされて行く姿が、遺憾なく暗示されている。歌集『酒ほがひ』の著者は、本日といえどもやはり芸術至上主義者である。

「新潮」の**中村武羅夫**

（なかむら・むらお　一八八六－一九四九）明治十九年十月四日、北海道石狩国岩見沢町に生る。生れた。大きくなった。新潮社に入社した。長篇小説『人生（第一部「悪の門」「獣人」）』及び『渦潮』『群盲』等の著あり。

加藤武雄が未だ冬海と号して、神奈川県の川尻村から「文章世界」に盛んに投書していた頃のことだが、中村武羅夫も田山花袋に認められて、北海道岩見沢町からはるばる上京して来たのである。彼には学歴といっては、べつに言う程のこともないが、当時の名家であった大町桂月とかその他文壇の名士に依って、専ら文学研究に没頭し、つづいて小栗風葉の門に出入し、又真山青果とも知った。この頃の風葉は下戸塚に住んでいて、その門下には、青果をはじめ岡本霊華その他有望な青年作家がいて、多士済々たるものであった。風葉の文名は一代を風靡し、下戸塚の住宅は、戸塚御殿とさえ称《よ》ばれていたのである。

彼は不屈な精神の所有主で、又近代文明の新傾向を巧みに捕える敏感さを有《も》っている。風葉も彼のその点に注目し、少なからず彼を愛していたが、風葉の名声も自然主義文学の勃興と共に次第に衰微して来るようになった。

当時「文章世界」は前田晁《あきら》の編集にかかわるものであった。彼は田山花袋に知られていた関係から、前田晁とも知り、水守亀之助等と共に「誌友会」なるものを組織した。「誌友会」とは「文章世界」の誌友が集って文学研究をする会であった。

その頃、たまたま「新潮」編集の佐藤（当時、「新潮」は「新声」といっていたが）は、彼の才幹の事務的に優れている方面を見て、彼を「新潮」の記者とした。その後二十年間、彼は文学雑誌記者として、「中央公論」の滝田と並び称せられ、文壇の流れ行く渦巻、燃え出ずる芽を巧妙に取捨して、或いは人道主義、或いは享楽主義、新技巧派と、朝に夕に、種々なイズムと共に流行の作家を迎え、常に「新潮」を文壇の中心雑誌とすることに努力して来たのである。又彼も、したがって文壇の中心人物と交わり、ジャーナリストとしては一家をなすのみならず、彼一人の意見で、文壇の流行作家も或いはその地位を危くする程の、彼は勢力家である。「新潮」の中村か、中村の「新潮」かの観を呈している程である。彼は原稿が期日迄に受取れなかったため、久米に決闘状を書き（渡しはしなかったが）、また広津をブラック・リストに載っけるなど、痛快な思い切った男らしい。彼は一種の快男児である。本間久雄が「早稲田文学」を編集しているのに対して、彼とこれとは両極端に立っている。

しかし一面においては、彼には創作の欲望があるのだ。まだ実現しないのではあるが、長篇『人生』は八部十六巻で完了となるという大部な計画である。目下のところでは一部二巻まで刊行になっている。その他、彼の長篇『渦潮』『群盲』は新聞に連載され、毀誉相半ばして、彼の文名は今後いずれになるべきか、ジャーナリストとしてではなく、作家として文壇に現われることが出来ないか、それはここしばらくの彼の努力如何《いかん》によるのである。

だが、人としてはよく出来た**本間久雄**

（ほんま・ひさお　一八八六－一九八一）明治十九年十月十一日、山形県米沢市越後番匠《ばんじょう》に生る。明治四十二年早稲田大学英文科卒業。『婦人と道徳』『来るべき時代の為に』『芸術之起源』等の翻訳の外、『新文学概論』『近代文学之研究』等多くの著書がある。

早稲田の文科に在学時代の彼は、級中随一の秀才であった。教授片上伸は彼を信任すること厚く、個人的にも種々な世話をみてやり、又旅行にも連れて行ってやったことがある。

当時の早稲田の文科は中学教員免状を得たい学生には、特別な一課目を課していた。彼の級の全部の学生は、この一課目を選択し、卒業後の就職の安全を計っていたが、彼のみは独り、強いてその一課目を選択せず免許状のことなぞは眼中に入れていなかった。それだけ彼は彼の未来に自信を抱いて居り、又、物質的にめぐまれた家庭を背景としていたのである。

彼は在学中、哲学書、論文集等を耽読して、詩、劇等の芸術的方面の研究はあまりしていなかった。従って論理的な頭脳の学生であった。諧謔とか冗談とかには、興味を持たなかった。かつて、近松秋江と共に、寄席をききに行った時のことである。落語の終る毎に、人は手を拍《たた》いたり面白そうに笑ったりしている。彼はそれを見て何が面白いのか、少しも見当がつかなかった。不思議に思いながら、帰って来て後数日経った頃、先日の落語のおちに初めて気がついて「成程！」と叫んで膝をたたいたことがある。それ程、生真面目で又温厚である。

早稲田を卒業後、「早稲田文学」の編集にしたがい、中村星湖を助けていたが、遂に、星湖から同誌の全権を譲り受け、専ら主任となってこれに当っていた。しかし、人としては申し分ない彼も、雑誌の編集者としてはその性格があまりに事務的でないため、かつて島村抱月がこれを編集していた時程の隆盛は、この雑誌において見られなくなってしまった。そこにおいて抱月は、編集同人一同の合議によって、雑誌の方針を制定することにした。だが抱月の死後は特に目立って、雑誌の気勢はあがらず、寄稿家のすべては稿料の少いことと、原稿発表の遅いことに好意を持たなくなった。しかし、由来「早稲田文学」は古い歴史と、発行所東京堂の背景とを持ち、又本間久雄の人格の美しさとにより、他の雑誌に比較して、この雑誌には、勝るとも劣らざるところのものが、その編集ぶりに見受けられるのである。かくの如く彼は一雑誌の経営者には適さない。思索家である。かつ文明批評家である。

なお彼の夫人は賢夫人のきこえ高く、彼の名声の今日に及ぶには、大いにあずかって力あるものがあった。例の大震災の当時、某社会主義者的傾向の作家が、事理を弁えぬモッブ〔集団〕のために危うく一命を失いかけた時、夫人は彼の留守中にもかかわらず、男も及ばぬ働きをもって、追いかけて来たモッブを鎮めて見事に、かの作家の命を助けることが出来た。

さて、彼の『近代文学之研究』、『新文学概論』等多くの名篇著述には、すでに定評のあることであって、その研究態度の純真であり、批評的態度の紳士的であることには、衆人の一様に尊敬を払うところのものである。

しかし強いて彼の失策を数えたててみようとするならば、彼の未だ文名をなさない頃の翻訳であるワイルド原著の、ある書物の誤訳を指摘してみたい。悪舌家として名高い批評家安成貞雄は、この翻訳を批評して、誤訳の方が正訳のところより多い、と言った。勿論この悪評には多分の誇張があることは、誰しも知っていることである。

しかし永久に彼の翻訳に誤りがあるのではない。後年出版したヒルンの『芸術之起源』には実に名訳の評がある。そこで某皮肉な批評家は、「本間君も今度は辞書を買ったらしい」と皮肉を言った。かく彼が皮肉を言われる理由は、彼が人としてよく出来た人であり、いかなる悪罵にも心の平衡を失わないで弁明し得ることが出来る人である故、いわば、「心やすだて」にふざけてみるのである。この事実は彼の価値を傷つけることではなく、むしろ彼の温良な人格に、自ら頭を下げさすところのものであろう。

最近彼は早稲田大学の文学部講師となって、近代文学研究の講座を受持ち、傍ら、なお「早稲田文学」の編集主任をしている。震災後、各雑誌出版所、編集所が焼失して、廃刊するに至った雑誌の数も多々あるが、「早稲田文学」を大正十三年一月から復活させたについては、彼の人格の大いにあずかって力あるものがある。過去永い間、栄えある歴史をもつこの雑誌を、安きに置いた彼は、文学史上に特筆されてしかるべきものである。願わくは、「早稲田文学」誌の隆盛と共に、彼の未来に幸いあれ！

涙腺がゆるんでいるが愛の **吉田絃二郎**

（よしだ・げんじろう　一八八六 - 一九五六）本名源次郎。明治十九年十一月、佐賀県に生る。明治四十四年早稲田大学英文科卒業。短篇集『生くる日の限り』『島の秋』『大地の涯』『光落日』、長篇『人間苦』『無限』その他の著がある。

彼は草の葉っぱ一つ見つめていても悲しくなるそうだ。ミレーの絵に向っていると涙がこぼれて来るという。悪人を見れば泣いてやり、梨の花を見れば悲しくなり、空を見ても大地を見ても「はてしない淋しさ」を覚えて泣くそうな。察するところ、多分彼の涙腺はゆるんでいるのであろう。蓋し涙を流すことだけが、彼の生活の全部と推察してはいけない。

彼はその涙と共に、悪人を、大地を、空を、梨の花を、棗《なつめ》の実を、いたく愛する。そうだ！　この愛なくして、何の涙ぞ！　また彼の人として、すぐれたところのものである。

彼は早稲田大学を卒業前後までは、熱心のクリスチャンであって副牧師になっていたこともある。彼は早くも予科時代から作家となる志望を抱いていて、卒業後は創作に没頭しようと思っていたが、家庭的に非常に係累の多いため、生活困難のためどうすることもならず、早稲田中学の講師となった。

彼は創作を書くことによって、文壇的生活が出来るか否かについては、判《は》っきりした自信を抱いてはいなかったが、もとより人間愛と芸術的衝動のはげしい彼のことであった。彼は一作を書いた。恩師島村抱月及び片上伸は彼の学生時代から、彼の人間としての美しさと真摯な彼の芸術家的態度に信任を置いていたのであるが、彼はその一篇を抱月の紹介によって「早稲田文学」誌上に発表したいと考えた。そこで抱月にそれを郵送して、なお謙譲な依頼文をも送った。

だが抱月からは一ヶ月過ぎても二ヶ月過ぎても返事が来なかった。彼は涙と共に書き上げた自分の創作が、批評家抱月に黙殺されたものと思い込んで、煩悶の結果自殺しようと決心した。そこで、かつて彼が学生時代に宗教的疑惑のため毎日さまよい歩いた大川端に、身を投げることに定めて、夜更けに及んで出かけた。後年彼が述懐しているように彼はその時、「死より他にはないと思ったのです。しかし私は橋の上に立って考えました。私は何故あの作を書いたか？　書きたいから書いたのだ。自分には書くべき才能があるかないか今はわからない。だが考えなければならない。そうだ……書くということ、そのことが天才だ！」。そう思った彼は、そこで死ぬことを止して引き返して来た。

その夜はどこをどう歩きまわったかわからなかったが、気がついた時には、最早太陽が高く昇っていて、彼は母校早稲田大学の北側の坂を歩いていた。するとその時はからずも島村抱月が向うから笑いながらやって来た。そしてこちらから言葉をかけないうちに、

「君、あれは読みましたよ。よく出来ていましたね。で、早速中村星湖のところへ送って置きまし

た」

と言った。彼は死なないでよかったと、その時はじめて思った。

その頃中村星湖は「早稲田文学」の編集主任をしていたのである。

しかし彼の処女作は直ぐには発表されなかった。抱月は屢々星湖にそれを発表することをすすめたけれど、遂に一年余りも過ぎた頃になって、やっと発表された。

彼の真摯な態度と、テンダーな筆致とは当時の文壇には珍しい傾向のものとして、その以後から彼の作は引続いて発表せられるようになった。

その後彼の『副牧師』一篇のため「早稲田文学」が発売禁止の問題を引きおこした頃、内ケ崎作三郎は、彼の人格と彼の堅実な努力をみとめ、彼を早稲田大学講師に推薦した。そこにおいて次第に社会的にもみとめられ、ついに『島の秋』一篇を発表するに及んで、文壇的には動かすことの出来ない地位を得るに至った。つづいて『大地の涯』『人間苦』『芭蕉』等の発表せられるに至っては、彼は数多の読者より涙をもって迎えられ渇仰される身となった。

酒壺仙人の葛西善蔵

（かさい・ぜんぞう　一八八七－一九二八）明治二十年一月十六日、弘前市松森町に生る。東洋大学中途退学。短篇『子をつれて』『不能者』『馬糞石』『贋物』『哀しき父』等の作あり。

葛西善蔵を泣かしてみたいものには一つ助言しよう。彼の前に行って酒徳利をふってやるのだ。すると彼は一杯注いでくれと言って、必ず一膝乗り出して来るであろう。その時注いでやってはいけない。腕ずくでも飲ましてやらないことが肝要である。その時彼が泣き出すことは必定。

彼の友人広津〔和郎〕とか谷崎〔精二〕は、彼の酒代を幾度払わされたかわからない。或る時、飲み足りない彼は、最早寝床についた谷崎を起しに来て、玄関で強情に酒を飲ましてくれと強要して、相手にしなかった谷崎の頬を、いきなり下駄でなぐりつけたことさえある。彼は飲まなければ生きていられない非常識者である。妻子と家庭を持っていたが、何しろ酒のため、加うるに遅筆家である故、彼は妻子を故郷に帰し、自分は鎌倉の禅寺に寄寓していた。震災後は上京して本郷の下宿屋にいたが、一念発心して田園に帰ると言い出し始めた。だが旅費を与える者がない。たちまち飲んでしまうから与えても無駄である。郷里青森の弘前市までの汽車切符を買ってやったにしたところで、それも誰かに売りつけて飲み代《しろ》にするであろう。が、とうとう還った。

彼は東洋大学に在学時代から徳田秋声の門に出入し、一身上のことについても文学研究のことについても一方ならぬ助言を与えられた。秋声は彼の退学する際には極力それに反対したけれど彼は断然中途退学してしまった。その頃彼の友人広津、谷崎、相馬（泰三）、松本恭三等は、たまたま文芸同人雑誌を発刊する計画をたてたので、彼も同人となり、「奇蹟」と彼の命名によって創刊した。「奇蹟」の同人中、広津、谷崎、相馬等はたちまちその才能を文壇にみとめられるに至ったが、彼の地味な作風には誰一人として注目するものもなかった。そこにおいて彼は一応田舎に帰り、捲《けん》土重来《どちょうらい》を期した。

在郷一年、再び上京。やはり酒飲みで我まま者で、貧乏であった。米だけは郷里から送って来た。友人宮地嘉六も当時貧乏であったので、時々その米を借りに来た。そのかわり質屋への使いは宮地に依頼して、二人は毎日夜になると飲んだ。酔うと彼等は文壇にときめく二人の身の上を想像して語り合った。文壇に出ることが出来れば、原稿料の前借も出来て、思う存念飲むことが出来るであろうと思っていたからである。そして宮地も彼も益々貧困のどん底に落ちて行った。当時舟木重雄も彼等の友人であったが、舟木は決して彼等の如く乱暴な酒のみではなかった。

益々貧乏になって行きながらも、酒！　酒！　だが彼はその頃『子をつれて』の一作を書いた。彼の友人谷崎精二は、この作を本間久雄に送って、「早稲田文学」に発表することを依頼した。本間はこれを受取ったまま、一年余り経っても発表しなかった。そこで谷崎は本間の家に数度出かけて発表のことを頼んだ。そして、やっと発表されたのである。『子をつれて』は依然として地味な作風であるため、一般読者には好まれなかったかもしれないが、文壇圏内においては、早くも大家の風貌ある筆致と何処からともなくせまり来る豊かな芸術味とは、かなりの定評があったのである。しかもそれは当然受くべき名声の十分の一にも足りないものであった。

つづいて彼は「新小説」、「新潮」に彼の得意とする短篇小説を発表し、大家の列に加わり、やはり酒を飲んで酔いつぶれることを忘れなかった。

最近の事であるが、牛込の某喫茶店で、広津、谷崎、佐藤（春夫）等と出会《でくわ》した彼は、広津に酒代を払わすことを強要し、つづいて洋服を造ってくれと談判しはじめた。広津は酒代を払うことを約束した。居合した佐藤は上着とズボンを拵《こしら》えてやることを約束し、谷崎はネクタイ数本、ワイシャツを買ってやることを約束した。田舎に帰ってしまうという彼は、やがてこれ等友人のおくり物を着て、みちのくに帰って行った。幸いに健在を祈る心、切なるものである。

労働運動から自由人連盟への加藤一夫

（かとう・かずお　一八八七－一九五一）明治二十年二月二十八日、和歌山県西牟婁《にしむろ》郡大都河《おおつがわ》村に生る。明治学院神学部卒業後、二年程伝道に従事し、後文芸に方向転換、社会運動にも参加。長篇『無明』『幻滅の彼方へ』『虚無』その他短篇、論文集『本然生活』『土の叫び地の囁き』『民衆芸術論』『救のない人生』『自由人の生活意識』等。

彼は自ら現実主義者であると標榜したことがあるが、むしろ理想主義者と見てしかるべき人である。何かを常に画策し理想しているところがある。そしてその画策は、一度は必ず着手してみるが、彼は不思議に中途で投げ出してしまう。

明治学院神学部を卒業後、彼は牧師となり、社会運動、労働運動に参加した。だがそれ等の運動に着手する前、彼はすでに人道主義者として、トルストイヤンとして文壇に認められていた。熱心に民衆芸術を提唱していた。これは明らかに彼の、技巧のみに走る文壇才子への反逆的精神からであったのだ。

だが彼の反逆的精神は、彼を消極的な主義ではなく積極的な労働運動に興味をもたしはじめたのである。すなわち大正九年頃に至って、「労働文学」と称する社会主義的文学の提唱を目的とした雑誌を創刊し、文芸の社会化を力説したのであった。だが、その後間もなくこの雑誌は廃刊された。

彼が小説の筆を執ったのはその頃からである。また小説家として文壇的地位を獲得せしめた『一宣伝者の手記より』が公にされたのもその頃からである。

社会小説家としての彼は、小川未明、宮嶋資夫、江口渙、宮地嘉六等の作家と共に、猛烈な文壇革命の闘将として力戦した。だが彼は文筆のみの仕事では満足出来なかったのである。すなわち明治会館において「自由人連盟」の発会式を挙げ、岩佐作太郎、和田久太郎、近藤憲二等の好意ある援助のもとに、文学者の仕事としては素晴らしい成功を収めることが出来得たのである。当日の彼の態度は、一個の卓越せる革命家として実に堂々たるものであった。その胆力と度胸とは来会者一同の讃嘆するところのものであった。だが、彼はその日の態度と言説と行動とによって官憲より大杉栄に次ぐ危険人物とされた。けれど彼の左傾思想家としての発足は、実に見事なものであったのである。この点は彼の論理上にても勝れたソシヤリストであることを裏書しているとも見られようか。

おとろえたりといえども好漢**江口渙**

（えぐち・かん　一八八七－一九七五）明治二十年七月二十日、東京麹町区富士見町に生る。東京帝大英文科中途退学。長篇小説『性格破産者』、短篇小説集『赤い矢帆』『労働者誘拐』『悪霊』、評論集『新芸術と新人』等の著あり。社会運動にもたずさわる。

批評壇の新進小島徳弥と激しい論戦中、彼は夫人北村千代子と離別し、悶々の情を医すべく那須高原に隠退して、永く文壇に消息を断っていた。その間、そこに悠々としていたが、ついに某女と結婚し、上京して新世帯を持った。

今や彼は衰えたりといえども、昔ながらの愛すべき好漢江口渙ではあるが、その昔、岩野泡鳴と論戦した当時の、勇ましい面影は見ることが出来ない。泡鳴は例の一元描写論の解説まで加えて彼を説伏しようとし、彼は又泡鳴の論旨と一元描写の不自然とを批難した。そこで泡鳴は彼を、小便臭い子供と評し、彼は泡鳴をばかだと評し、文壇の注目を一身に集めた。間もなく泡鳴は病気のため長与医師に診察されながら死んでしまったが、ようやく病重くなりかかった時、或日、彼の泡鳴論を一読し、泡鳴は怒りに震う手に鋏をもってその文章を切り裂いた。それ程彼の批評は精鋭であり皮肉であった。

批評の筆を執る前の彼は、小説家の志望を抱いていて、帝国大学英文科中途退学の後、友人佐藤春夫等と共に文芸同人雑誌を発刊し、「帝国文学」にも作品を発表したが、一般文壇の注目を得ることは出来なかった。だが、彼の小説家的修養も、文壇生活も、ここに第一歩の発足を印したのである。

赤木桁平、豊島与志雄、後藤末雄は当時の赤門派の新進作家であったが、彼もこれ等作家の列に加えられ始めた頃には、彼は友人赤木と共に批評に筆を染めていた。彼の素質は未来を矚目《しょくもく》されながらも、一般文壇からは注目されない傾きがあって、作家としての進路を阻《はば》まれていたからである。

批評家としての彼は、その精鋭なる論陣と堅実なる筆致とによって、一躍、赤門新進批評家の名を得るに至った。彼は当時の文壇にネオ・ロマンチシズムの提唱をなし、芥川龍之介、谷崎潤一郎の作品を推奨して止まず、就中、潤一郎の作をば推奨するのあまり、大正十一年以後の文芸は潤一郎一人のものと極論するの滑稽さえあった。それはともかく、彼の提唱したネオ・ロマンチシズムは当時の文壇に対してのよき言葉であって、彼一人の論文がいかに文壇に生気を与えたことか！

批評家としての名声を得ると共に、彼は再び創作の筆をとり、深刻なる題材と堅実なる描写とによって、新進作家の列にも確実な地位を得、彼は若き作家でありかつ批評家であり得た。

その後間もなく〔日本〕社会主義同盟が組織されるや、彼は小川未明、藤森成吉、秋田雨雀、中村吉蔵、加藤一夫等と共に、文学者としてこの同盟に参加した。以後彼は決してネオ・ロマンチシズムを口にせず、専ら社会主義的傾向を帯びた作品及び評論を発表した。『労働者誘拐』『恋と牢獄』等はその代表的なものであって、総て労働者階級の人物を題材としている。

但し彼は大杉栄、加藤一夫の如く一種のアナーキストである。ロシアのソヴィエト政府のマルキシズムには反対の立場であることは注意しなければならぬ。

会社員の **水上滝太郎**

（みなかみ・たきたろう　一八八七－一九四〇）本名は、阿部章蔵。明治二十年十二月、東京に生る。慶應義塾理財科出身。数年間欧州に遊学した。創作『処女作』『その春の頃』『心づくし』『海上日記』『旅情』『大空の下』等の作あり。

水上滝太郎とはペン・ネーム、本名は阿部章蔵という。慶應義塾普通部に在学中は野球の名選手として知られ、又運動好きでもあった。現在柔道の有段者でもある。

大学部理財科に入ったが、永井荷風、泉鏡花、及び森鷗外の作品に共鳴し、文学者となる志を立てた。で、彼は在学中から小説に筆を染め、『処女作』と名づける一篇を、「三田文学」誌上に処女発表して、早くも三田にこの人あることを知られたのである。

彼の父君は実業界の有力者ではあるが、彼の文筆家となることに反対して、卒業後は彼を保険会社員とした。彼は今に及んでも益々傑れた作品を発表しているが、実は会社員なのである。しかも課長階級の会社員である。

三田派の作家久保田万太郎も、また彼も、同じく永井荷風の流れを受け、各々そこに出発点を置いて進んで来ているものであるが、万太郎は荷風の下町情緒の精髄をとり、彼は荷風の文明批判的方面の精神をとっている。この二人は現在三田派の中堅作家であり、代表作家でもある。共に並び称せられ、三田派の新進作家の牛耳をとっている。

その後彼は随筆に筆を染め、かつて永井荷風が『日和下駄』を「三田文学」に連載したのに似て、『貝殻追放』を毎月同誌に連載している。彼の批判的天分の豊かなことは、この一文をもってしても知られ得る程、これは一読推奨に価値あるものであって、現代社会、及び文芸に対して正しき批判のこころみである。この彼の態度は、一見、甚だ健全であり理智であるようではあるが、彼その人はすこぶる神経質な性格の人である。新聞記者は大嫌い、感じの悪いことには大反対の人である。

いつかのことであったが、彼が旅行に出た時、汽車の同じ箱に、しかも彼の目の前のクッションに甚だ感じのよろしくない嫌味な紳士が坐った。彼が仁丹をのんでみたり煙草をふかしてみたりする余裕もないうちに、この嫌味な紳士の不洗練さ、感じは彼に嘔吐を催させ、みるまに彼はその場に卒倒してしまった。付近にいる人はそれを見て総立ちとなって、倒れている彼を次の停車場におろして、介抱の末やっと蘇生させることが出来たのである。彼がいかに潔癖で、かつ洗練されているかは、これを見ても判るではないか。

匿名の健筆家だった**加藤武雄**

（かとう・たけお　一八八八－一九五六）明治二十一年五月三日、神奈川県川尻村に生る。小学卒業後、四十三年まで神奈川県下において小学校準教員をなし、同年上京、新潮社に入りて今日に至る。短篇集『郷愁』『夢見る日』『処女の死』、長篇小説『悩ましき春』等あり。

新潮社の雑誌「文章倶楽部」を、今日のように、文壇的一種の勢力たらしめたのは、一つに加藤武雄の編集ぶりに依るものだと言っていい。彼は匿名の健筆家であった。中村武羅夫、西村陽吉、水野仙子、秦豊吉などと共に、「文章世界」の第一期の投書家であった。加藤冬海という匿名であった。選者田山花袋の賞讃、投書家中の第一位であった。西村渚山《しょざん》の選の散文にも、また彼は常にその選者の賞讃を受けていた。そうしたことが、彼に投書の極意を教え、今、その投書雑誌の一権威である「文章倶楽部」を編集して、万で数える程の発行部数を見せているのは、何と言っても、彼の投書家時代の苦心を思わすものがあろう。

彼は小学校を卒業し、後、教員養成所を出た、田舎の教員に過ぎなかった。彼は自分の故郷のことを次のように語っている。

「東京から汽車で二、三時間、野の中の小さな停車場から一里ばかりのところに、私の郷里がある。秩父山彙《さんい》が相模平野の一角に、丘陵となり、村藪となりつつ次第に消え込もうとするところの、山裾の小さな村に、私の生れた村がある。私は二十三の時まで、この小さな村の生れた家に居た。まるで牢獄に居るような気持でそこに居た。東京へ、東京へ――そう思いあせりながら小学校の先生などをしてそこに愚図愚図していた。郷里における私は、対人関係においては一箇のエトランゼだった――今だってそうだ。私は郷里の人々に対しては、たいして好意をも愛着をも感じる事は出来ない。しかし、私は、郷里の自然に対しては、常に止み難い憧憬に駆られる」

相模川岸辺の蘆の秋の歌にしらで今はしてわがうたひけむ

当時の彼の歌であった。

上京して新潮社へ入社、小林愛川の健筆は誰も知っているであろう。愛川こそ、加藤武雄の匿名であった。

オブローモフと縁のある**川路柳虹**

（かわじ・りゅうこう　一八八八－一九五九）本名誠と云う。明治二十一年七月九日、東京三田台町三番地に生る。京都美術工芸学校、東京美術学校等に学ぶ。詩集『勝利』『曙の声』『預言』『はつ恋』『歩む人』その他数種の著あり。

『オブローモフ』の作者、ゴンチャロフと多生の縁、というよりも因縁を持つ川路柳虹である。

彼は、明治二十一年芝の三田台町に生れた。子年《ね》の四緑、木性の霹靂火《へきれきか》にあたる。まずはおだやかな性格の具《そな》わった人と言っていいだろう。彼は、東京生れで、言わば江戸児の筈なのだが、その少年時代を八年ばかりというもの、淡路の国で過したので淡路が第二の故郷のようなものだが、処々を転々として歩いたので、ここだという故郷の観念はないという。

一つ興味のある話がある——。

彼の曽祖父にあたる人に川路左衛門尉聖謨《さえもんのじようとしあきら》という徳川幕府の勘定奉行をしていた人がある。川路家は立派な家柄であるが、その人が幕末の頃、諸外国と通称貿易を開くとか開かぬとかと大騒ぎをやっていた時、安政年間、伊豆下田においてプチャーチンというロシアの将軍と日露談判をやったことがある。その時には老中堀田備中守、筒井肥前守、などといったお歴々に伍して、川路左衛門尉は年齢も最も若く一段と光彩を添えていた。若きこの奉行は、三寸の舌端を弄して、談判を立派につけたのであるが、その時プチャーチンのお供をして来た二十一歳のまだ無名の一書記がある。それが後年、傑作『オブローモフ』を書いたゴンチャロフである。ゴンチャロフは当時のことを『遠洋航海記』という記録の中で、この若き奉行が、いかに堂々の議論をなしたかを書いているそうである。

彼〔柳虹〕は、十七歳の時、京都美術工芸学校に入学して二十歳で卒業している。彼はロセッティやスウィンバーンなどの詩を愛読した。「文庫」に詩『船室』を投書して河井酔茗に認められ、爾来酔茗主宰の「詩草社」に入り、雑誌「詩人」の同人となっている。彼は老詩人酔茗の恩を深く感じているという。

出世作とも見るべき世人の注目を惹いたのは、やはり「詩人」に発表した口語詩『塵塚《はきだめ》』であった。彼は二十歳であった。

明治四十三年に、第一詩集『路傍の花』を出版している。

何が処女作かわからぬと言う**長与善郎**

（ながよ・よしろう　一八八八－一九六一）明治二十一年八月、東京麻布に生る。学習院卒業後、東京帝国大学英文科に入り中途退学。長篇小説『盲目の川』『彼等の運命』、短篇集『或る人々』『明るい部屋』『生活の花』『結婚の前』『平野』、戯曲『項羽と劉邦』『頼朝』等の著あり。

「白樺」の第二巻の五月号に、平沢仲次の作として『青春』という小品が載っている。平沢仲次は長与善郎の匿名である。学習院の高等科時代でもあったろう、『針箱と小説』や『亡き姉に』などはその時代の彼の作品である。彼は自分で「平沢仲次時代」と言っている。「僕などは初めから真直ぐな道をぐらつかずに来た人間ではない、暗中模索の状態で、いろいろの方面に動揺して書くようになった」と、彼は言っている。彼に、はっきりした彼自身の道が決まったのは、『盲目の川』以後であるという。『盲目の川』は、半分日記を書くようなつもりで事件そのものを材にしたものだ。『盲目の川』に続いて『彼等の運命』を書いた。『盲目の川』と『彼等の運命』その二つは、事実の続いたものであった。この二作とも、十行二十五字詰の原稿紙で、一日に二十五枚位書いて、毎号「白樺」に百頁から百二十頁ずつ載せた。

彼は自分で言っている――兎も角自分では『盲目の川』も『彼等の運命』も共に完成品を作る意で書かなかった。仕事に対するスタディーとして書いたと云ってもいい。今から云えば随分欠点もあるが、その時には全力を尽して、本当と思う事を書いた。だから書いた事は決して後悔はしない――というのが彼の創作の態度でもあろう。

彼は、同じ「白樺」に『明るい部屋』という一幕ものを書いた。「それが或意味で僕の処女作のような気がする。何が処女作だか自分にはわからぬ。世間では『盲目の川』を処女作のように云っているようだ」とも彼は言っている。

たいして文壇的な苦労も、世間的な苦労も知らずに、「白樺」を背景にして文壇へ出た長与善郎である。

大工の子**前田河広一郎**

（まえだこう・ひろいちろう　一八八八－一九五七）明治二十一年十一月十三日、仙台市空堀丁一に生る。宮城県立第一中学を五年で追われ、十九の年渡米。皿洗、菓子屋の職工、百姓水夫その他十数種の職業を経て十三年目に帰朝。雑誌「中外」の編集、「日本読書会」等に入りたる事あり。短篇集『三等船客』『赤い馬車』及び、翻訳『ボルシェヴィキの理論と実際』等の著あり。

クリストは、ナザレの大工の子、母マリヤの私生児であった。我が、前田河広一郎もまた、大工の子であり、戸籍の上の私生児であった——。彼の、自伝を借りる——。

「俺のおやじは大酒飲みの、渡り者、たたき大工だった。母は貧乏士族の末っ子で、十五か十六の時いっしょになって、自分と云う因果な男の子を生んだ。生むと匆々《そうそう》おやじは、俺を広瀬河へ投《ほう》り込もうとした。祖母が怒って、夫婦の仲は裂かれた。それから、二人はおりおり思い出したように同棲した。が、もともと性があわぬというものか、別れ別れになって、父はもとの漂浪者になり、母は他家へ転嫁した。そんな二人なので、俺は戸籍の上では私生児だ。今川姓を名乗っている父とは未だに会う機会がない。双方とも破裂しそうなテンペラメントをもった男と女とが、お互いの悪いところと急激なところとを、注ぎ込んで矛盾撞着に充ちた小児を拵えた。それが即ち自分だった。俺の自叙伝は、そのまま小説になり得るところもあるし、なり得ないところもある。いずれにもせよ、俺も大工の子だ、そして、酒も飲む」

全く、彼の言うとおり、彼は大工の子で、酒を飲む。ようやく物心のついた頃は、田舎医者の伯父と一緒に、東京に、仙台に、仙台の北の栗原郡の若柳という田舎町に、転々として放浪の旅をしていた。今日に到る彼の、三界無宿のヴァガボンドの生活は、早く、その時、芽生えていたと言っていい。

仙台の第一中学へ這入ったのは、彼が十二の歳であった。保証人は伯母の父だった。さむらい気質の、頑固一徹な意地悪るやで、彼を「露探《ろたん》」〔日露戦争時のロシア側スパイ〕になるだろうと言っていた。その彼が、三年級の頃から「魔声」という回覧雑誌を拵えて、盛んに駄小説を書いていたということは微笑してやっていい。だが、彼は不良少年であった。よく洋食屋に借金を拵えて、食傷した青い顔をしながら文学の話や社会主義論などをやったものだ。五年級の時に落第した。寄宿舎に厳格な新規則が貼り出されたのを引裂いたり、保証人の判を同姓の友人から借りて何かの届書についたのが発見されたりした結果、とうとう、第六年目の夏に退校を命ぜられた。

その後、間もない頃だった。彼は、当時『黒潮』の作者として、飛ぶ鳥を落すばかりの大先生、蘆花徳冨健次郎の玄関に、ひょっこりと、その姿を現わした。石川三四郎の「新紀元」に紹介された。その雑誌が潰れたので某氏の居候をしたのや、友人の牛乳配達夫となり、耕牧園という農園で百姓をしたりした。そのうちに、蘆花はロシアから帰って来た。「あなたは洋行をしなさい、するなら旅費は出しますから」と言って、郵便局の通帳にありたけの金を投げ出してくれた。彼は蘆花が、ヤスヤナ・ポリャナで穿いていたという靴に、皹《あかぎれ》のきれた足をつっ込んで、ミネソタ号に乗って、米国は、シカゴへと、それからの長い放浪の旅に故国を出帆したのだった――。時に、彼は僅か、十九の春を迎えた青年であった。

鍋の尻を二年程も敲《たた》いた。香水売、果物商、珈琲の註文取、ミシガン湖の沖で死のうと思ったこともあった。

彼が、英語で書いた『二十世紀』という小説が、紐育《ニューヨーク》の詩人、ヴェレックの主幹「インターナショナル」誌上に発表された時、彼の年来の野心は、とうとう、彼を駆りたてて、米国言論思想界の中心地、紐育へ行かしめた。

それからも、いろいろな身の転変があった。三航海した。「船の生活は俺を全く男にした。俺は海の底から『力』を摑んで、再び陸へ戻った」と、彼は自分で言っている。十四年振りで、今の妻を恋に得て、日本へ帰って来た。安成貞雄の「中外」を知ったのが、彼の日本での処女作『三等船客』発表の機縁となったのであった。

江戸下町の詩人**久保田万太郎**

（くぼた・まんたろう　一八八九‐一九六三）明治二十二年十一月、東京浅草田原町に生る。慶應義塾大学文科卒業。短篇集『東京夜話』『恋の日』その他の著あり。

今もなお、昔のままの江戸下町の詩人、久保田万太郎は、自伝の一頁で恁《こ》う言っている。

「私が今日のような生活に入るようになったのは、全く祖母と、母と妹との力だと云ってよいのです。と言うのは、父は堅い人間で、私の兄が死んでからは家の後を私に継がせるつもりであったのです。しかし、こちらは学校生活が続けたくて、何という事もなく父に反抗しました。そこで、祖母――全体私は祖母の手一つで育ったと云っても可《い》い位おばあさん育ちであったから、勿論祖母が私の味方になって、父を無理に説いて学校生活を続けさして呉れたのです。私は人間として誰からどんな影響を受けているかと考えて見ますと、祖父からは気紛れなところを、祖母からは好奇心の強いところを、強情なところを、母からはセンチメンタルな心持を受けている様に思われますが、さて父からは何を受け継いでいるか一寸《ちょっと》考え浮びません。けれども肉体的には似ているそうです、自分では気がつかないのですが」

と言った彼は、明治二十二年、浅草の田原町に生れた。小学校時代、奉公人に貸本を読む者が多かったのでその影響を受け、〔村井〕弦斎の小説及び講談本等を耽読した。弦斎のものは殆んど読破し、講談の中では最も侠客を好んだということである。浅草公園の傍の隠居所に住んでいる祖母の姉のもとに遊びに行くことが多くて、その家に出入りする役者芸人等の生活を見聞きしてその影響をも受けたということである。後、紅葉、鏡花の作品を濫読し、傍ら当時流行していた〔押川〕春浪の冒険譚をも愛読していた。中学時代に廻覧雑誌「幸草」を創刊したこともある。「文章世界」に短歌と俳句とを投書したこともある。とうとう、三年生の時に落第した。

四十二年、慶應義塾普通部を卒業、なお上級に進もうとしたけれど許されなかった。父の意に添わんとして高等工業へ入学を志して果さず、結局、慶應文科の予科に入った。永井荷風の『すみだ川』『歓楽』等を愛読して、その作者に対する憧憬は深かったが、まだ、文学者になろうという志などは毫《ごう》もなかった。翌々年の一月、始めて創作の心動き、小説『朝顔』の一篇を作り、兼ねて毎月一回宛《ずつ》の検閲の約束のあった荷風のところへ持って行った。しかし何等の批評も与えられなかった。翌月には戯曲『遊戯』を持って行ったが、やはり何等の批評も与えられなかった。失望落胆は言うまでもないことである。祖母、母、妹の同情で、父に秘密で通学していたため、精神緊張、必ず、よき作を成そうと、自分の心に誓ったということである。

その年の五月に「太陽」で百円の懸賞創作募集があったので、戯曲『プロログ』を匿名で投書して、七月当選、撰者の小山内薫と知るようになったのである。その前月の六月に、半年前に書いた『朝顔』が、思いがけなく「三田文学」に発表されて、自分ながら、その案外に拙劣なのに淡い失望と哀愁とを感じていたところ、東京の下町に材を採ったことの稀《めず》らしく、「東京朝日」紙上で小宮豊隆から同情のある批評を受けた。中村星湖がこの批評を駁《ばく》し、とうとう豊隆、星湖の争論となり、無名の万太郎、一躍文壇に名をなしたのであった。

四十五年の一月に、小説『お米と十吉』を「新小説」に発表した。これは彼が原稿料を得た最初である。

大正三年には、慶應文科を卒業した。祖母、母、妹達の喜悦に迎えられて、万太郎、感慨に堪えざるものがあったという。その頃、既に、彼は吉井勇、長田秀雄幹彦の兄弟、岡村柿紅《しこう》などと親しく交わり、同時に芝居劇場の方面の人々とも接触して、文壇の一角に、江戸下町の詩人として立っていたのである。

日蓮宗の**藤井真澄**

（ふじい・ますみ　一八八九－一九六二）浜川冷人とも号す。明治二十二年二月五日、岡山県御津《みつ》郡馬屋下《まやしも》村に生る。百姓の次男。関西中学、早大法科、等を経て今日に至る。雑誌「黒煙」を編集せし事あり。『民本主義者』『窟』『春の宵』『洞窟を出て』『科学食料会社』『吹雪の町』等の作あり。

彼は早稲田大学予科時代、谷崎、広津と同級であったが、後、政治経済科に転じた。在学時代には日蓮宗の教義とマルクスに凝り、卒業後は坪田譲治等と共に、小川未明を中心として労働者学生その他あらゆる階級を集めた「青鳥会」なるものを組織し、その牛耳をとっていた。青鳥会とは当時の有数な文学結社であって、今日作家として立っている宮地嘉六、岡田三郎、佐々木味津三、内藤辰雄、吉田金重等の諸氏もこの会員であった。その席上では小説戯曲、評論を互に朗読し月評するのであったが、彼の作は常に会員中、評判が悪かった。

その後この会員の手によって雑誌創刊の議が成立し、彼はその中心となり、未明もまた寄稿をする約束のもとに、「黒煙」を発刊した。この雑誌は、初めは同人雑誌の形式を保っていたが、後に及んでは彼の一人舞台となり、プロレタリア文芸のために彼は気焔を吐いた。そして、発刊中の一年間において、彼はプロレタリア作家及び評論家として、中村吉蔵に認められ、つづいて『科学食料会社』という表現派的戯曲を「解放」誌上に発表するに至って、彼の文名は一躍、新進作家の列に加えられたのである。

「黒煙」の廃刊後、彼は中村吉蔵のひきいる「イプセン会」の会員となり、その会は大正十二年十二月牛込会館において彼の作『令嬢と犬』の表現派的戯曲を上演した。しかし劇作家としての彼の地位が確立したのは、それよりもすでに前に、『妖怪時代と奇蹟』という劇作集を出して以来のことである。

また彼の日蓮宗の信仰と智識とは、彼に長篇『超人日蓮』の作をなさしめ、数多の文学青年にただならぬ衝動感激を与えたのである。かく常にプロレタリヤ文学の先鋒となり、文学運動のため突進して奮戦してゆくところを見て、世人は彼を第二小川未明とも言う。

二十一歳の処女詩集**三木露風**

（みき・ろふう　一八八九－一九六四）名は操、曽《かつ》て露風と記す。明治二十二年六月二十三日、兵庫県揖西《いっさい》郡龍野町に生る。早稲田大学、慶應義塾に学ぶ。詩集『廃園』『寂しき曙』『白き手の猟人《かりゅうど》』『幻の田園』『蘆間の幻影』『信仰の曙』『青き樹かげ』等の著あり。

彼をめぐる人々は皆善い人々であった。彼は幸福に生活した。彼の美的性情とでもいうべきものは、土地や、自然の関係から享《う》けるところが多かった。彼の書いた幼稚なその頃の色々の物の中には、郷土の自然の精というようなものが、絶えず織り込まれていた。彼の郷土は播磨で、町は古い城下である。山もあり、川もあり、その上瀬戸内海の風に始終吹かれているというような土地である。中にも彼はその空気を大層愛していた。子供の時分は渓流の畔《ほと》りに沿うて歩いていることが、この上もなく好きであった。そして、山に入って色々な空想をしたりして、悦ばしい少年時代を過ごしていた。山には山桜があった。それから又松も随分多かった。月夜の晩など風があるとも思わないのに、山の中腹あたりでは始終籠った松風の音が聞えていた。

当時彼の性情に深い関係のあったのは、神社に対する崇拝の気分である。宮は高い高い山の中腹頃にあった。そして、そこに行くには数知れない程の石段を登って行かねばならなかった。上には杉の樹立が陰気ではない程に茂って居り、筧《かけい》の山水がみたらしの鉢に絶えず細かな、静かな音を立てていた。そして、神々しい宮の屋根には、金色の藩公の定紋が打ってあり、青銅の樋がその屋根を巡っていた。その神社の少し脇の方にはこれはやはり旧藩主のものであったが、茶室建築が建てられていた。その家は池の中に建ったもので、それには風雅な橋が架かり、池の周りには萩が一杯に植わっていた。そして、その萩は夏から秋になると、赤と白とが入り交って美しく咲いていた。そのひっそりとした自然の気合、庭園の気分、というようなものが、神社の神々しさと相俟《あいま》って、いかにも子供心に深い感じを起させた。

こうして、彼は静かな詩人として、ひそかに生育して行ったのであった。

岡山へ行ってから有本芳水などを知り、その人々と一緒に、岡山から「白虹」という文学雑誌を出したりした。明治三十八年の日露戦争の二年目、世の中の騒がしい中に、彼は、自費出版で小詩集『夏姫』を出した。彼は、それを閑谷《しずたに》村という名の通りの山村で、渓流に臨んだ不言園という某氏の別墅《べっしょ》で書いたのである。彼はその別墅から、古い由緒のある漢学を中心にした学校に通っていたのであった。

後、早稲田の文科に入る志望で上京した。前田夕暮を知った。夕暮に勧められて、尾上紫舟を中心とした「車前草社」に入って歌作をした。夕暮、〔若山〕牧水、〔正富〕汪洋《おうよう》、〔有本〕芳水と彼の五人で、詠草は「新声」に掲げていたのである。その頃から夕暮とは親しくて、ずっと長く文学の道を一緒に歩いて来た。しかし間もなく、彼は歌作を廃して、専心、詩をやることになった。彼の詩を推奨したのは生田長江であった。雑誌「芸苑」誌上で、多く、詩作を発表したが、同誌の中心であった故上田敏博士の感化を受けたことも多かったと言わなければならぬ。また、文壇へ出るまでには、徳田秋声にも恩義を受けている。

四十年に早稲田の文科へ入学している。

相馬御風、人見東明《とうめい》、加藤介春、野口雨情と、その頃の詩壇に新機運を作ろうという意気込みで、「早稲田詩社」を起したのもその頃である。

御風と彼とは口語詩を作った。それは、日本の自由詩の最初の運動となっているのだ。

雑誌「新声」の編集をしたり、その頃、問題となった自由詩の評論をしたり、「ハガキ文学」という雑誌の口語詩欄を選評したりした。

明治四十二年七月に、百二十篇ばかりの詩を集めた『廃園』を出版した。かくて彼は確実に文壇へ出たのである、当時、彼は、まだうら若い二十一歳であった。

女を描けば必ず姦淫を思わす **室生犀星**

（むろお・さいせい　一八八九－一九六二）名は照道。明治二十二年八月、金沢市裏千日町に生る。父に就いて経典を学びし外一定の学歴なし。詩集『抒情小曲集』『愛の詩集（二巻）』『田舎の花』『星より来れる者』『亡春詩集』、小説集『性に眼覚める頃』『結婚者の手記』『蒼白き巣窟』『美しき氷河』等の著あり。

菊池寛、或る時、久米正雄のいわゆる微苦笑を洩らして曰く「女を描けば必ず姦淫を思わするものは室生氏なり。一篇の結構を見るに、此女房の淫なる姿態を描く何等の必要あるに非ず、ただ作者の趣味に過ぎず、むしろ、室生氏がエロチシズムの弊と云うべし。氏の作品に現われたる男女関係は、ヴェデキントのそれの如く、強き性欲のそれにも非ず、シュニッツレルのそれの如き恋愛三昧にもあらずして一重に、いろの世界なり、感覚的エロチシズムの世界なり。氏の作品には、常に高等なる春本的香味の漂う所以《ゆえん》か」と。けだし至言と言うべきであろう。

とは言え、彼の無名作家時代の赤貧は、今なお、文壇に残る噂話である。湯銭すらなくて、机の抽斗《ひきだし》より見出した三銭切手を合掌礼拝して、湯屋に行き、当時四銭の湯銭を一銭負けさして、好きな一夜の湯につかったというのもその噂話の一つであろう。

明治三十五年、小学校を卒業したきり、学歴と言っては何にもない。その頃から「少年世界」「少年界」を愛読した。また、講読本――例えば侠客伝、盗賊物、お家騒動、武士伝、烈女伝等の怪奇なる口絵を、人に隠れて美濃紙に写すことに秘密の快楽を貪った。父親に発見されて厳しく禁じられたが、夜々秘かに繰返した。一方また、美少年に対しては異常なる悩ましい憧憬を常に持っていた。その翌年から俳句を愛好し句作した。彼が得意の一句がある。

逝く春やたんぽゝの花日に驕る

そのまた翌年、「新声」に詩「さくら石斑魚《うぐひ》に添へて」を投稿して掲載された。選者は児玉花外《かがい》であった。花外に書を寄す、その返書に言う、「君の如き詩人稀有、予は君に期待す、詩作を怠る勿《なか》れ」と、また言う、「北国の荒き海辺に育てる詩人に熱情あれ」と。彼が性に眼醒めたのはこの頃からである、ということである。

明治四十一年五月、出京、本郷根津の町裏に下宿して、酒の味を知った。萩原朔太郎を知って豪飲大酒に浸っていた。彼の放浪生活が始まったのであった。

大正六年、処女詩集『愛の詩集』を自費出版した。翌々年の八月に、処女作『幼年時代』を「中央公論」に発表している。八月に『性に眼覚める頃』、十一月に『或る少女の死まで』を同じ「中央公論」に発表して、文壇の位置を定められたのである。九年一月、創作集『性に眼覚める頃』を、佐藤春夫、加能作次郎の情誼《じょうぎ》に浴して新潮社から出版している。
――かくて、彼は、女を描けば必ず姦淫を思わすする作家になったのである。

旅役者だった**福士幸次郎**

（ふくし・こうじろう　一八八九‐一九四六）明治二十二年十一月五日、弘前市本町五丁目に生る。開成中学、国民英学会等に学ぶ。詩集『太陽の子』『展望』の外、翻訳『イワン・イリイッチの死』及び社会、芸術詩歌の評論多し。

彼は青森県弘前市に生れた、明治二十二年であった。

父親は俳優で太夫元を兼ね、ちょっとした彫刻もやれば、俳句も作り、音曲なども巧みだったが、まずいのは金をこしらえることであった。始終一家は貧しかった。八歳の時に始めて舞台に立った。それからの二、三年を、父に伴われて、北海道、秋田、津軽方面と、各地を巡廻したのである。彼は幼い哀れな旅役者であった。痛ましい追憶として今なお、彼の胸には、当時のことが、ありありと思い浮べられるということである。

彼が上京して来たのは日露戦争当時であった。開成中学に通った。初めて短歌を作って、秋田雨雀を知り、その指導を受けたのである。学校は耐え難く不愉快であった。保護者であった親族の者とは争った。彼は漂泊を思い立ったのであったが、その時も、雨雀に救われた。

明治四十二年、自然主義的思想の影響を受けて自殺を企てたこともあった。同年の冬、自由詩社の一員となって『錘』以下の詩篇を書いて初めて文壇に現われた。

その翌年、自活しようと思って、活動写真その他の雑誌を発行してみたが失敗した。その上、文壇的生活の希望をも失い、かつ失恋の痛苦を知り、またまた自殺を企てて、思想はますます沈衰したのであった。で、その冬、持って生れた放浪性に負けたもののように、漂然と旅に出た。常州、甲州、信州、名古屋と転々として、雑多な職業に従事した。

最初の詩集として『太陽の子』を自費で洛陽堂から出版した。

文壇意識を味到した**菊池寛**

（きくち・かん　一八八八－一九四八）明治二十一年十二月、高松市に生る。京都帝国大学英文科卒業。短篇小説集『恩を返す話』『無名作家の日記』『我鬼』『心の王国』『冷眼』『極楽』『道理』、長篇小説『真珠夫人』、脚本集『藤十郎の恋』『茅の屋根』、評論集『文芸往来』等の著あり。

現今の文壇は、何と言っても菊池寛の世界であり、彼の立籠る「文藝春秋」は、どの点から見ても、いわゆる文壇意識の中心地である。彼の言説は、善かれ悪しかれ、兎も角も、常に、文壇話柄の問題となる――今日に到るまでの苦労は、それだけに、また、並大抵なものではなかった。

『無名作家の日記』は、彼の出世作と言ってもいい。文壇に出《い》でんとする青年文士の焦燥を描き競争心を描き、友情の下に隠れたるエゴイズムを描いている。その一節を借りて見る。「同人雑誌の発行を、凱旋《トライアンファント》的に報じて孤独に苦しんで居る俺を、飽く迄傷けてやろうと云う彼の性質《たち》の悪い悪戯だ。同人に加えない俺には、少しの必要もない初号の締切期日などを報じて、俺を焦燥《いら》だたしてやろうと云う彼の悪意が、歴然と見え透いて居る」と書き、また、「雑誌『×××』の評判が素晴らしく好い。殊に山野の『顔』の評判がいい。俺はなるべく新聞の文芸欄を見まいとした。『××

×』が評判されるのが、癪だからである。が、何となく『×××』の評判が気になって仕方がない。俺は、白状するが、もう三日ばかり、続けて図書館に通った。そっと『×××』の評判を読む為めにである」と書き、また、或るところでは、「が、山野のトリックに掛って、旨々《うまうま》と『夜の脅威』を、得意になって差出した俺の弱さ加減を考えると、俺は自分の身をいとおしむ涙が双頬を湿すのを感じた」とも書いている――同人雑誌と言い、雑誌×××と言ったのは、恐らく「新思潮」のことだろう。山野の『顔』というのは、芥川龍之介の『鼻』のことだろう。そして、『夜の脅威』というのは後年、確実、彼をして名を得せしめた『藤十郎の恋』のことであろう。当時彼は、何かの事情で、同じく一高からの友達の芥川や久米が、東京の大学に踏みとどまったのに、彼独りは、京都の大学へ行かなければならなかったのだった。

寮の鈍物《どんぶつ》と云われて、炬燵《こたつ》の中に泥靴を穿いたままの足を突込んで笑われた一高時代、或るパトロンから学資を貰って僅かに大学の帽子を頭に冠っていた京都帝大時代――ようやく学校を出て、先輩知己の紹介で辛うじて「時事新報」の、しかも文芸部とは方面違いな、下廻りの記者の職業にありついた時の月々の月給は、今日、原稿料や上演料などを合せた数千円の収入の何百分の一だったろう。多分その当時のことだ。寛にとっては、莫逆の友芥川龍之介が初めて『羅生門』を上梓して、その出版記念の会が催された時、二円の会費がなくてその席に出られなかったとのことである。それが遠い昔のことか、つい五、六年前のことである。

今の、「読売新聞」の社会部長の千葉亀雄氏、当時「時事新報」の社会部長だった。

「寛君も出世したものだナ」

と、口には出して言わないにしても、千葉亀雄腹の裡では屹度《きっと》、呟いていることでもあろう。

彼の新聞記者時代の感想を叩いて見ると、彼は言う、「入社後一寸苦しんだのは、編集室に居る所の所在なさであった。話相手もなくボンヤリ椅子に腰かけて雑然たる周囲の活動を見て居るのは、何だか自分一人除《の》け者にされて居るようで厭であった。が、この所在なさは一月ばかりで跡を止めなくなった。最初の内は流石に訪問という事は愉快ではなかった。無論自分個人の用で未見の人を訪問する程気苦労なものではないが、それでも可《か》なりの不安と焦燥とがあった」——その菊池寛が、『真珠夫人』を「大阪毎日」と「東京日日」の両方に掲げて大喝采を博し、続いて中村鴈治郎が『藤十郎の恋』を、東西の大劇場で上演して、未曾有の人気を得たことは、今なお文壇劇壇話柄の一つとなっている。

原稿の盗難を恐れた**江馬修**

（えま・しゅう／なかし　一八八九－一九七五）明治二十二年十二月十二日、岐阜県大野郡高山町に生る。斐太中学を卒業間際に退学。長篇『受難者』『暗礁』『不滅の像』『運命の影』、戯曲『訪るる女』、創作集『樫の葉』『三つの木』等の著あり。

彼が十七歳の時であったと云う、恰度《ちょうど》、彼の国に横山大観がやって来た。彼は家の親しい人に伴われて大観に会った。大観のその時の彼に対する好意と親切とが、彼に、芸術に対する希望や、東京に出たいという希望を起さしたのである。後年の彼に何等かの意味で影響を残しているであろう。学校は中学の四年生であった。彼は短篇小説を書いてみたり歌を作ってみたりしていた。自然主義勃興の当初だったから、まだ田山花袋の『蒲団』は出ていなかったが、芸術家は技巧をはなれて、赤裸々になれというような議論が盛んに唱えられていた。彼はその議論のほうから、いろいろ文学のことを教え込まれていた。作品では、彼は独歩のもの、『画《え》の悲しみ』や『馬上の友』を愛読していた――要するに、幼年時代の彼は一個のこの頃にも見る文学青年に過ぎなかった。

二十三の年の一月に書いた『酒』という処女作がその二月の「早稲田文学」に掲載されて、続いて『蔓』『照江』の二作も同じ雑誌に発表された。当時は多くの新進作家が出始めた時であったが、彼も以上の三篇に依って、殊に『照江』は随分評判にも上って、文壇の隅にその名を紹介された。

自活しなければならぬ。だからその場限りのような小説でも書かないでいる訳には行かない。といって、小説を書いても今迄のように歓迎をされない。こういう苦しい状態が、彼にもしばらくの間続いたのであった。その頃、彼は阿部次郎と一緒でストリンドベルヒの『赤い部屋』の翻訳をすることになった。彼をして文壇に名を成さしめた長篇小説『受難者』の、その小説の構想を彼がはっきりと掴んだのもその頃であった。といって、翻訳をやっていては創作のほうが出来なかった。

彼は結婚した、大正三年の秋であった。『赤い部屋』の翻訳は、彼にやっと一ケ月の食を与えた。ところがまたその時に『地獄』の翻訳をやる事になったので、四十日程無理に暇を作って『受難者』の筆馴らしのつもりで『山寺』の一篇を書いた。百六、七十枚のものであった。その時一年計りの予定で、月々二十円の金を貸してくれるという或る知人の好意を受けて、彼は愈々《いよいよ》『受難者』の稿を起したのであった。苦しい生活だった。質屋に行くことも憶えたし、有りもせぬ本を売ったりもした。本郷にいる母親が病気になった。彼は昼は看病しながら夜中に起き出しては原稿を急いだ。一ケ月の病気の後に母親は死んだ。

「私は受難者の原稿が盗難に罹る事を恐れて、友達の家を訪問する時には、受難者の原稿を布呂敷に包んで持ち歩くようにして、一寸の間も身辺を離さなかった。又街を歩いている時にも、誰かに殺されやしないかというような、自分ながら可笑《おか》しい位の不安を感じたものだ」

と、彼は自分で書いている。

書かないでも流行作家の**田中純**

（たなか・じゅん　一八九〇－一九六六）明治二十三年一月十九日、広島市に生る。広島中学、神戸関西学院を経て、大正四年早稲田大学英文科卒業。創作集『妻』『月光曲』等あり。

彼は批評家でもないし、随筆作家でもないし、小説家でも劇作家でもない。しかし流行児で新進作家田中純という言葉は誰が聞いても不自然にはきこえない。里見、久米、芥川と肩をならべての作家として、世間に通用している。しかし彼はどんな小説を発表したか？　誰もその作品の名前をいうことが出来ない。またどんな劣い作品を書いたか？　それも覚えているものはなかろう。しかも彼は流行児であり新進作家である。どうも不思議な文壇人である。

彼はもと関西学院に在学中は牧師とか神学者になろうという志望をもっていたのだが、中途から反逆者となって、ともかく卒業すると直ちに上京して、早稲田の文科に入った。彼は相馬御風に師事して、在学時代から、御風、星湖、久雄等の関係していた「新生活」という文学普及会に関係していた。また、御風の翻訳の下仕事をしたり、評論を書いたり、どちらかといえば世間の波にもまれた学生であった。

卒業後は細田源吉と共に「新小説」の編集にしたがい、文壇の流行児と交際することに努め、『智慧の果』を「文章世界」に発表するより前に、流行作家の列に加わっていた。彼はその頃からすでに早稲田派の作家から離反して、淳、鏡花、薫等の芸術至上主義者、しかもデカダン味のある方面に参加していたのである。そして久米、里見、吉井等と共に不良文士の名を得ながら、彼もいつの間にかこれ等の作家の列に入ってしまった。しかし、傑作と称せられるものは書いていない。否これから書くつもりであろうが、すでに「文壇随一の社交家」、「策士」という名称が彼には与えられているのだ。一時評論家としてしきりに、「実観の貯蔵」という言葉を使って評論の筆をとった当時の、彼には芸術に対して真摯なところがあったようであるが……。

彼は里見、久米等と交友を結ぶに及んで、「文壇の社交家」という名前と共に流行作家の名前を得て、「人間」の編集同人となってからは、益々文壇の中心作家となるに至った。「人間」は「人間」派らしい仕事を文壇に残した後、新進作家の紹介にも力を尽したが、元来、「人間」派作家にはデカダン風のものが多かったので、彼も勢いその間に、その方面でも一流大家と称せられるに至った。「人間」が一度廃刊されて、再び神田の金星堂から発刊されようという時、彼がこの計画の成立しないような或る方法をとって、「人間」の再刊を実現させなかったことは、彼の失策であると共に、大正十二年度の文壇にプロレタリア文学の隆盛を見せた一大理由であったかもしれない。何となれば「人間」の再刊さえ実現したならば、「新興文学」「文学世界」の売れ行きに大いに関係したであろうから。故に彼の失策は、文学史上から見れば意義ある失策であった、とも言い得るのである。

洋行帰りの岡田三郎

（おかだ・さぶろう　一八九〇－一九五四）明治二十三年二月、北海道松前郡福山町に生る。早稲田大学英文科卒業。かつて博文館にて、「文章世界」を編集せし事あり。短篇集『涯なき路』、長篇『青春』『巴里』等の著の外多くの作あり。

岡田三郎は、フランスから帰ると急に文壇の大家になったような観がある。フランス遊学前にすでに二、三の短篇と長篇『青春』を出していたが、あまり人気のある作家ではなかった。どうかすると鳥渡《ちょっと》文壇に現われて、又すぐに消えてしまいそうに思われる作家であった。その意味で、フランスへの遊学は、まことに彼にとって意義あるものであった。

彼は北海道福山町に生れた。荒い潮風と追分の情緒に育った。上京して早稲田の文科に入ったが、半ばにして軍籍に入り、一年有余軍隊生活を体験した。仮帰休ということで、軍籍を離れると再び上京して、文科に帰り大正七年に早稲田を卒業した。彼は北海道にいる頃から、すでに「文章世界」などに小説の投書をしていたが、学校を出る前に「新愛知」の懸賞募集に、後年「地平線」という同人雑誌に『涯なき路』という題で書き改めたところの、小説をもって応募し、第一等に当選した。その選者は、たしか徳田秋声と正宗白鳥であったように思う。で、彼はこの一篇によってこの両大家に認められたのである。

彼は、優等の成績をもって学校を出ると、同人を集めて文芸同人雑誌「地平線」を創刊した。彼はこの雑誌で専ら、牛耳をとっていた。そして、その学校を出た翌年に、中村星湖の紹介で「文章世界」の記者となった。「文章世界」が「新文学」と改題して後しばらく勤めていたが、主幹の加能作次郎と共に博文館を辞した。記者生活を止した彼は、その後専ら文章をもって立つに至ったのである。

「文章世界」の記者である頃、彼は同雑誌に二、三の短篇を発表し、また「早稲田文学」にも二、三の軍隊生活を取扱ったものを発表していたので、彼が文壇に現われた時は、新進作家として諸方面より相当嘱望されたが、彼は或る人の補助を得てフランスへ遊学することになった。遊学中いろんなことで多少金に困ったらしいが、一年有余を、とにかくフランスで暮して帰って来た。

帰朝後、彼は「新潮」に『巴里』を発表した。この作品は表現上において、彼の主張である立体派描写を応用したもので、すこぶる新しいところがあって、大家の作品に倦きた青年達に好評を博した。彼は今や、新早稲田派の第一人者として、大なる抱負と意気込みとをもって文壇に乗り出しつつある。

コムレードの**青野季吉**

（あおの・すえきち　一八九〇 - 一九六一）明治二十三年二月、新潟佐渡郡沢根町に生る。大正四年早稲田大学英文科を去って、「読売新聞」、「大正日日」を経て今日に至る。翻訳にロープシン『蒼ざめたる馬』あり。

新潟県佐渡に生れた彼は、上京して早稲田大学文学部を卒業して、「読売新聞」の社会部に入った。当時社会部長は、現「朝日新聞」の学芸部長の土岐哀果であった。哀果が社会部長を止し読売を辞するに至った原因は、当時その下に働いていた青野等の若い社員の排斥があったからであろう。青野はその後「大正日日」にしばらくいたが、日日が廃刊となると国際通信社の翻訳部に入った。この社は平林初之輔、市川正一その他の後年無産階級運動の先駆をなした人々の集まりであった。そのために、青野もいつしか新しい思想に共鳴して、後年に新思想家として、文壇にうって出る素地を作った。

彼は平林初之輔とは少し遅れて、文壇に現われたが、その戦闘的な筆致の、裏に含む革命家的の焔々たる熱情によって若きプロレタリアの人々の崇敬の的となった。例えば「コムレード[*1]の芸術」

というような評論の如きは、革命文学を語るものとして、無比の文章であったようである。

彼は震災前に国際通信社を止して、浪人となっていたので、プロレタリア文士にとって一大脅威であった震災のために、生活の方途に尽きて或いは新聞配達にさえもなろうとしたのである。彼には節操を裏切って進むことは出来なかった。が、最近、きくところによると彼は、再刊さる雑誌「解放」の編集人となり、同社の松本弘二と共に、プロレタリア文学又は新思想のために大いに健闘する筈であったが、遂に同誌再刊は絶望となった。

彼は極めて無口の無愛想な、一見、愚なるが如き風貌であるが、浮薄軽佻なる態度更になく、あくまでも着実堅固、牢として抜くべからざる意志の持主である。この意味において、当今プロレタリア文学の闘士は甚だ多いが、彼の如き恰好の士は他にないであろう。

＊1　comrade＝同志。同じ団体・政党・主義などの仲間。

歩一歩と築き上げた **新井紀一**

（あらい・きいち　一八九〇－一九六六）明治二十三年二月二十二日、群馬県多野郡吉井町大字池に生る。明治三十七年砲兵工廠に見習職工として入り、大正七年二月、春陽堂に入り「中央文学」の編集をなし、大正九年時事新報社に入り今に到る。『燃ゆる反抗』『二人の文学青年』等の著あり。

歩一歩と、自分の路を開拓し、築きあげて来た新井紀一の、その背後には、水守亀之助、小川未明がいた。この程「文藝春秋」誌上で醜い争いをして不和になった、内藤辰雄がいた。同じ誌上で、この若い二人をいましめた加藤武雄がいた。

小学校を出ると早々、砲兵工廠の一職工として、十三年間も働いた生れながらのプロレタリアの彼であった。確か大正七年の二月である。当時、春陽堂の「中央文学」の編集をしていた水守亀之助が、未見の投書家の彼に思いがけなく手簡を寄こした、それが機縁になって、同誌の編集助手となった。毎日十五時間の労働、その十三年間は、誰にとっても決して短いものではなかった。「労働生活、ぎうぎういう目に会わされていたそのどん底の生活は俺の胸を書かずには措けないことで一杯にしてあった。何かへんな瓦斯《ガス》が胸一杯に詰まったように、その吐き出す安全弁を俺は芸術という方面に振り向けたのだ」と彼は云っている。も一つのその理由がある。当時のストライキのことを、彼は、後に、「中央公論」に『友を売る』（のち『燃ゆる反抗』と改題）と題して発表している。その年の三月頃、万世橋のミカドに開かれた未明会の席で水守は、彼を小川未明に紹介した。それよりすこし前、当時どこかの河岸の荷積人足をしていた内藤辰雄を知った。今日まで、辰雄は、彼の敵であり味方であった。未明の紹介で藤井真澄を知り「黒煙」の同人になった。八年の十月に『暗い顔』を、翌々月に『競点射撃』を、九年正月には『坑夫の夢』を発表している。

その年の二月「新公論」で、三十枚ばかりの『職工の死』を発表して、原稿料の十円を貰ったのが、彼の小説の金になった始めである。その前年の暮れに、水守は「中央文学」をよした。残された彼は随分心細く、忙しい思いをしたと云う。で、しばらく創作の筆を執れずにいると、すぐと辰雄は、やって来て云うのだった。「新井！　どうして創作をしないのだ。もうへこ垂れちゃったのか。そんな事でどうして文壇に出られるッ。君がそんなに怠けるなら俺はもう君との交際を止める。俺なんかいつまで認められなくたって死ぬまでやるつもりだ」と、云った友達は、その年の十二月、再び、厭やで厭やで耐らなくて飛び出してしまった砲兵工廠に舞い戻るようになった時、また、彼のところへやって来て、「君は全く駄目だ、もう一息というところじゃないか。一年や半年ぐらい喰わなくたっていいじゃないか。背水の陣をして創作をやれ」と云って、どなり散らしている。

九年の六月、未明の推薦で「時事」の文芸記者となった。辰雄はその頃自叙伝的な長篇に没頭しているし、彼は彼で短篇の作に没頭していた。その頃の作『二人の文学青年』という百二十枚ばかりのものを、水守は、「早稲田文学」へ推薦した。待っても待っても発表されなかった。その年も暮れて翌十年になった。どこへも発表される当てのない創作を、彼は、毎日、ひまさえあれば書いたり、消したり、書いたりした。

その頃、加藤武雄のところで、毎月一回、無名作家の創作批評会があった。三月の末、彼は『怒れる高村軍曹』を持って、その席上の隅に小さく坐った。加藤武雄は、一読、讃辞を彼の頭に浴せかけたのであった。辰雄も、心からこの友達を激賞した。一年の間も陽の先を見なかった『二人の文学青年』と置き換えられて、その年の八月、この出世作『怒れる高村軍曹』は、「早稲田文学」へ発表されたのであった。そして十月には、その姉妹篇とも云うべき『山の誘惑』が、「三田文学」に発表されたのである。

後、「現代文学」の同人雑誌を始める頃には、彼の胸にも、ようやく一条の明るみがさして来たのであった。それでも彼は安心せず、今もなお、自分の路を精進している。

月給二十円の昔の白鳥省吾

（しろとり・せいご　一八九〇－一九七三）明治二十三年二月二十七日、宮城県築館《つきだて》町に生る。築館中学を経て、早稲田大学英文科卒業。詩集『世界の一人』『大地の愛』『幻の日に』『楽園の途上』『憧憬の丘』、評論集『民主的文芸の先駆』『詩に徹する道』、訳詩集『ホイットマン詩集』等の著あり。

彼は明治二十三年、宮城県栗原郡築館町に生れた。中学校も、三年生頃までは、いわゆる勤勉なる学生で、成績優秀であったが、文学的傾向を帯びるようになって、学科に対する興味を失ってしまった。四年生の時、始めて『藤村詩集』を読んで、彼も新体詩なるものを詩作し、詩や散文を「文庫」なり「新声」へ投稿した。明治四十一年に上京して来ている。本郷根津の下宿から、彼は毎日上野の帝国図書館に日々規則的に通い、徳川時代の雑書や自然主義勃興時代の小説評論等を乱読していた。野石と号して「新潮」「文章世界」に十数篇の詩を投稿した。どちらも選者は蒲原有明であった。

上京の翌年五月、早稲田大学文科に席を置いている。尾上紫舟の門下の組織する第二次の車前草社に加わって、一時は熱心に歌作をした。翌年の十一月には、秋田雨雀、人見東明などの編集している、「劇と詩」に詩を発表している。全く孤独で詩作をしていた彼の最初の発表である。

彼にも、いたいたしい恋があった。恋人は死んだ。後に出版した詩集『心の日に』の前半にはこの女性を歌った詩が収めてあると云う。

大学時代、彼はポーとホイットマンとを愛誦した。広津和郎、谷崎精二、矢口達、原田実は彼の同窓の友達であった。処女詩集『世界の一人』を自費出版したのは、大学卒業の翌年、大正三年六月であった。その年、吉江孤雁の紹介で「武侠世界」に入社したが、約一ヶ月で押川春浪に首をきられた。「君のような、苦労を知らぬお坊ちゃんには困る」とか、何とか云われたのであろう。

西宮藤朝《にしのみやとうちょう》、富田砕花《さいか》などと、同人雑誌「作と評論」を出した頃のことである。彼は雑誌「新少年」の編集部に入社した。その時の彼の月給は、僅かに二十円であった——たった二十円であった。それでいて翌年の三月まで、一年半程の間と云うもの、彼は、校正から訪問まで、みな自分一人の手で担当編集したのであった。そうした二重生活の疲労と寂寥とが、彼に時折りの遊蕩を覚えさした。この廃頽に、力と光とを与えて、自己を鞭撻したのは、彼の間断なき詩作だと云うことである。

よき妻でありよき母である **鷹野つぎ**

（たかの・つぎ　一八九〇－一九四三）明治二十三年八月十五日、静岡県浜松市下垂町に生る。浜松高等女学校出身。信濃佐久松原湖畔の人鷹野弥三郎氏夫人。創作集『悲しき配分』『ある道化役』、評論感想集『真実の鞭』の著あり。

最近、或る若い批評家が云った。

「鷹野つぎ氏はいかにも日本の女流作家らしい作風を持った人である。ちっとも飛び上ったようなところや、野心的なところはなく、虔《つつま》しく、静かに日本の家庭における婦人の姿を描き、そこから見た人生と生活を表現しようとしている。その批判は常識的であるが浮ついていない。技巧も自分自身のものを持っている。勿論時代の相違はあるが、素木《しらき》しづ子氏に、稍《やや》似通ったところがあるように思う」

と、けだし至言と云ってもいいだろう。平凡と云えば平凡である。しかし日本独特の女性として閨秀作家の甚だ少い今日、彼女の文壇への擡頭は、聊《いささ》か意を強うするものがある。

彼女の十七、八歳の頃、結婚前夜の気持ちを、自ら慥《こ》うも言っている。「その、娘のころに、刺戟が強かったほど、記憶に深く残って、その時の心持の後をひいて来るようです。そういう時期には、特別にいろいろな事情が精神的にも響いて来て、むしろ誇大に響いて来て、若い心を、いろいろ迷わせたり、頑固にするように見えるが、後から振りかえって見ると、やっぱり年齢の感じ方だったことがわかります」と、つつましき女性の言葉である。事実、彼女は、どこまでも、そしていつでも、日本の家庭の、よき妻でありよき母であった。

「私は文壇へ出るなどということは少しも考えていませんでした。夫が同郷という関係で、島崎藤村先生のお家へ伺っていました処から、丁度手許にありました原稿四篇ほどをお目にかけてみてはどうかということで、見ていただいたのが動機と云えば云えるでしょう。前に書いてためておいたものはそのほかにあるはありましたが、その時将来をかけてしっかり始めてみようと思いました。で、そうしっかり心を決めたのも島崎さんへお伺いしてからです、何よりもこうした発奮を与えられました点で、先生には大へん感謝しているのでございます」

と、彼女は、遠慮深く語っている。

本気で書き始めたのは大正九年からであると云う。その夏、初めて島崎藤村に逢ったのである。藤村の主幹する雑誌「処女地」の同人として、一躍、彼女は他の同人達を凌駕して、批評家の眼を一身に集めたのであった。「処女地」は十一年の四月から始まって、十二年の一月に終っている。その間、彼女は毎号何か書いている。処女創作集は『悲しき配分』であるが、これはむしろ大正七年以降のものばかりを集めたもので、彼女自身、古い感じがすると云っている。その後のものは『ある道化役』に蒐《あつ》められている。出世作は、大正九年の八月「新小説」の『撲たれる女』や、翌年の四月「早稲田文学」の『黄昏』などであろう。

「急がず黙って進みたい」と云う彼女である、よき妻であり、よき母である彼女が、寸閑を盗むようにしては、コツコツと紙の字を刻む。今後の彼女に期待するものの多かろう。

秋の好きな **豊島与志雄**

（とよしま・よしお　一八九〇－一九五五）明治二十三年十一月二十七日、福岡県朝倉郡福田村小隈に生る。大正四年東京帝国大学仏文科卒業。『蘇生』『理想の女』『未来の天才』『反抗』、ユーゴーの『レ・ミゼラブル』、ロマン・ロランの『ジャン・クリストフ』の全訳等の著あり。

大正五年頃のことであった。享楽主義的作家はようやく行きつまり、自然主義は亜流のみになって文壇は沈滞を極めていた時、「新潮」は新進作家号として四、五人の新進作家を文壇に紹介した。その中には里見弴、武者小路等の白樺系の作家、及び広津和郎、谷崎精二等の新しい早稲田派の作家があったが、豊島与志雄も藤森成吉と共に、新しい赤門派の作家としてその名を連ねていたように思う。この前に豊島与志雄の名は「早稲田文学」に現われていた。『病後』という作品の如きは、その一つであった。

当時、「早稲田文学」を編集して未だ文壇の一方に勢力をもっていた中村星湖は、早くも彼の堅実な作風を認めていた。彼は、その後擡頭したところの芥川、久米、菊池等の赤門派の作家の如く、その人間としても、その作品から見ても派手ではなく、むしろ地味である。が、そのために星湖に認められたように、彼の作品は浮薄なところがなく、堅実であり、真面目であった。

彼は処女作以来、多く題材を恋愛にとり、結婚にとっていたが、その作風には彼の人格が反映とでもいうのであるか、思い切って突込んだところまで筆を入れないで、易々として退《ひ》きあげてある物足りなさがある。

誰か、確か久米正雄であろうと思うが、彼の作品を批評して、ロシアの現代作家ボリス・ザイチェフの作風に似ていると云ったが、まことに彼はザイチェフの如く晴れた秋空を想わせるような、清澄な作風の持主で、その筆には抒情味が豊かに出ている。秋、それは彼の好める時節で、彼の作品には秋の描写が至るところにあるし、あのブーニンの『秋』という小品を想わせるような散文をも書いている。

彼は人として極めて几帳面であるために、生活も他の作家に較べると、レギュラーである。或る大学に講師として一週に二、三日は出かけて行くし、又ユーゴーの『レ・ミゼラブル』、ロマン・ロランの『ジャン・クリストフ』の如き大作を一枚何十何銭という僅かな原稿料で翻訳もした。彼はそうして或いは教鞭をとり翻訳にしたがっているため時間をとられるのでもあろうが、あまり乱作はやらないで、常にその出来栄えのいい悪いは別として、相当な力作を表わしている。

道楽とてあまりない彼は、読書の他に囲碁が好きで、来客をとらえては碁盤をはさんでよろこんでいる。新進作家の十一谷《じゅういちや》義三郎等はよく彼の家を訪れてはその相手になっているのである。

紳士、教授、文士、**谷崎精二**

（たにざき・せいじ　一八九〇－一九七一）潤一郎の弟。明治二十三年十二月、日本橋蛎殻町に生る。早稲田大学英文科卒業。長篇小説『離合』『結婚期』『恋愛模索者』、短篇集『生と死の愛』『蒼き夜と空』『地に頬つけて』『静かなる世界』の外、二、三の翻訳あり。

彼はおそろしい早口のお饒舌《しゃべ》りで、人が一口言ってしまう間に、彼は五十口も饒舌ってしまう。そして皮肉と諧謔とを連発させる。だが、それでいて決して不道徳的なことを言わないから不思議である。どこまでも紳士然としたところを保っている。

現在では彼は創作の傍ら、母校早稲田大学の文学部に教鞭をとっている。英文学の講義を受持っていて、学生間の評判もいい。但し学生達の心配していることが一つある。それは、女子聴講生が若き教師の彼に恋をしなければいいが、ということである。そんな心配が要る程彼は風采が立派で、誰にでも信用される静かな心を持っている。

だが彼の学生時代は困窮の絶頂のものであった。某電気発電所に夜勤しながら、病気以外には一日も欠席しないで通学していた。毎日、前日の夜勤の疲れのため目を少し充血さして、彼は登校していた。しかも級中第一の秀才であったのである。

その頃谷崎潤一郎は、『刺青』、『麒麟』等を発表し、文壇はもとより一般の人々からも問題にされ、早稲田の文科学生達の中には潤一郎を崇拝するのあまり弟精二をまで崇拝し、又彼に交際を求める者が多かったが、彼は少しも尊大ぶるところはなく、実に質朴に通学する善良な学生の態度を崩さなかった。

学校を卒業後、彼は新聞社に一年間勤めていたが、処女作を「早稲田文学」に発表してより、たちまち文名高まり、中村星湖は彼のため懇ろな批評文をも公にして、未来あるこの作家の途出《かどで》を祝った。友人相馬泰三もこの頃すでに文壇に在り、広津和郎も次いで評論家としてすぐれたる才能を示し、彼は「奇蹟」同人及び宇野浩二等とも盛んに来往し、新早稲田派の新進作家として、見事なる発足において文壇に現われて来たのである。

つづいて「読売新聞」紙上に『離合』が連載せられるに及んで、彼は一流大家の列に加えられ、文壇の流行児となるに至った。

他の作家達が、流行児となって、ややもすれば乱作を発表するにもかかわらず、彼は自重、謹厳の態度に身を持して、一作毎に優れたる作品を発表することに努力している。めぐまれたる才能を持っている上に、努力の人である。過去もあったが、また未来もある作家である。

捨児か貰い子か　細田源吉

（ほそだ・げんきち　一八九一 - 一九七四）明治二十四年六月一日、東京麻布に池田某を父として生れ、埼玉県入間郡川越町細田丑太郎の養子として生長す。大正四年早稲田大学英文科卒業。長篇小説『罪に立つ』『存生』、短篇集『死を恃む女』その他の著あり。

「捨児か貰い子か――」

自分のこの暗い運命が、彼を、文学の方面に駆りたてて行ったと言ってもいい程、彼はもの心がつき出してから今日までも、随分とこの問題には悩んで来たようである。彼の初期の作品は、彼のこの運命を物語って、余りに惨めさを極めていることを思わすであろう。

彼が四、五歳の頃である。或る日、彼は子守女の口から自分の貰い子であることを聞いたのである。彼は祖母を捉えて詰《なじ》った。祖母はひどくその子守女を打擲《ちようちやく》した。彼は泣いた。彼はその有様に戦慄して、それ以後誰にも自分の身姓を訊ねもせず、独り、まだ見ぬ父と母とを想って泣いたのであった。

日露戦争当時である。彼は突然伯父に伴われて出京、日本橋の或る商店に奉公した。学問に対する憧憬強く、当時在米中の親戚の若者を手頼《たよ》って渡米を企てていた。主家の使い歩きにも、広漠たるカリフォルニヤの農園と、異国の学園とを夢想し、日夜悶々の情抑え難く、或いは渡米案内の書物を買い、或いは小石川の日本力行《りっこう》会に便宜を問合せたりして、とうとう決意を固めて両親に乞い、翌年、県庁から渡航願書が却下されたのである。余りに年少なると、当時移民問題の紛糾していたためであった。一年間の夢想空しく、失意落胆した程の彼はロマンチストであった。

奉公先の店で衣食している橋本雅邦門下の或る画家に俳句を勧められ、句作の参考に「ホトトギス」を買って、自然と他の文学雑誌のあることを知ったのである。『独歩集』『花袋集』、綱島梁川の『病間録』を愛読したのもその頃であった。当時の彼はまだ十四、五歳の少年であった。『独歩集』の『少年の悲哀』『春の鳥』などは、幾度か愛誦して泣いたという――少年と女と舟に乗って沖へ出て、女が泣いて別れを告げるパッセージは、意味もなく、自分の不幸な境遇の謎のように思われて哀傷に堪えなかったという。彼はそれに倣って、自分を渡船場の親爺の子のようにして、初めて小説のようなものを書いた。一方彼自身の宿命を嘆くことも深く、また一方では両親に対する疑惑を愈々《いよいよ》募らしていたのであった。

それから三年を過ぎた明治四十四年、彼は早稲田大学の英文科に席を置いていた。当時の文壇は自然主義運動白熱し、就中早稲田出身の新進作家評論家が華々しく活動していたのに心惹かれたばかりでなく、不正則な勉学者にとって早稲田入学は最も適宜と思ったとは言え、一介の店員の彼がそこまで来るまでの苦労は並大抵ではなかったろう。

細田民樹と同じクラスであった。

その年の九月に突然実の伯母と実の姉とが下宿へ彼を訪ねて来た。始めて四、五歳頃からの疑念が氷解したのである。——実父は大酒で夭折したこと、そのため実母を始め子供達の薄倖なこと、実姉二人あること、実母は三人の子を人手に預けた後、家で病気したことを、彼はくだくだと聞かされたのであった。彼は唇を嚙んで泣いた、暗い彼の運命であった。

学生時代、田中純などと文芸雑誌「美の廃墟」を出した。彼は『寂寥の土』というものを発表している。卒業後、相馬御風の知遇を受け、春陽堂に入社、鈴木三重吉主宰の雑誌「新小説」を田中純と一緒に編集、約二年、「中央文学」発刊、この編集にも従った。

大正七年九月、雑誌「早稲田文学」の改革に際し、入社同人となった。その翌月、処女作の『空骸』を発表している。翌年の四月、『死を恃む女』を「新小説」に発表して、文壇の一隅に、彼は、新進作家として擡頭したのであった。

細田源吉と細田民樹と或る女性——そのことは、誰も知る事実。彼の長篇『罪に立つ』に描かれたものは、そのボロギレに包まれたような恋、情事を題材にしたものである。

モンスター宇野浩二

（うの・こうじ　一八九一－一九六一）本名格次郎。明治二十四年七月、筑前博多に生れ、大阪に育つ。早稲田大学英文科に学んだ。小説集『蔵の中』『苦の世界』『男心女心』『美女』『恋愛合戦』等の著あり。

神楽坂、銀座の夜の街を、温かそうなマントを着て細身のステッキをふり廻しながら、歩いて行く宇野浩二を見かける者はよく知っているであろう。彼はチャプリン髭を生やした面長の顔を静かに群衆の中に歩ませている。頭髪は年に似ず少しはげかかっているが、帽子を冠っているのでわからない。群衆を見下すような目つきで歩いて行く。そしてカフェへ入る。だがこれは最近の宇野浩二であって、七、八年前の宇野格次郎は、それとは反対の後影の薄い文学青年であったのだ。

早稲田大学英文科に在学中、彼は級友沢田正二郎に親交を結び、たまたま二人は一人の女優渡辺某女をはり合って、彼はその恋を得ることが出来ず、まさか恋のいきさつからでもなかろうが、欠席がちにしていた文科を止して、大阪に帰った。

その頃彼の学友広津和郎、谷崎精二等は早稲田派の新進として、見事なスタートを切って文壇に乗り出しはじめた。大阪にあってこの情勢を見てとった彼は、耐え切れない思いで再び上京した。しかし文壇が彼を待っていたというわけではなかった。

彼は下宿に母親と二人で住《すま》っていたが、朝起きると、とび出して夜更けるまで帰らなかった。質屋に持って行く何物もなくなっても、彼は、知り合いの浅草の小切屋の主人から、いくらかの金を借りて来て、広津、三上於菟吉等と共に銀座のウーロン・カフェに行って、一杯の紅茶でいい気持になっていた。そして文壇の大家の棚下しを片端からやって、彼自身が大家の様な気持になっていたものである。だが、それは紅茶代を持っている時の事だ。金が一銭もなくなると、彼は師走の寒空に袷《あわせ》一枚で、ふらふらと街を歩き廻るのである。おでん屋をはじめようかと考えたり、画家になろうかと考えたりしながら。或る時、彼が一銭蒸気船の中で絵葉書売りをやろうと思い立ったことは、聞くだけでも涙を催す話である。カフェの女給でさえ彼を気の毒に思ったのであろう。彼の肩を丁寧に撫でて、しみじみと、

「ねえ、お前さん、生れ故郷へお帰りよ。その方がためだよ」

と、この無名作家に忠告したことさえあった。

彼は種々考えた末、本郷西片町の下宿の庭で壺焼きを始めた。しかし勿論成功はしなかった。今度は赤本を書いた。匿名で、ある経済的方面のことについてである。その原稿を受取った本屋の主人は、本の内容のあまりに面白く金を蓄《た》めることが出来そうなのを見て、つい誘惑されて投資した。気の毒にも主人は二、三千円の損をしたのである。それにしても彼の才人であることは、十分想像出来るであろう。この頃彼は或るヒステリー女につきまとわれたことがあるが、このことは後年の

彼の作品の中に屢々《しばしば》書きのべられてあるので、ここでは止したがいいだろう。

かくして彼は少女小説、翻訳の仕事によって、死ぬことだけは逃れ得ていた。

けれども臥龍雲を得る、ということがある。彼は知己近松秋江をモデルとして、『蔵の中』を書きあげた。友人広津は元来友愛の厚い人であったので、この作を当時の「文章世界」の編集者加能作次郎に紹介した。加納は、未だ文名のない青年のこの奇異な作品には、いささか面くらった態で、発表する気になれなかったが、広津が一切の責任は負うからということで、先輩正宗白鳥とも相談の結果、白鳥の激賞に力を得て、遂に発表したのである。故に批評家としても豊かな才能のある広津は、或る意味で宇野の恩人であるともいい得る。

『蔵の中』、この一篇は、未だ誰も考え及ばなかった特殊な材料を、彼一流のエキセントリックな描写で書いたものであるので、たちまち文壇の問題になった。それより先、広津、及び白鳥の推奨も大いにあずかって力あることであったが、彼は一挙にして新進作家の雄と目されて来たのである。

或る者は彼をブルジョア気分のふざけた作家だと言い、或る者は当代文壇の第一人者だと言う。そのいずれの評を是とするにしても、彼は一作毎に努力のあとを示した作を公にし、『苦の世界』を「中央公論」に発表して以来、文壇に確実なる地位をしめるに至ったのである。

今やウーロンの紅茶代を心配する必要なく、彼は長篇に、短篇に、随筆に、大胆な筆致で大胆な構想で毎月の雑誌にその名前を現わさないことはなくなっている。彼の友人の言葉を借りて言えば、彼はカメレオンであるとも又、モンスターであるとも言う。以来彼の作風は怪物的という評を得たのである。

『不肖の子』の作者**久米正雄**

（くめ・まさお　一八九一－一九五二）明治二十四年十一月、長野県上田に生る。東京帝国大学英文科卒業。『牛乳屋の兄弟』『阿武隈心中』その他十数篇の戯曲、長篇小説『蛍草』『不死鳥』『破船』、短篇集『手品師』『学生時代』『痴人の愛』『弱き心』等の著あり。

短篇『不肖の子』は久米正雄の中期の作品である。『蛍草』や『破船』の読者でない者も、物故した文豪夏目漱石の令嬢、今は松岡譲の令夫人筆子に、彼が失恋したという事実は知っているであろう。俳人三汀としての、久米正雄を知らぬ者はあっても、また、ニキビだらけの、黒いきたない顔の久米正雄を知らぬ者はあっても、「失恋の久米正雄」を知らぬ者はあるまい。それ程彼は、自分のその失恋を、弱気とやら微苦笑とやらで、今日まで、売り物にして来たのである。

失恋から放蕩、放蕩から三十も過ぎたこの程の結婚、それも、妓籍に身を置いていた馴染の女といえば、どの点から見ても、彼は、文字どおり、確かに「不肖の子」であった。

彼は、明治二十四年、長野県の上田に生れた。当時、彼の父は上田小学校に校長の職を奉じていたが、某年某夜、同小学校が祝融〔火の神。火災〕氏に見舞われて、先帝の行在所に当てられた記念の建物を焼失してしまった。漢学に養われた国家主義者、とは言えないまでも、漢学者育ちの責任観念の強い彼の父は、自ら喉を刺して、腹を切ったのか、首を吊ったのか、兎も角も、自殺したのであった。当時、彼は、僅かに、八歳の少年であったという。

彼は、この父の惨《いた》ましい死後、母親と一緒に、母方の実家である福島県安積《あさか》郡桑野村に移った。程近い郡山町の郊外、県立中学を経て上京、一高から帝大と『学生時代』そのままの、平凡と言えば平凡とも言える彼の、学生生活であった。

大正三年二月、第四次の「新思潮」に発表した処女戯曲『牛乳屋の兄弟』（のちの『牧場の兄弟』である）が、新時代劇協会の手に依って有楽座の舞台で上演された。

今から十年前の、無名の一介の大学生の久米正雄であった。因習と名閥と伝統とを重んずる日本の劇壇であった。

上演の当夜、彼は、学生服のまま、有楽座の舞台に立って、観客の破れるような喝采に迎えられたのであった。

作者に、名誉の花環が贈られた――

その上演の毎夜、彼は有楽座に足を運ばした。観客の背に隠れるようにして、彼は泣いたという、泣けたという。

その翌年には、戯曲『三浦製糸場主』を、「帝国文学」誌上に発表している。

当時の彼に就いて、『友と友の間』『神の如く弱し』（どちらも、久米正雄をモデルにしたもの）の作者、菊池寛は、次のように書いている――

……『牧場の兄弟』に次いで、彼は『翻弄』『蝕める果実』『金井博士父子』『三浦製糸場主』『梨の花』『阿武隈心中』の如き百枚前後の三幕物を、次ぎ次ぎに発表した。当時の創作力と熱誠とは、今思い出しても一寸壮烈な感じがする。締切間際になってやっと小説の筆を執る現在の久米正雄とは別人の感がある……

と、彼を最も好く知っているこの友達の言葉で、彼の、勇猛、精進、奮闘、努力を知るがいい。だから、その翌年、大正五年十一月には、彼の小説『銀貨』は、「新潮」誌上に発表されるの光栄に浴しているのである。だが、彼は大学を卒業すると同時に、誰もがそうであるように、就職難に泣いた。彼の短篇『就職辞職』は、その当時を語っている。月給、僅かに三枚の通俗小説の原料である。昔を想い今を思えば、不肖の子、久米正雄、うたた感慨を嘆くものがあろう。

一目千両文壇二枚目は広津和郎

（ひろつ・かずお　一八九一－一九六八）広津柳浪の息。明治二十四年十二月、東京牛込区矢来町に生る。大正二年早稲田英文科卒業。小説集『神経病時代』『二人の不幸者』『明るみへ』『握手』『朝の影』『二人の女』その他、評論集『作者の感想』、翻訳『女の一生』『貧しき人々』『クロイツェル・ソナタ』『六等室』『美貌の友』その他あり。

広津柳浪に二児あり。次男を和郎という。

『美貌の友』〔モーパッサン〕を翻訳して万金を一掴みにした彼は、小説なぞは止して出版屋になることにしたという、一時文壇の評判であったが、それもウソ。現在彼は創作を発表する傍ら、その万金をば、最早つかいはたしてしまった。何故かというに彼は女にもて過ぎるからで、また金銭のことについてあまりに淡白過ぎるからである。とかくもてるから悪いのだ。もてさえしなければ彼も、芸術に恋す！　などと宣言して、湯水を金銭の如く使う[*1]であろうのに。

人の美貌というものは、その持主をよき地位よき境遇に紹介することもあるが、彼の場合ではその美貌の本尊である一にらみ千両の瞳は、彼を悪きに紹介した。彼の瞳は底力をもって静かに物を見つめ、女は勿論男でさえもつい惚れぼれしてしまう。しかも彼は何一つこれといって悪いというところはない。唯、女に弱い。だから、もう女も彼に、つい共鳴して来る次第であるのだ。

こういう理由から、彼は早稲田の文科に在学時代から随分困っていた。なにしろ女学生なぞ、通学中の電車の中で彼の顔をじろじろ見るので、甚だうるさいことであった。

親愛なる彼の友人谷崎精二は学生時代からの彼の友人であって、又同級生であった。その当時は二人とも金銭の上においては、ひどくめぐまれていなかったものであって、彼は電車賃に困り、精二は月謝に困った。前者は広津柳浪の次男、後者は谷崎潤一郎の弟。この二人は予科の時代から親しく交わった。無き物は互に与え合い、互に読み、鞭撻し、愛し、今日に及んで二人の文壇的地位がすでに定まって、共に雄を競うに至っても、二人は互に欠乏していた時の心のまま親しみ、愛し合っている。かんぽう〔管鮑〕貧時の交わり、とはこのことを云うのであろう。

在学時代には、彼は翻訳、または匿名で種々の雑文を書いて生活して来たが、卒業後は父柳浪の紹介によって、新聞記者となり傍ら「第三帝国」、「洪水以後」に文芸事報を執筆していた。この時の彼の評論は、すでに文壇一部の人の推奨するところのものであって、彼の精細な理論と鋭敏な頭脳とには、栄光ある未来が期待出来たのである。

一方、彼は友人葛西善蔵、相馬泰三、舟木重雄、谷崎精二等と共に、文芸同人雑誌「奇蹟」を発刊した。が、「奇蹟」については他の同人の出世物語に精しく記してあるので、ここでは略す。

評論家としての彼は、岩野泡鳴と論戦して以来、一挙にして文名を得ることが出来たが、これは花々しい彼の初陣とも見られるべきもので、論敵が好漢泡鳴であった故にこそ、彼の名声はかくあったとも云えよう。しかも泡鳴は他日人に語って、広津は頭がいいと言ったことがある。また後年の彼の作、『神経病時代』も泡鳴の推奨して止まなかったものである。敵、味方の区別なく彼は愛され尊敬される。しかし、かくあることは、或いは苦痛ではなかろうか？

その頃文壇には人道主義が勃興し、白樺派作家のみならず若きも古きも偏《ひと》えにこの主義にかくれて物を見、又書きもした傾向が見られはじめたが、彼は新潮社発行の「トルストイ研究」誌上に『怒れるトルストイ』『アルツィバーシェフ論』を発表して、人道主義と謂われていたロシアの人生主義に正しき批判を加えた。蓋《けだ》し彼はトルストイ、チェーホフ、アルツィバーシェフ等のロシアの作家の造詣は浅くなかったのである。かくして大正六年頃、彼は出世作『神経病時代』を処女発表した。

この彼は正宗白鳥の紹介によって、「中央公論」誌上に発表されたのである。彼はその前、『転落《バガ》する石《ボンド》』と題する短篇を白鳥に示したのであるが、白鳥はこの作を善しとすると共に他に長篇を書いて来ることを彼にすすめ、長篇『神経病時代』を選んで発表の労をとったのである。この一篇は新しき傾向の傑作という定評を得た作者の自叙伝であって、これによってはじめてチェーホフの憂鬱が正しく我が国の文壇にもたらされたかの観があった。

しかし量においてではなく質においては、この作品にも勝って『転落する石』には、瑞々しい筆致と作者の芸術衝動とが溢れ、芸術作品としてはるかにすぐれたところのものが見られた。新進作家の風貌と、永遠の流行児を誇る節調とがあった。由《よっ》て彼を文壇の二枚目とするゆえんである。

ついで発表された『本村町の家』は、彼の孝行者であることをモデル問題的に、文壇に知らしめて、一時噂が喧しかった。

彼の第二の長篇『二人の不幸者』は「読売新聞」文芸欄に発表され、傑作の定評を得たが、この作は性格の破産者を主人公としたものであって、以後の彼の作品にはこの傾向のもの多く、題材とする人物の女性には女中、女学生、看護婦、女事務員等、すべて近代的の新しき女を選ぶを彼の好みとし、又描くに巧みであったが、今や彼は遅筆の評が高い。

＊1　原文ママ。

女学生と西條八十

（さいじょう・やそ　一八九二－一九七〇）明治二十五年一月、東京牛込払方町に生る。早稲田大学英文科卒業後、東京帝国大学国文科選科に学ぶ。詩集『砂金』『静かなる眉』、訳詩集『白孔雀』、『現代童謡講話』等の著あり。早稲田大学講師。仏文学研究のため大正十三年四月早大留学生として渡仏す。

田中純は言ったという。

「僕がもし女なら、文壇じァ、まァ、西條君みたいな男に惚れたいね」

まず、男振りの点においては、日本におけるバイロンかミレーかと言うところであろう。

バイロンが華やかな服装をして街を歩くと、大切な娘を持った親達は、「それ、バイロンが通る、戸を締めろ」と言って、娘にバイロンを見せないで、その安全をはかったということであるが、詩人西條八十は、それ程のこともないようだが、その艶聞は少くないと聞いている。

「君、まだ、返事を書かないのが、こんなにたまっているんだよ」と、時には、机の抽斗を開けて見せる、その中には、赤や青の綺麗な封筒が一杯つまっているということである。

「それを、一つ一つ、返事を書いてやるんですか」

「ど、どうして、どうして、君、これに、一つ一つ、返事を書いていたら、君、僕ァ、毎日、何一つ出来やしないじゃァないか、これで、君、早稲田の大学へ講義に行く下調べもあるしねえ」

「でも中には返事を書くのもあるでしょう」

「そりァ、たまにはね、生活余興のつもりで書くこともあるさ」

とか、何とか言って、大いに、はたの者を羨ましがらせているということである。その詩人、西條八十も、顔こそ、持って生れたものだから仕様がないとしても、生まれながらの、というよりも母親の胎のなかにいる時からの詩人ではなかった。

彼は、明治二十五年、東京の牛込、石鹸製造業及び輸出入業の家に生れた。早稲田中学三年の時、吉江孤雁が英語教師として来て以来、孤雁に師事して今日に到る。孤雁は彼を一個の人間にした恩師である。四十年、生田春月などと一緒に、詩歌雑誌「深夜」を出した。当時「文庫」派の詩人、殊に野口雨情の『朝花夜花』を耽読して、その影響が今日の童謡に現われている。彼はこの頃から詩作を始め出したのであった。四十二年早稲田大学英文科に入学、「新声」(「新潮」の前身)に小説二篇を投書して掲載されたことがある。翌年、飄然東京を去り、京阪に流浪二年間。大正元年、帰京、再び早稲田大学で細田民樹、細田源吉、田中純、宮島新三郎とクラスを同じくした。少し時が飛んで、大正五年、相思の女と結婚した。図書出版業を始めたこともあった。新橋付近に飲食店を開業したこともあった。兜町へ出入して仲買見習いとなり、約二年間、三カイ五ヤリをなして、時に巨万の富を握り、時に窮迫のどん底に落ちたりした——第一詩集『砂金』の出版されたのは、大正八年の七月であった。

「新思潮」から出た**芥川龍之介**

（あくたがわ・りゅうのすけ　一八九二－一九二七）俳号を我鬼と云う。明治二十五年三月、東京京橋に生る。第一高等学校を経て、東京帝大英文科卒業。『羅生門』『煙草と悪魔』『傀儡師』『影燈籠』『夜来《やらい》の花』『春服』等の著あり。大阪毎日新聞社客員。

彼の家は、代々、御奥坊主の家柄であった。父も母も、これという特徴のない平凡な人間だった。父には一中節《いっちゅうぶし》、囲碁、盆栽、俳句などの道楽があったが、どれもものになっていそうになかった。母は津藤《つとう》〔津国屋藤次郎〕の姪で、昔の話を沢山知っていた。その外に、叔母が一人いて、特に、よく彼の面倒を見てくれた。家中で、彼に一番顔のよく似たこの叔母は、心持ちの上でも、彼と一番多くの共通点を持っていた。この叔母がいなかったら、今日の芥川龍之介が出来あがったかどうかわからなかったと、彼は、自分で言ったことがある。だが、何と言っても、彼を、文壇に送り出したのは「新思潮」であった。彼は「新思潮」に拠って、文壇に認められ、今や文壇の一角を占め、同僚菊池寛も、彼を常に推奨している。

この機会に、すこしその「新思潮」の歴史を語ろう――第一次の「新思潮」は、明治三十九年に初めて世に出た。小山内薫が経営したのである。彼は、帝大の英文科を卒業すると間もなく真砂座に出入して、伊井蓉峰《ようほう》のために脚本の訂正などをやっているうち、或る金持の出資を得て出したのがこの雑誌で、六ケ月目で廃刊された。それから三年後の明治四十二年に、第二次の「新思潮」が帝大の文科生達の手に依って再現した。同人は、谷崎潤一郎、後藤末雄、和辻哲郎、木村荘太、小泉鉄《まがね》、大貫晶川、それから小山内薫で、薫と壮太とを除く外は皆当年の文科の生徒だった。創刊のために中心となって働いたのは、末雄、晶川、潤一郎で、末雄はそのために、学校の試験の成績が、下から四番目に堕ち、潤一郎は、月謝が滞納して、論旨退学になったりした。資本を出したのは、潤一郎の小学校時代からの友達で、潤一郎のパトロンである某料理店の若主人で、これまでも随分と彼の尻拭いをしていた男である。初号は、薫の作品のために発売禁止になった。そして同人達が、各々傑作と自讃していた名作は、闇から闇へ葬られてしまったが、本屋の店頭に出た第一日に二百五十部は売れていたから、作品の批評も「読売新聞」だけには出た。続いて二号も出した。一夜、放談高語の興を尽した揚句、てんでに紺天鵞絨《ビロード》の子供帽子を冠って、銀座の街にその姿を現わし、「新思潮」のデモンストレーションをやったこともある。六号には、潤一郎の『刺青』、続いて『麒麟』も出て、忽ち谷崎潤一郎の名は、当時の文壇を震撼せしめた。四十三年の三月に、首尾よく当初の「文壇へ出るまで」という目的を達して廃刊にした。第二次から第三次までの「新思潮」の間には、四ケ年の時があった。文壇にようやく新機運の兆《きざし》の見え始めた大正三年二月、「新思潮」は三度目の誕生をしたのだった。豊島与志雄、山宮允《さんぐうまこと》、山本有三、土屋文明の、帝大文科の学生が同人だった。初号には、与志雄の小説『湖水の彼方』が現われ、彼の将来を保証した処女作となった。

第三次の「新思潮」では、与志雄と有三との二人が、新たに文壇へ送り出されたのであった。

龍之介は、この三次「新思潮」の時、柳川龍之介の匿名で、処女作『老年』を発表したが、これは殆んど文壇の注目を惹かれなかった。その年の十月、第三次「新思潮」はやはり資金の欠乏から廃刊した。第四次の「新思潮」の出現は、五年の二月で、久米正雄、芥川龍之介、松岡譲、菊池寛、成瀬正一の五人の同人、初号に、久米は小説の第一作『父の死』を書き、龍之介は小説『鼻』を書いた。この一作は、夏目漱石の激奨するところとなり、龍之介の名ようやく文壇の注目を惹くに至った。『鼻』は国定教科書に加えてもいいと推奨された。彼は続いて『酒虫』『父』『仙人』『猿』の短篇を発表して、ますますその声価を高めて来たのであった。

詩に見た恋の**生田春月**と**花世**

（いくた・しゅんげつ　一八九二－一九三〇）名は清平。明治二十五年三月十二日、鳥取県米子町道笑町《どうしようまち》に生る。学歴殆どなく、少時南鮮各地を流浪し、のち大阪に出で、更に上京。記者をなしつつ、語学を学び、翻訳家となり、今日に至る。長篇小説『相寄る魂』、詩集『霊魂の秋』『感傷の春』『春月小曲集』『慰めの国』『澄める青空』『麻の葉』その他感想集、翻訳等あり。

（いくた・はなよ　一八八八－一九七〇）春月氏夫人。明治二十一年十月十五日。徳島県板野郡松島村泉谷に生る。徳島県立高等女学校出身。小学校教員、「婦人」、文芸雑誌、新聞等の記者たりし事あり。大正二年生田春月と結婚、現在「詩と人生」記者。『情熱の女』『恋愛巡礼』等の著あり。

春月は明治二十五年、伯耆《ほうき》の国、米子に生れた。彼は自分の郷里のことを恁《こ》う書いている——私の郷里は裏日本、山陰道の殆んど真中にある。私が『相寄る魂』の第一巻の舞台にとったのが、即ちその土地である。むしろ入海だが湖水としか思われないそのほとり、夜見ケ浜の半島の起点になっている米子の町である、私は少年の時から、他国を流浪していたため、故郷はどうしても美化して考えられるに相違はない。しかし、その自然美は、私のロマンティックな夢ではなくてたしかな事実である——と。その郷里を、最初彼が出たのは十三の時であった。恰度《ちょうど》日露戦争の終りの時分で、日本海から冷たい風の吹いて来る十二月頃であった。零落した一家が米子の波止場から、大阪商船に乗り込んで、その船が堺の港上を出て、地蔵岬を廻り、石見《いわみ》の沖を走っていた時分の幼い少年の心持は、今でも彼の忘れ得ないところであるという。その時、彼は初めて、郷里というものを意識の上にのせたのであった。恐らく彼が本当の詩人として、眼醒めたのはその時であったろう。

彼の歩いて来た路は、確かに、文壇数奇伝の一つであろう。十四、五の時、朝鮮の釜山《プサン》で、陸軍の経理部の給仕をやっていた。そのうちに、父親が商売のほうも思わしくないので、こちらの方へやって来て風呂番になった。彼が建物から建物へと走り使いをしながら、風呂場の方を見ると、ピュウピュウと、寒い空っ風の吹き通す屋外の釜焚場に、父親が両袖を翼のような工合に内側に折って、しょんぼり立ったまま、陰気な細長い顔をして此方《こっち》を見ている。父親が気むずかしい士官などから小言を食って、しきりに頭ばかり下げているのを見たりすると、感じ易い彼は堪らなくなったろう。自分一人ならまだしものこと、父親まで来たので、一層恥かしい気がして、それがまた人知れぬ苦痛にさえもなったという。そうしたうちにも、彼は盛んに歌や詩を作って投書したり、東京の投書家たちと文通したりして、それだけを慰めにしていた。

それからずっと後のことである、しばらくの流浪があったのだ。一家の寝鎮まった深夜に、彼はこっそり家を抜け出して、徒歩で釜山のほうへ向おうとした。行李が重かった。その行李の中には命から二番目の、愛読書や詩稿がぎっしり積まっていたからである。とうとう諦めて、また泣く泣くこの重荷を引きずって家へ帰って、何気ない顔をしてその儘《まま》寝てしまった。二度目の家出である、一層無残な失敗であった。そうこうするうちに、郷里の友が鳥取の補習学校に入って、小学教師にならないかと勧めて来た。で、やっと父母の諒解を得て帰郷の途に就いたが、下関まで来た時、彼は決然として覚悟をきめた、

「そうだ、俺は、小学校の教員になるために生れて来たのじゃない、俺は詩人になるのだ、ハイネのような詩人になるために、俺はこの世の中に生れて来た筈の男だったのだ」

と、そうも胎の裡で呟いたことだったろう。下関で日本海に向うべきところを、そのまま瀬戸内海に向って大阪に上陸した。これが彼の生涯の一転機となり、ここに多難な都会生活の第一歩が始まったのである。その時、彼は僅かに十六歳であった――彼にとっては、実に多難な都会生活であった。小学校を中途退学した以外に何等の学歴のない彼が、英語はもとより、独逸語までも、文字どおりに独学して、今なお適確な妙訳とされているツルゲーネフの『散文詩』を始め、いろいろなものの翻訳をしたりした。処女詩集は『霊魂の秋』である。「勤勉と孤独と純潔」とを自らの標語にした彼であった。その頃のこと、殊に文壇方面の彼の交友のことは、それとなく『相寄る魂』の第二巻に描かれているようである。

彼の、まだ無名詩人と言われていた頃の一つの美しい挿話がある。しかしその挿話は、後年の彼に重大な役割をなさしめたと言わなくてはならぬであろう――

或る日のこと、夕暮れであった、秋だったかも知れない。散歩のついでに、古本を猟るのは彼の癖の一つでもあった。と、或る本屋の店頭で、何気なく手にして開いて見た一冊の新刊雑誌で偶然、或る乙女の詩が彼の胸に喰いついたのであった。繰り返し返して愛誦した。彼の頬には涕《なみだ》が流れて

いたのだった。彼は早速その乙女の詩をたたえて手簡を書いた。返事はすぐ来た。また書いた。詩を贈った。詩は詩に報いられて贈り返された――詩に見た生田春月と花世とであった。

花世は徳島の片田舎に産れて女学校を卒業していた。四十三年、三月上京、「女子文壇」の河井酔茗を頼り、その詩人の家で、その詩人の前で、今の良人春月と初めて顔を合わしたのであった。花世の踏んで来た路も、女であっただけに、随分苦しかった。東京の近郊の小学校の教壇に立ったこともあった。「読売」の婦人記者をしたこともあった。でありながら、彼女もまた絶えず詩作を忘れなかった。大正二年に『情熱の女』を出版している。後に『恋愛巡礼』を出版して、閨秀作家としての彼女の位置を定めたのである。共に絶版になってしまったことは残念である。

最近、春月の三年間の労作、長篇小説『相寄る魂』完了、小説としての彼の処女作である。

その一晩を記念とする**佐藤春夫**

（さとう・はるお　一八九二－一九六四）明治二十五年四月、和歌山県新宮町に生る。慶應義塾大学文科中途退学。長篇小説『田園の憂鬱』『都会の憂鬱』、短篇集『病める薔薇』『お絹とその兄弟』『佐藤春夫選集』『侘しすぎる』『美人』『幻燈』、詩集『殉情詩集』等の作あり。

彼が、まだ、一個の無名詩人であった頃のことである。彼は、はたの見る眼も、滑稽を通り越して悲惨と言っていい程、文壇へ出ることを焦燥《あせ》っていた。彼は、どうにかして、裏のほうからでもいいから、文壇へ出たいと思った。その時、彼の考え出したのが、特別あつらいの自分の原稿用紙であった。すばらしく立派なもので、それにその紙の厚さが、普通のものよりか五倍も厚かったという。彼はまずこの原稿用紙の型と厚さとで、他を驚かそうとしたのであった。彼のウソはその時から文壇的に始まって今日に到っている。と言って、今日、彼の用いている例のビアズリーの絵を浮かした原稿用紙、佐藤春夫用箋が必ずしも、そのいわゆるウソであると言うのではない。それ程のことに文壇的のウソを言う必要のないまでに、今日の彼の文壇の位置はきまったからである。彼は別のほうに文壇的なウソを吐き散らしている。言えば長くなる。当人の佐藤春夫、彼は、自分のことであるだけに、誰にもまして一番よく知っているであろう。

彼の処女詩集『殉情詩集』は、その頃、もう、かなり文壇的に名を知られていた生田春月が推奨し紹介したものである。

小説としては、『田園の憂鬱』が文壇的なその処女作である。アントニオのようなセンチメンタリズムから生れた『田園の憂鬱』だという。「今迄の文学的生涯の中で、一番嬉しかった事はこの『田園の憂鬱』の梗概を谷崎潤一郎に話して、それを是非書くようにとすすめて貰った時の事です」と、彼自ら語っている。大正七年の冬の或る日のことである。彼は潤一郎を朝から訪ねていろいろ話をしていると、潤一郎がその友達の上山草人《かみやまそうじん》のところへ行って見ようと言い出した。晩《おそ》くまで草人の家を騒がしていてはと言うので、草人も引張り出して、大森の望翠楼ホテルへ行った。満員である。別の宿屋へ泊ることにした。一夜を三人で語り明そうと言うのである。いつものとおり、文学の話、文壇の話になった末、かねて彼の書きたいと思っていた『田園の憂鬱』を饒舌《しゃべ》ったのである。

「面白いには面白いが、そ奴《いつ》は余程むつかしい代物だナ」と潤一郎も気乗りはした。

「いや、何ァに、旨く書けるよ。今言った位じァない、もっともっと、はっきり、僕の眼の前には、すっかりはっきりと見えているんだぜ」と彼は、云った。

「そうか、それなら出来るだろう。饒舌ってばかりいないで本当に書くんだよ、書くなら発表するところを探してやろう」

彼はその晩自分でも、もう書けるような気が確かにしたと言う。「その貴重な自信の瞬間を得なかったら、僕は多分何も書く気にはなれなかったと思う。その意味で僕は常に谷崎に感謝し、その一と晩を秘かに記念しています」と、また、彼は自ら言っている。

『田園の憂鬱』は故郷で書かれた。彼自身は余り気にいらなかった。その前に、同じく潤一郎の紹介で『李太白』『指紋』を「中央公論」に発表した。その後で、これも同じく潤一郎の紹介で『田園の憂鬱』は「中外」に発表された——いずれにしても、彼はそれ程潤一郎の世話になっていると言ってよかろう。

それから三、四年が過ぎた、

つつましき人妻とふたりゐて
屋根ごしの花火を見る——
見出でしひまに消えゆきし
いともとほき花火を語る。

という彼の詩作がある。「つつましき人妻」とは、潤一郎の妻君である。三年もかかって自分のものにしたこの人妻を、五分間で、潤一郎に取戻されたのが佐藤春夫のウソである。[*1]

＊1　潤一郎は最初の妻・千代と別れると春夫に約束したが、反故にしたため、一九二一年、両者は絶縁（小田原事件）。その後一九三〇年、潤一郎は改めて千代と離婚し、春夫と再婚させた（細君譲渡事件）。

三度処女作を発表した**藤森成吉**

（ふじもり・せいきち　一八九二－一九七七）明治二十五年八月二十八日、長野県上諏訪町に生る。一高を経て、帝大独文科卒業。約一年間岡山第六高等学校講師を勤む。『新しい地』『若き日の悩み』『研究室で』『寂しき群』『煉獄』『その夜の追憶』『妹の結婚』『煩悩』『芸術を生む心』の著あり。

現代の文壇の同じく中堅、しかも同時に、一高から帝大を、初一念、一番の成績で押し通した秀才として、右に芥川龍之介、左に藤森成吉がある。前者の経て来た路が、華やかで明るかったのに対して、後者の踏んだ路は、実に陰惨なるものであった。今日における両者の作風と言い人間として、また芸術家としての立場と言い、実に対照の妙を極めていると言っていい。あえて両者の、文壇的類似を求むれば、両者とも、神経質なつむじ曲りで、同じく、処女作出版記念会を開かなかったという点であろう[*1]。

藤森成吉には、「新思潮」の背景もなければ「人間」の背景もなく、もとより、「早稲田」も「三田」も、その背景として持ってはいなかった。今なお、あえて文壇に交友を求めず、初一念、自分の路を、独り、自分で歩いているといったふうな所がある。苦い路であった。文壇的に、三度、その処女作を発表した程の彼であった。

もう、今から恰度《ちょうど》、十年の昔である。もとの『波』今の『若き日の悩み』を、自費出版したのは、僅かに彼が二十二の時、小説としては、実は『炬燵』などのほうが、半年も前に書かれていたが、世に発表された順序から言って、『若き日の悩み』が、彼の第一の処女作として認められている。『炬燵』を書いていた頃は、彼がまだ、大学のそのまま法科に進むべきか、文科に転科すべきかを、ひどく迷っている頃であった。当時、『炬燵』を一読して、三歎礼讃、法科へとも迷った彼を叱ったのは、歌人、窪田空穂であった。

彼は別の方面から、当時のことを、感慨深く語っている――初めてツルゲーネフに接した時、私はおどろくべき新しい天地を発見した。その作物に描かれた世界、乃至精神は、今までの私の文学の概念とはまさに霄壌《しょうじょう》のちがいを示した。私は一転して、こういう文学こそ人間の最大の仕事であり、偉大な芸術家こそ真に最大な人間だと思わずにはいられなくなった。そうして無二無三に文学の道へ走った。それが為の今日の私ともいえる。然《しか》も一旦政治に絶望して、その方面をふりかえろうともしなくなったのが、今また全くちがった見当から実際問題へ接近して来ている。何という不思議な循環の跡だろう。然も冷静に見る時、不思議どころか、社会と文芸の各々の動向と性質とから、それは当然すぎる程当然なことだ――げに、彼が、最近、改造社から出版した創作集『東京へ』は、明瞭に、彼のこの言葉を裏書きして、『波』の作者の今日にある人間乃至芸術家としての成長、精進の跡を、遺憾なく語っている。

『波』を書いた翌年、大正四年の正月、新進作家として「新潮」へ『雲雀《ひばり》』を発表している。これ

が、彼の出世作、いわゆる第二の処女作である。当時、なお文壇に活躍していた鈴木三重吉はこの短編を熟読、嘆じて、

「もう、新時代は来た！」

と、他に語ったという。ロシアのデルジャーヴィンが死ぬる前年、プーシキンの自作詩の朗読を聴いて、「もう、俺達の時代は過ぎた！」と言って嘆じたという有名な話に似ている。

このままで、また、筆を折ったことが、さなきだに文壇に友達を持たぬ彼の前途に、一時は文壇への路をとざしたかの感がある。その間、彼は何をしていたか。岡山くんだりまで行って、高等学校の教壇に立った。一年と続かずして、郷里信州の上諏訪に、最初の児をその胎に持った愛する妻を残したまま、漂然家を出て、行方を定めぬ漂泊の旅に出た。目白の鶉山《うずらやま》時代もまた、貧しさのどん底にいて、親子三人苦しんだ。

その彼が、大正七年、再び、いわゆる文壇へ出直して、また、処女作——第三の処女作と思われたのが、『コサック』〔トルストイ〕の名篇にも比せられた短篇『山』であった。彼の路は苦かった。

＊1　実際には一九一七年六月二十七日、日本橋・メイゾン鴻乃巣にて、芥川の第一創作集『羅生門』出版記念会が開かれた。発起人に谷崎潤一郎・赤木桁平・小宮豊隆らがいた。

騎兵上等兵の **細田民樹**

（ほそだ・たみき　一八九二－一九七二）明治二十五年一月二十七日、東京府南葛飾郡瑞穂村に生る。七歳の時父の郷里広島県壬生町に帰る。中学卒業迄同県にあり。広島中学を経て、大正四年早稲田大学英文科卒業。長篇小説『日の下に』『極みなき破局』『或兵卒の記録』『同胞』、小説集『悩める破婚者』『凱旋』『母の零落』『妹の恋』等の著あり。

彼は明治二十五年の一月、東京府下瑞穂村の一田舎医者の長男として生れた。七歳の時に父親の郷里の広島の奥、中国山脈の麓へ父親と一緒に一家で帰って行った。その翌年、彼の母親は、彼の兄弟四人を残し父親の家と離縁せねばならぬ事になった。彼は叔母が沢山いたので、その叔母達の手に至極我儘に育てられ、十三の時に、父親の出張していた厳島付近の海岸に出て、そこの小学校へ通ったが、山の奥のもとの小学校が無性に懐しかった。山の奥の小学校には、彼の非常に好きな一人の乙女がいた。その家も彼の父親と同じく医者をしていた。彼と同じ小学校へ行っていたのだが、学校から帰って半道ばかりの峠を越えて、彼は、毎日、その乙女の家へ遊びに行った。その乙女は今三十を越して女医になっているが、彼は八、九歳の頃から二十歳位の年頃になるまでも、その乙女を恋し想っていたという。彼の初恋である。その乙女恋しさに海岸の方の父親の家にいたくなかった彼は、高等の四年生の初めに、また山の奥の小学校に帰って来た。ところがその春、彼よりも一つ年下の彼女は、一年先に女学校へ入って、もうその田舎にはいなかった。その頃海岸にいた彼の弟が溺死したということがあった——この二つのことが、感じ易い彼を非常に悲しませた。父親は、息子の悲嘆から来た神経衰弱を癒そうと思って、次亜燐《じありん》ばかりを彼に嚥《の》ませたという。

小学校時代、作文は好きではあったけれども、教師は彼にいい点をくれなかった。習字は彼の一番の得意であった。だから、彼は今でも達筆である。

彼の家では、叔母や親戚の女が小説好きで、彼もまたその影響を受けている。その頃読んだ中では田山花袋の『野の花』と、雑誌「太陽」に掲載された桜痴居士の翻案——ユーゴーの『レ・ミゼラブル』を劇に仕組んだもの——は今でも忘れられずにいる。『八犬伝』なども耽読していた。

広島中学を卒業した明治四十四年、上京、彼は早稲田大学文科へ入った。その同じクラスに同姓の人がいて、いつとなく知合になったのが細田源吉である。予科の時代は、四、五人の仲間で碌《ろく》に勉強もしないで遊び廻っていた。何もよくわかりもしない癖に、自然主義派の小説を嫌って、友達仲間では、文壇のそうした作家の話をすることが既に不名誉なことのように思われていた。昇曙夢《のぼりしよむ》〔訳〕の『露西亜現代代表的作家六人集』や『毒の園』など皆で愛読して、ザイツェフ、アンドレーエフの象徴的な芸術を尊重していた。

予科の春、彼はただ何と云うこともなく百二十枚ばかりの小説を書いた。相馬御風に激賞されて、翌年の七月、「早稲田文学」に発表された、『泥焔』といった。彼の処女作である。それから百枚位のものを二つ発表した。それは『夜のきこえ』と『男』であった。

大正四年七月に大学を卒業した。その年、徴兵検査を受けねばならなかったが、彼の体質が友人や親戚の間で駄目だろうと言うので、つい一年志願の願書を出さないで置いたところから、とうとう広島で三年の現役騎兵に採られた。一昨年の十二月騎兵上等兵として満期になった。それから昨年の春、又東京へ出て来た。東京に出て遊んでいたが、そのうちに小説を書いて、以前から面識のある加能作次郎に見て貰って「文章世界」に出した。それが彼をして文壇に名をなさしめた『女をめぐる父子』の一篇である。

トラピストに感動した **南部修太郎**

（なんぶ・しゅうたろう　一八九二―一九三六）明治二十五年十月十二日、仙台市に生る。芝中学を卒え、慶應義塾大学文学科卒業。大正六年より九年迄、「三田文学」編集主任。短篇集『湖水の上』『若き入獄者の手記』、長篇『返らぬ春』等の著あり。

平凡な作家である。平凡な人間である。ただ三歳の時、気管支加答児《カタル》に罹り、痼疾喘息《こしつぜんそく》となり病弱の不幸を深く胸に感じたのが、彼の体験した唯一つの人生であると言っていいと思う。

明治二十五年、仙台に生れた。父親は工学博士である。巖谷小波の『世界お伽噺』『日本お伽噺』から、雑誌「少年世界」、「小国民」、「少年界」などを愛読し、芝の中学校に通うようになってから、冒険小説を熱読したりなどして後、紅葉、眉山、鏡花の小説を耽読して、文筆に親しむようになったのである。

中学校を卒業する頃、どこにもある通り、文学志望のために屢々その父親と衝突した。房州北条の或る貧しい漁家に仮寓生活を送って、健康の漸次回復して来るのと、素朴な漁師相手の生活のうちに、心の光明を見出して、いよいよ、文学を以て一生を貫く決心をしたのであった。熱心に懇請して、ようやく父親の許可を得、慶應の文科に席を置いた。井汲《いくみ》清治、宇野四郎は彼の同級生である。本科で馬場孤蝶、小山内薫、阿部次郎、野口米次郎、小宮豊隆などの講義を聴いた大正五年の八月、チェーホフの戯曲『駅路』の翻訳を、井汲、小島政二郎などの短篇と一緒に、「三田文学」で発表したのが、彼の書いたものの活字になった始めである。その頃、北海道へ旅行した。函館に近いトラピスト〔カトリック修道会の一派〕の修道院を訪ね、道士などの殉教的生活に感動して、その年の十一月、その旅と修道院とを背景にした『修道院の秋』を、「三田文学」に発表したのが彼の処女作である。九年一月、創作集『修道院の秋』を新潮社から出版。菊池、久米、里見、小島などの発起で、中戸川吉二の『反射する心』と合同の出版記念会が開かれた。彼の文壇の位置は、略略今日の如く、きまったもののようである。

前科三犯の**中西伊之助**

（なかにし・いのすけ　一八八七－一九五八）明治二十六年二月、京都府宇治郡宇治村に生る。学歴というもの無く、諸種の筋肉労働に従事し、労働運動の闘士として名あり。東京交通労働組合長当時、電車罷業の首謀者として獄に投ぜられる。現在はそれ等より離れ小説を執筆しおり。長篇小説『赭土《あかつち》に芽ぐむもの』『赤道』その他の著あり。

尋常小学校卒業後、彼は機関車の掃除人夫となったり、陸海軍の職工となったり、新聞記者となったり、種々な労役に主としてたずさわっていた。最後に、交通労働組合員となっていた時、労働運動家として、電車従業員のストライキの時名を挙げた。つづいて、文壇にプロレタリア文学運動が起るや、彼はプロレタリア作家として現われた。おそらく数多いプロレタリア作家のうちで彼は、最も達者な筆致の作家の一人であろう。大杉栄も彼の作を見て批評したことがあった。

「中西伊之助とは、思想上では相反するところがあるが、彼の作品に対しては敬意を表している。プロレタリア作家の中では、彼を第一に推賞する」

『赭土に芽ぐむもの』は朝鮮を背景とした長篇である。この作に対しては世評、毀誉相半ばするが、大杉栄の批評によれば、この作も賞讃すべきものである。

つづいて彼は『農夫喜兵衛の死』を発表した。この長篇小説は或る意味において、というより全然通俗小説ではあるが、近来問題とされつつある「農民小説」の典型であり魁《さきがけ》であったことは注意すべきことである。かつて長塚節《たかし》の『土』が出た時、漱石は「郷土文芸」という言葉でもってこの作品を価値づけたことがある。『農夫喜兵衛の死』は彼の郷土、京都の宇治を背景としているところから見ると、これは彼の見聞した郷土のことであるらしい。で、郷土小説とも農民小説ともいずれの言葉で言ってみてもいいが、とにかく郷土、田舎、農民、貧困、反抗、等を現わして、ある意味において、新しい農民小説ということが出来る。

昨年、彼は或る事件のため刑務所に行ったが、即ち監獄に入ったが、これで彼は三度目、前科三犯となって、出獄すると大作にとりかかった。これは『赤道』と題して発表されたが、やはり朝鮮を題材としたものであるということである。

最近、彼は前田河広一郎と共に「種蒔く人」同人となって、プロレタリア作家としての色彩を鮮明にし、プロレタリア作家中最もプロレタリアらしく、小川未明も彼を評して、

「自分は、中西伊之助の態度、作品に対しては、ことのほか好感を寄すことが出来る」

昔の辰公、今の**内藤辰雄**

（ないとう・たつお　一八九三－一九六六）明治二十六年二月、岡山県浅口郡河内村大字西阿知に生る。岡山県立商業学校を中途退学。上京、立ん坊、仕事師手伝い、土工、石工手伝い、瓦屋職人手伝い、水揚人夫、職工、新聞記者、車力、小説家という順で今日に至る。長篇小説『空に指して語る』の外、短篇小説の作多くあり。

内藤辰雄は、ツンボウである。今程でもあるまいが、彼の耳の聊《いささ》か遠くなりかけたのは十四の時分からだということである。妾宅の書生などには、あつらえ向きの、もって来いの男である。彼はその書生を勤めながら、町の商業学校に通学していた。

「ヤイ、辰コウ！」

「辰コウの馬鹿！」

「コラ、辰コウのツンボウ！」

どこへ行っても、そう言われていたということである。それが今日では、プロレタリア作家の闘士、ロシア流に、時々は自分の名を文字って、「ナイトオ・タツヲフ」などと言っているというから、まァ、たいした文壇出世と言わなくてはならぬと思う。

彼は、自分で言っている――私が小説家になろうと決心をしたのは神戸にいた時です。私は食うに困って丁稚小僧になったものだ。石版職人になるのが嫌でしたから、その家の仕事をしている石版画工と仲好しになってから、直ぐにその家を飛び出してその画工の友人の家にちょっと世話になっていながら、そのうち大きな画工の弟子にでもなろうともくろんで居りました。或日のこと、私は友人から三脚その他絵を描くのに無くてはならないものばかりを借りて、湊川公園に参りました。写生の帰りに、公園の真中に大勢人だかりがしていますので、私は何だろうかと思いまして、近付いて見ると、群衆が一人の男を揶揄《からか》っているのです。その男は長髪の根本を藁《わら》すべで結んで、頸から背に掛けて着物の内側に、成田山不動明王の旗の柄をさしこみ、おおかたそこの腰掛茶屋から持出したのでしょう、大きな出刃包丁を逆手に持って、眼を怒らして群衆を睨んでいるのです。精神病者かと私は思って、群衆を分けて、ずかずかと近付いて、大音《おおごえ》を揚げて群衆を追っ払って、その男の手を引いて掛茶屋に這入りました。その男は啞《おし》でしたから私は筆談しました。そこへ一人の女が現われて、この不思議な易者に身の上を観て貰って、その女の人はそのことを巻紙に書いて貰って帰りました。その男の易の観方が普通でないのと、百発百中なので私はこれは面白いと考えて、二、三日して、又写生の帰りに、私は彼のところへ立寄って、筆談で、私は将来何になる男かと云って訊ねました。学者と云う、どんな学者かと云えば、新小説家だと云う――啞の易者と聾の辰雄、滑稽ではあるが、どうもこの話はすこし信用の出来ないところがあるようだ。彼を小説家になると言った啞の易者が信用出来ないと云ったら、彼は憤るであろう。

上京してからは、縁日商人、葬式人夫、立ん坊、仕事師の手伝い、土工、石担ぎ、河岸揚人夫、職工、新聞記者、新聞配達夫、車力という順で働いて勉強した。郷里の岡山でも、神戸でも、それから東京へ出て来てからも、やはり何処へ行っても、辰コウ！ 辰コウ！ すこしよくなった程度で、辰兄哥《あにき》！ と言われていたのである。病気になった時、小川未明は彼を励まして、「君、自殺するのは卑怯だよ、ゴーリキーだって彼等のために起ったんだ」と云った。ゴーリキーを思うと、彼はいつも強くなった。病軀を持って、足尾銅山に行ったのである。

処女作『馬を洗ふ』は織物工場の倉で書いたもので、藤井真澄の紹介で、長谷川如是閑《にょぜかん》の「我等」に載った。続いて同誌に発表した『姦夫と姦婦』は有島武郎が「読売」で、吉田絃二郎が「報知」で讃《ほ》めた。長篇『空に指して語る』は、彼が新聞配達をしていて書いたもので、これは中村吉蔵の紹介で天佑社から出版された。

樗牛の「文は人なり、文章の基ずく所はその人の品性なり」は、彼の好きな言葉である。好漢、内藤辰雄！ 全く文は人なりである、この際、自重反省する必要があろう。

人夫と作者になった**大泉黒石**

（おおいずみ・こくせき　一八九三‐一九五七）名は清。明治二十六年十月二十一日、長崎市八幡神社境内に生る。日本と西洋の小学校と中学校、それから第三高等学校と第一高等学校に学ぶ。しかし卒業せず。『俺の自叙伝』『恋を賭くる女』『老子』『老子とその子』等の著あり。

黒石ことコクセキーは非常に健脚家だ。それに歩く速力が矢の様に速い。これには原因があるのだ。かつて、彼が『老子』を書いて原稿成金になるよりも未だ昔のこと、貧乏時代のことである。彼は毎日品川から谷中まで通うのに、徒歩でてくてくやったものだ。それも電車と同じ速さで歩かなければならない必要があったのだそうだ。無論、電車賃が無しにどこかの工場に通勤していた時のことに違いない。

彼は話し上手で嘘つきである。しかし罪のない嘘を云う。

「君、鉄砲の弾が三十発もあれば、トルコを占領するんです。それを日本政府に売れば、少くも二十万円は入るでしょう。僕は来年、スウィッツル〔スイス〕へ出かけるついでに、実行しようと思っています」

といった調子である。しかも大真面目である。それがいかにも滑稽に見える。その話の具合といい、洋服のズボンのよれよれしているところといい、誰にでも笑いを浮べさすことが出来るものである。ロシア人を父に持つという彼の瞳は茶色で、それがじっと人を見つめる。ちぢれた天神髭とこの茶色の瞳は、よぼよぼのズボンを淋しく見せることさえもある。

彼は京都大学で理科をやっていたのであるが、例の欧州戦争以来、欧州と日本との交通が断えて、スウィッツルの叔母からの送金がなくなると同時に、学校を止して、筋肉労働者となった。三河島の自由労働者という人夫となって、彼は威張って、牛や馬の皮を運んだのである。後年彼が豪語して、日本の文壇に出られなければアメリカの文壇にでも、フランスの文壇にでも出ようと思っていた、と云っているように、彼も、いつ迄も自由労働をしている考えはなく、間もなく文筆の仕事に職業換えをした。

彼の友人加藤朝鳥、宮島新三郎は、貧しい混血児に文筆の仕事を与えることに、決して吝《やぶさか》でなく、冒険小説、探偵小説を書かしてみた。彼の筆運びの早いことは、加藤、宮島の驚嘆したところのもので、彼は外国の活動写真雑誌の中の物語を翻訳したり、場末の寄席できいて来た話を書きなおしたりして、一束三文の文章を書いて、わずかに生活して来た。そのうち或る時、アメリカの活動写真から翻訳した物語を本屋に持ち込んで、この物語のフィルムは近々日本に輸入されるものだというふれこみで売りつけた。そこでそれが直ぐに出版された。だがフィルムは輸入されなかった。本屋はその理由によって、彼の原稿は以後受取らなくなってしまった。

再び彼は食に困るようになって、「二六新報」の江部鴨村に原稿を依頼したり、「日本評論」に雑文を書いたりした。例の田山花袋訳のトルストイの『コサック』の中にある誤訳を見つけて攻撃したのもその頃のことである。

その後彼は本郷湯島の宿屋に下宿を移り、『俺の自叙伝』を書き上げて、生方敏郎の紹介によって、「中央公論」に発表することが出来た。この作はボヘミアンである彼の伝記を面白く書き綴ったもので、読者階級に非常な歓迎を受けた。加藤朝鳥、山川亮、中沢静雄等が当時の彼の友人であったので、それ等の人の紹介で、彼はその頃から岩野泡鳴の宅で開かれる月評会にも毎月出席し、名声を次第に得るに至ったのである。

近来彼は活動写真の方面にも手を染め、日活に佐藤春夫と共に関係し、表現派のフィルムを製作して、キネマのファンにも大泉黒石の名前をうたわれる身となった。空想的な男、しかも空想と現実とのけじめのつかなくなる程空想に現実性を加味する男、大泉黒石は、フィルム作者としては或いは適者であるかもしれない。ウソを誠として現わすことの方法を見つけた彼は、今や自由労働者時代の追想をくどくどと書かないで、心のままによき作品の創造に専心になることを祈るものである。ついでに言うが、彼の夫人は日本人であり美人であって、彼を称《よ》ぶのに、

「ねえ、あなた」

という代名詞を用うるが、彼の子息は彼をよぶのに、お父さんとは言わず、

「異人さん」

と言う。蓋し、近所の人達が、そう言ってよぶのを幼き者達はきき覚えてのことであろう。

デカダン・ブルジョアの汚名を雪ぐ**金子洋文**

（かねこ・ようぶん　一八九四―一九八五）名は吉太郎。明治二十七年四月八日、秋田県土崎港に生る。大正五年上京。日本評論社、毎夕新聞社の記者たりし事あり。短篇集『地獄』、戯曲集『投げ棄てられた指輪』等の著あり。

種蒔き社はプロレタリア作家と評論家とを同人としているのだが、金子洋文はプロではなくブルで、しかもデカダンの骨頂だという定評を同人達の間に得た。あまつさえ不良少年の頭目とさえ言われた。

彼が未だ小山内薫の紹介で「中央公論」に出世作『洗濯屋と詩人』を発表する前、劇研究の目的をもって浅草の歌劇団に出入していた関係から、その後もオペラ女優と一緒に散歩したり、酒を飲んだりするので、彼は、デカダンとか不良少年とかの汚名を得たのである。

小牧近江《おうみ》、今野賢三は彼の郷里秋田県土崎町の人であって、彼の友人である。上京後、彼は日本評論社の編集とか、或いは二、三の新聞の記者を勤めたりしていたが、これ等の同郷の友人等と雑誌「種蒔く人」を発行して、プロレタリア文学運動の一員に加わった。

だが、他のプロレタリア作家に比較するに、彼はあまりに芸術的風貌を具えていたため、プロレタリア作家としては重きをなすに至らなかった。むしろ至上主義者として擡頭しつつあるかの観があった。

『洗濯屋と詩人』はその頃彼の書いたものであって、この作はもとプラトン社発行の「女性」に懸賞募集のあった際、それに応じたものであったが、不幸にして落選したのである。しかし「女性」編集主任の小山内薫はこの作の傑れていることを知っていたので、「中央公論」に紹介の労をとったのである。

その後、大正十二年二月になって彼は「解放」誌上に『地獄』の一篇を発表して、文壇の耳目をそばだてた。

この作は、大正十二年度においては傑作の一つとされるべきものであって、立場の異なる作家評論家いずれも口をそろえて激賞して止まなかった。これは、或る欲深い地主に対して、反抗的精神に燃え立つ一青年の反抗的精神と、農民の強烈な正義観念を描出したものであって、深刻な筆致と劇的なシーン、加うるに印象的な作風は、彼の小説家としての地位を明らかにするに十分であった。つづいて『投げ棄てられた指輪』を「中央公論」に発表するに及んで、早稲田派の新進劇作家藤井真澄等と共に、その未来を注目せらるるに至った。

その後『狐』を発表し、なお創作集『地獄』及び劇作集『投げ棄てられた指輪』の両著の発刊につれて、彼は新進小説家、及び新進劇作家として最も確実な地位を文壇に占むることが出来たのである。

種蒔き社同人中、唯一人の不良ブルジョアとの批評をとった彼も、今や、これ等の諸作中彼の示したプロレタリア意識及び反抗的精神によって、その汚名を十分拭い去ることが出来たのみならず、種蒔き社同人のために、プロレタリア芸術のために、ブルジョア作家批評家から浴びせかけられる矢面《やおもて》に立ったかの観が呈せられた。

フランス仕込みのプロレタリア **小牧近江**

（こまき・おうみ　一八九四－一九七八）本名近江谷駉《おうみやこまき》。明治二十七年五月十一日、秋田県土崎港に生る。暁星中学を経て、巴里顕理《アンリ》四世校、巴里法科大学卒業。『クラルテ』『ロマン・ロオランとアンリ・バルビュス』等の著あり。

彼は代議士を父に持ち、智識あるブルジョアの家庭に生れた。

少年時代から進歩した思想をもち、中学卒業後はフランスに渡り巴里《パリ》大学の文科に入学した。が、その頃フランス文壇には新しき文学運動が起っていた。それは『クラルテ』の著者アンリ・バルビュスの唱導したところのもので、その宰下に集る若き作家青年達は、非愛国主義と社会主義とを目標として文芸思想雑誌「クラルテ」を発行していたのである。

コスモポリタン的思想と、ソシアリズムの思想とを加味した新思想を抱いている彼は、この思想運動に参加しないわけには行かなかった。のみならず帰朝後も、同郷の今野〔賢三〕、金子〔洋文〕の二人及び当時プロレタリア文学の黎明期にあたって急先鋒であった平林初之輔、村松正俊等と語らい、「クラルテ」と略《ほぼ》同様の思想を提唱する文芸思想雑誌「種蒔く人」を発刊して、プロレタリア青年を集めて文芸思想の運動を開始したのである。

かくの如く第三インテル・ナシオナルの研究をもって、一流の文名をなす反逆児、非愛国の徒である彼は、皮肉にも彼の勝れたる語学をもって外務省の情報部の一雇員となっていたのである。そして在勤中、勿論幹部からの圧迫があったが、彼は自己の思想をまげることなく、専ら「種蒔く人」のために奮闘して、プロレタリア文学中の人格者であるとせられ、また非凡なる策士であるとせられるに至った。又、幾度かこの雑誌の廃刊にならんとするや、彼は、有島武郎、及び叢文閣の足助素一《あすけそいち》のもとに行き新運動のため、雑誌経営のため、金の無心を申込んだのである。

その後彼の思想、益々急激となって行くにしたがい、主義者の頭目堺利彦等と交友をはじめ、彼は外務省を解雇せられるに至った。

そこにおいて、彼はかつてバルビュスより翻訳権を得ていたため、佐々木孝丸と共に創作『クラルテ』の翻訳を出版し、新運動の資金の補助をなした。

彼は一見温厚な青年紳士であるが、その内心には燃えたつ反逆思想を抱き、新進思想家中の新進である。九月一日の震災以後、一般社会思想の変化と共に「種蒔く人」は遂に廃刊となるに至ったが、彼は捲土重来をせんと、自重している。

不良少年の中戸川吉二

（なかとがわ・きちじ　一八九六－一九四二）明治二十九年五月二十日、北海道釧路市に生る。東京開成中学、逗子開成中学、京北中学等を転々とした後、明治大学を中途退学。小説集『イボタの虫』『縁なき衆生』『友情』『青春』『反射する心』『北村十吉』の著あり。

雑誌「随筆」の主幹、と言っても、まだ弱年の中戸川吉二は、今もなお、昔のままの不良少年であるが、「随筆」は三号を出したのみで、他にその経営を渡した。

里見弴と中戸川吉二との交友も、その絶交も、文壇噂話の、有名なものの一つである。最近、相ついで出版した吉二の『北村十吉』なり、弴の『おせっかい』を読んで見るがいい。その結果（？）として、吉二は、今の妻を得た。彼女は、目白の女学校にいた不良少女文学少女であった――里見弴は、菊池寛などと違って、子分の養成というようなことの出来ない男だし、自分でも今更にそんな面倒臭いことをする気もなかろう。弴には、とても「文藝春秋」などといった与太専門の雑誌を作って自分の子分に自分の提灯を持たせたりするような策略はない。或る点では、文壇随一の策士と言われる弴も、菊池寛の策士振りとは、またすこしその趣を異にしている。そうした弟子嫌いの端がたとえ一時とは言え、面倒を見てやったのはこの中戸川吉二である。吉二はまた勿論、作家としての充分な素質を持ってはいたろうが、文壇へ、まだまだ若くして、景気のいい出方をしたのは、なにもかも、里見端のお蔭である。が、この二人も、今では、一人の不良文学少女のことから、絶縁状を交わし合っている。

彼は確か、十八歳の時、中学校をよして明治大学に入っていたが、勿論、籍を置いてあっただけで、滅多に学校などへは顔を出さなかった。学校へ行くと言っては、家を出て、友達の処を遊び廻っていた。そして、その一、二年の間というもの、悪いことばかりを覚えたわけだった。その悪友の一人に、剛健磊落《ごうけんらいらく》を衒《てら》う九州男児がいて、その感化で、ゆくゆくは田舎新聞の社長にでもなり、そして代議士にでもなって、打って出る気持でいた彼であった。

ところが、彼は、小説家になった。処女作は、確か「文章世界」に発表された『島で遇った画家』という鍋井克之をモデルにしたものであった。その後、半ば自費出版で春陽堂から創作集を出す筈であったのを、里見端のきもいりで、新潮社から、新進作家叢書として『イボタの虫』を出版している。順序から言って、当然、さきに同じ叢書で出版さるべき加能作次郎の『霰の音』が、『イボタの虫』のあとになったというのは、勿論、端の尽力である。彼が、「南部修太郎様、お作はいつも拝見しています、一度お眼にかからして頂きたく存じます」というような文学青年の手簡を書いて、書いた当人も本気なら、読まされた修太郎の喜んだのも本気だったというのは、今も残る文壇噂話の一つである。その修太郎の作が『現代三十三人集』の中になくて、吉二の作がはいっているというのは、これも、また、端のお蔭——文壇出世は何もかも端のお蔭であった。

新婚夫人の **宇野千代**

（うの・ちよ　一八九七－一九九六）明治三十年十一月二十八日、山口県岩国町大字川西に生る。岩国高等女学校を卒業後二年間小学校教員たりしが、大正六年上京、二、三の職業に就き、同八年、札幌にて藤村忠氏と結婚、後上京。十二年尾崎士郎氏と婚す。小川未明氏に学ぶ。短篇集『脂粉の顔』の著あり。

彼女は岩国の女学校の時代から、といっても今はそうでもあるまいが、すばらしいお転婆であって、同じ女学生仲間の者と不良少女団を組織して、お互に男のように名前をよびあっていた。この不良少女団はまた、文学趣味を抱くものの集まりであったので、彼女達は廻覧雑誌をつくって、短篇とか小品とかをつくってよろこんでいた。つまり不良性のある文学少女の集まりであったのだ。

女学校卒業後、彼女はしばらく小学校の教師をつとめていたが、やがて京都に出て、或る貧寒の寺院の内に住んでいた。そこでは、彼女は貧しい僧侶達の内面生活を十分見ることが出来たのである。

しかし間もなく上京して、彼女は女事務員になったり、カフェの女給になったりしていた。最後に本郷三丁目の燕楽軒という、おいしい料理と甘い外国酒を按外ちーぷに持って来るカフェに女給と住み込んだが、その頃のことである。

元来、文壇に関係ある人達は著述出版記念会とか帰朝歓迎会とかは、このカフェで開くことが多かったので、夜の散歩とか創作の暇な時には、ついこの燕楽軒に出かけてカフェ一杯の注文するのであった。従って彼女もこれ等の作家と語ったり、紅茶代のつり銭を払ったりしているうち次第にいろいろな作家を知ることが出来るようになった。又作家達も、もともと文学趣味のある聡明な彼女と語ることを、いつも悪くは思っていなかった。

こんなことから彼女は多くの作家を知るようになったが、就中、小川未明の作風と人物とに親しみを持ち、未明を彼女は先生として、自らを未明の門人であるとしていたことがあるという。

そのうち帝大法科出身の藤村忠と懇親となり、ついで結婚した。その時夫君藤村忠は北海道札幌の拓殖銀行調査部に勤めることになったので、二人は相携えて札幌に行くことになった。

人妻となり心の平静を得た彼女は、たまたま「時事新報」が小説の懸賞募集するのを見て、『脂粉の顔』という作品を北海道からこれに応じて郵送した。その懸賞小説の選者の一人久米正雄は、この作品に最高点を与えたが、後になって、匿名でなくて藤村千代の作だと知っていれば最下点をつけるのであった、と云ってくやしがったそうである。但し、久米が燕楽軒時代の彼女に反感を持っていたことはうかがい知れるのである。

さて『脂粉の顔』は数多の投書中第一等に入選したのであるが、文壇にはこの懸賞小説は何等の問題とならなかった。

しかし続いて彼女は、「中央公論」に『墓を発《あば》く』を発表するに及んで、ようやく文壇に現われて来るに至った。

　間もなく彼女は夫君と共に東京に来たが、用事がすんで夫君が北海道に帰ることになっても、彼女は独り東京に残って、創作に専心していた。つづいて短篇集『脂粉の顔』の出版されるや、彼女は現文壇の女流新進作家として覇を立てることが出来、しかも現今女流作家の皆無と云っていい時なので、彼女は生々しい筆致をもって近代的女性の思想を描出し得る唯一人の女流作家として、数多の文壇人から問題とされ、その名声は次第に高まって行くものがある。

　しかも目出度い話であるが、彼女は或る新進作家とこの程結婚し[*1]、楽しい家庭に往年の苦しかった女給時代の気苦労も忘れるということである。幸い彼女に、益々幸福な未来のつづくことを祈る。

＊1　一九二二年、「時事新報」小説懸賞で宇野千代『脂粉の顔』が一等、尾崎士郎『獄中より』が二等となった縁で二人は知り合い、宇野は藤村忠との離婚を経たのち正式に入籍。一九三〇年、尾崎と離婚。

裁縫の出来なかった**中條百合子**

（ちゅうじょう・ゆりこ　一八九九－一九五一）明治三十二年二月十三日、東京小石川区原町十三に生る。お茶の水高女卒業、大正七年米国に学び、荒木茂と結婚。同八年十二月帰朝。『貧しき人々の群』『一つの芽生』等の著あり。

文学博士、貴族院議員、華族女学校校長の故西村茂樹は、母方の、彼女にとっては実祖父であった。明治三十二年二月、彼女は、小石川原町、中條家の長女として生れた。父は精一郎、旧米沢藩の人、英国剣橋《ケンブリッジ》大学出身の建築家、母は葭江、生粋の江戸っ子である。その昔紫の袴を穿いて、華族女学校へ通学の時、屢々作文の教師を困らしたと云う。乙の上とか甲の下とかの採点標でもつくと、何はともあれ承知しない。同じ一つの作文を、自分でチョイチョイ筆をいれては、最高点甲の上のつけられるまで教師に提出した。教師の根負けはもとよりのことである。その妹のすみ子、彼女にとっての叔母である人も文才があって、某誌に二度ばかり小説を投書、掲載されたことがあると云う――この祖父、母、叔母の血は、この若い女性の胸の中にもあったと言わなくてはならぬであろう。

明治四十五年、お茶の水高等女校へ入学、在学一年生の頃から、おもにオスカー・ワイルドのものを愛読し、三、四年生の頃からロシアの作家を好んだ。大正五年卒業、すぐ、日本女子大学に入ったが、在校僅々二ヶ月、この頃、文学博士坪内逍遙の知遇を得、処女作『貧しき人々の群』を推奨され、九月、これを「中央公論」に発表、一少女の繊手《せんしゅ》に文壇は震駭《しんがい》し、世評囂々《ごうごう》たるものがあった。七年二月、創作集『一つの芽生』を、新進作家叢書として、新潮社から出版して、彼女の位置は文壇にきまったと言っていい。しかし、同年九月渡米、翌年の末、結婚。帰朝以来、杳《よう》として文壇に消息を知らず、惜しいことである。[*1] まだ二十六歳の若さである。

彼女の女学生時代、恐らく今日といえども、裁縫の出来ないことは有名な話柄である。裁縫の出来なかった中條百合子である。

＊1　一九二四年、百合子は荒木茂と離婚し、経緯を『伸子』として小説化。その後、一九二七〜三〇年のソ連及びヨーロッパ遊学を経て一九三二年、文芸評論家・宮本顕治と再婚。一九三七年より「宮本百合子」に筆名を改めた。

人名紹介

あ行

アービング（Washington Irving　一七八三－一八五九）アメリカの小説家、随筆家。短篇集『スケッチ・ブック』（一八二〇）でアメリカ最初の短篇小説作家として国際的名声を得る。著作に『ニューヨーク史』（一八〇九）、『アルハンブラ物語』（一八三二）など。

赤木桁平（あかぎ・こうへい　一八九一－一九四九）評論家、政治家。岡山生。本名・池崎忠孝。東京帝大独法科卒。在学中、夏目漱石に師事。吉井勇らを批判した『「遊蕩文学」の撲滅』（一九一六）で論争を起こす。衆院議員、文部参与官、大政翼賛会参与などを歴任。

朝河貫一（あさかわ・かんいち　一八七三－一九四八）歴史学者。福島生。東京専門学校（現早大）を首席卒業後渡米し、のちエール大学教授。著作に『入来文書』（一九二九）、『荘園研究』（一九六五）など。

天野為之（あまの・ためゆき　一八六一－一九三八）経済学者、教育者。江戸生。東大政治理財科卒。早大騒動で辞任するまで同大教授・学長を務め、高田早苗・坪内逍遙とともに「早稲田三尊」と称された。著作に『経済原論』（一八八六）、『経済策論』（一九一〇）など。

荒木郁（あらき・いく　一八八八－一九四三）小説家。本名・郁子。東京生。女子美術学校卒。「青鞜」同人として活躍。岩野泡鳴の弟子で、泡鳴没後に墓碑を建てた。著作に『火の娘』（一九一四）。

有本芳水（ありもと・ほうすい　一八八六－一九七六）詩人。兵庫生。本名・歓之助。早大卒業後、実業之日本社に入り「日本少年」主筆として活躍。竹久夢二挿絵の『芳水詩集』（一九一四）はロングセラーに。著作に『旅人』（一九一七）、『ふる郷』（一九一八）など。

アルツィバーシェフ（Mikhail Petrovich Artsybashev　一八七八－一九二七）。ロシアの小説家。恋愛の自由や生の解放を描く『サーニン』などで反響を呼ぶ。

アンドレーエフ（Leonid Nikolaevich Andreev　一八

七一－一九一九）ロシアの小説家、劇作家。モスクワ大学法学部卒。二十世紀初頭、ロシアで最も人気のあった作家の一人。初期の写実的作風から象徴主義・神秘主義に転じた。小説に『血笑記』（一九〇四）、『七死刑囚物語』（一九〇八）など。

五十嵐力（いがらし・ちから　一八七四－一九四七）国文学者。米沢生。東京専門学校卒。坪内逍遙、大西祝《はじめ》に師事し、のち早大教授。同大文学部国文科設立後はその中心となる。著作に『文章講話』（一九〇五）、『平安朝文学史』（一九三七）など。

生田長江（いくた・ちょうこう　一八八二－一九三六）評論家、翻訳家。鳥取生。本名・弘治。東京帝大哲学科卒。在学中より森田草平らと馬場孤蝶に師事。『小栗風葉論』（一九〇六）が注目される。与謝野晶子・平塚らいてうらと知り合い、青踏社創立を支援。また『ニイチエ全集』、ダンテ『新曲』など翻訳多数。

井汲清治（いくみ・せいじ　一八九二－一九八三）文芸評論家。岡山生。慶大仏文科卒。在学中より永井荷風の「火曜会」に出席。卒業後、「三田文学」の編集発行に携わる。フランス留学を経て慶大文学部教授。

池田大伍（いけだ・だいご　一八八五－一九四二）劇作家。東京生。本名・銀次郎。早大英文科卒。坪内逍遙の信任を得て文芸協会演芸主任を務め、協会解散後、劇団「無名会」を結成し、劇作家として活躍。劇団解散後は二世市川左団次のブレーンとなる。戯曲に『西郷と豚姫』（一九一七）、『名月八幡祭』（一九一八）など。中国劇の翻訳に『元曲五種』（一九七五）。国文学者・池田弥三郎の叔父。

石井柏亭（いしい・はくてい　一八八二－一九五八）洋画家。東京生。本名・満吉。日本画家・石井鼎湖の長男、彫刻家・石井鶴三の兄。東京美術学校洋画科中退後、同志と「方寸」創刊。木下杢太郎・北原白秋らと「パンの会」結成。また日本水彩画会、二科会、一水会の創立に参加。

石川三四郎（いしかわ・さんしろう　一八七六－一九五六）社会主義運動家、埼玉生。東京法学院（現中央大学）卒。「万朝報」在籍中、幸徳秋水・堺利彦らの非戦論に共鳴し「平民新聞」に参加。平民社解散後、安部磯雄・木下尚江らとキリスト教社会主義雑誌「新紀元」創刊。一九一〇年、大逆事件に関連し留置されるも釈放。一九一三年渡欧、一九二〇年帰国後「共学社」創立。四六年「日本アナキスト連盟」創立。著作に『日本社会主義史』（一九〇六）、『西洋社会運動史』（一九二三）など。

石丸梧平（いしまる・ごへい　一八八六‐一九六九）宗教家、小説家、評論家。大阪生。早大卒。一九二四年、妻・喜世子と「人生創造」創刊。のち花園学園教授。著作に『人間親鸞』（一九二二）、『創造哲学概論』（一九三四）など。作家・石丸元章の曾祖父。

市川正一（いちかわ・しょういち　一八九二‐一九四五）社会運動家。山口生。早大文学部卒。一九二二年「無産階級」創刊。一九二三年、結成間もない共産党に入党、理論誌「赤旗」「マルクス主義」編集。一九二八年、三・一五事件で検挙を免れ党再建に従事するも翌年、四・一六事件で検挙。一九四五年、獄死。著作に『日本共産党闘争小史』（一九三二）、『獄中から』（一九四七）など。

一条成美（いちじょう・せいび／なるみ　一八七七‐一九一〇）画家。長野生。松本中学中退後、独学で絵を学ぶ。与謝野鉄幹宅に住み込み、「明星」に西洋風の挿絵を描いて評判になるが、一九〇〇年、掲載した裸婦画が発禁となり新詩社を退社。その後も文芸雑誌・書籍の挿絵を手がける。

井原西鶴（いはら・さいかく　一六四二‐一六九三）俳人、浮世草子作者。大坂生。本名・平山藤五。十五歳より俳句を学び、二十一歳で点者として独立。『好色一代男』（一六八二）以後、浮世草子を多数発表し、のちの小説界に影響を与えた。

イプセン（Henrik Ibsen　一八二八‐一九〇六）ノルウェーの劇作家。貧困のなかドイツ・イタリアなどを渡りながら社会劇・思想劇の創作を続け、『人形の家』（一八七九）で近代演劇の第一人者となる。

今野賢三（いまの・けんぞう　一八九三‐一九六九）小説家。秋田生。土崎尋常高等小学校卒。職を転々としたのち、「種蒔く人」を経て「文芸戦線」でプロレタリア作家として活動。また労農派の中心として小作争議、労働争議を指揮。著作に小説『暁』三部作（一九二四～二七）、『プロレタリア恋愛観』（一九三〇）など。

岩佐作太郎（いわさ・さくたろう　一八七九‐一九六七）アナキスト。千葉生。東京法学院卒。一九〇二年渡米し社会主義者として活動。一九一〇年、大逆事件が起こるとアメリカから天皇に「公開状」を送り抗議。一九一八年帰国。一九四六年「日本アナキスト連盟」結成、のち委員長となるが分裂し、新たに「日本アナキストクラブ」結成。著作に『革命断想』（一九三二）、『国家論大綱』（一九三七）など。

岩野清（いわの・きよ　一八八二－一九二〇）婦人運動家、小説家。東京生。本名・清子。婦人参政権運動を経て青踏社に参加。一九〇九年、「半獣主義者」岩野泡鳴と同棲、「霊が勝つか肉が勝つか」と世間に騒がれる。一九一三年から正式に結婚するも二年で離婚し、出会いから別れまでを綴った『愛の争闘』（一九一五）刊行。離婚裁判後、画学生・遠藤辰之助と同棲、「遠藤清子」と名乗る。

岩野泡鳴（いわの・ほうめい　一八七三－一九二〇）詩人、小説家、評論家。兵庫生。本名・美衛《よしえ》。明治学院、専修学校中退。一八九〇年、国木田独歩らと「文壇」を、一九〇三年、前田林外・相馬御風らと「白百合」を創刊。度重なる結婚や放浪など奔放な生涯を送るなか執筆を続け、評論『神秘的半獣主義』（一九〇六）やアーサー・シモンズ『表象派の文学運動』の翻訳（一九一三）で影響を与えたほか、小説では「一元描写」を主張し田山花袋の「平面描写」と対立した。

巖谷小波（いわや・さざなみ　一八七〇－一九三三）児童文学者、小説家、俳人。東京生。本名・季雄《すえお》。尾崎紅葉らの硯友社に参加したのち、子供向けに書いた『こがね丸』以後は児童文学に専心。「少年世界」主筆として作品を執筆し、『日本昔噺』全二十四冊（一八九四－九六）、『世界お伽噺』全百冊（一八九九－一九〇八）などで伝承文学の膨大な再話を行なったほか、後進の指導にもあたった。

上田敏（うえだ・びん　一八七四－一九一六）詩人、英仏文学者。東京生。東大英文科卒。在学中に「帝国文学」創刊に参加。海外文学の紹介を続け、フランスの高踏詩・象徴詩をまとめた訳詩集『海潮音』（一九〇五）は広く読まれた。著作に『詩聖ダンテ』（一九〇一）など。

ヴェデキント（Frank Wedekind　一八六四－一九一八）ドイツの劇作家。生と性を抑圧する市民社会に批判的な作品を書いた。作品に『春のめざめ』（一八九一）、『地霊』（一八九五）など。

内ヶ崎作三郎（うちがさき・さくさぶろう　一八七七－一九四七）政治家、教育者。宮城生。東京帝大英文科卒業後、オックスフォード大留学を経て早大教授。ユニテリアン派のクリスチャンとして宗教的評論を執筆。一九二四年、憲政会より出馬し衆議院議員に当選。近衛内閣の文部政務次官、衆議院副議長などを歴任。

宇野四郎（うの・しろう　一八九三－一九三一）演出家、劇作家。東京生。慶大文学部卒。帝劇文芸部に入社し、舞台演出にあたる。

江部鴨村（えべ・おうそん　一八八四－一九六九）仏教学者。新潟生。本名・蔵円。真宗大（現大谷大）卒。二六新報記者を経て望月信亨『仏教大辞典』の編集に参加。雑誌「自然浄土」（一九二六－二八）発行。日大講師、大谷大教授などを歴任。著作に『維摩経新講』（一九二八）、『仏教概論』（同）など。

江見水蔭（えみ・すいいん　一八六九－一九三四）小説家。岡山生。本名・忠功《ただかつ》。硯友社を経て一八九二年、江水社を創立。「小桜縅《こざくらおどし》」を創刊し、田山花袋・太田玉茗を世に出す。著作に『女房殺し』（一八九五）、『自己中心明治文壇史』（一九二六～二七）など。

大杉栄（おおすぎ・さかえ　一八八五－一九二三）社会運動家。香川生。東京外国語学校仏文科卒。在学中に平民社に参加。幸徳秋水の影響を受けアナキストとなる。神近市子による日蔭茶屋事件を機に伊藤野枝と家庭を持つ。一九二〇年、日本社会主義同盟の創立に参加。一九二三年、関東大震災下、甘粕正彦らにより妻・野枝、甥・橘宗一とともに虐殺される。著作に『獄中記』（一九一九）、『日本脱出記』（一九二三）など。

太田水穂（おおた・みずほ　一八七六－一九五五）歌人、国文学者。本名・貞一。長野師範卒。短歌結社「潮音」主宰。芭蕉を研究し、アララギ派の写生主義に対し象徴主義歌論を唱えた。歌集に『雲鳥《うんちょう》』（一九二二）、『冬菜』（一九二七）など。

大西操山（おおにし・そうざん　一八六四－一九〇〇）哲学者。岡山生。本名・祝《はじめ》。同志社英学校普通科を経て帝大哲学科卒。東京専門学校、東京高等師範学校で哲学、論理学、美学などを教える一方、日本プロテスタントの機関誌「六合《りくごう》雑誌」の編集に携わる。一八九八年、ドイツへ留学するも病のため翌年帰国し死去。著作に『良心起原論』（一九〇四）など。

大貫晶川（おおぬき・しょうせん　一八八七－一九一二）詩人、小説家。東京生。本名・雪之助。岡本かの子の兄。東京帝大卒。在学中、東京府立第一中学からの同級・谷崎潤一郎らと第二次「新思潮」創刊。著作にツルゲーネフの翻訳『煙《スモオク》』（一九一三）。

大町桂月（おおまち・けいげつ　一八六九－一九二五）詩人、評論家。高知生。本名・芳衛。東大国文科卒。在学中、「帝国文学」編集に参加。卒業後、博文館に勤務するかたわら「文芸倶楽部」「太陽」に評論・紀行文を発表。和漢混淆の美文調が広く読まれた。著作に『黄菊白菊』（一八九八）、『行雲流水』（一九〇九）など。

小笠原さだ（おがさわら・さだ　一八八七－一九八八）小説家。宮城生。別称・貞。「女子文壇」投稿を経て一九一二年、「青鞜」に参加。『客』が『青鞜小説集』（一九一三）に収録される。

岡田八千代（おかだ・やちよ　一八八三－一九六二）小説家、劇作家。広島生。小山内薫の妹。成女学校卒。一九〇二年「青鞜」に『めぐりあい』を発表。一九〇六年、洋画家・岡田三郎助と結婚。一九一一年、青踏社に参加。一九一三年、長谷川時雨と「女人芸術」創刊。著作に長篇小説『新緑』（一九〇七）、戯曲『黄楊の櫛』（一九一二）など。

岡村柿紅（おかむら・しこう　一八八一－一九二五）劇評家、劇作家。高知生。本名・久寿治。「中央新聞」「二六新報」などで劇評を担当したのち一九一一年、「演芸倶楽部」編集主任。一九一五年、市村座顧問となる。一九一六年、「新演芸」創刊。作品に『身替座禅』（一九一〇）、『棒しばり』（一九一六）など。

岡村千秋（おかむら・ちあき　一八八四－一九四一）編集者。長野生。早大英文科卒。読売新聞社、博文館を経て一九二七年、郷土研究社創立。柳田国男と交流が深く、雑誌「郷土研究」を編集したほか民俗学関連の本を多数出版した。

荻原守衛（おぎわら・もりえ　一八七九－一九一〇）彫刻家。長野生。一八九九年上京、小山正太郎の不同舎で洋画を学ぶ。アメリカを経てフランスへ渡り、ロダン「考える人」に衝撃を受け彫刻に転向。帰国後、明治の彫刻界に影響を与えた。

奥宮健之（おくのみや・けんし　一八五七－一九一一）社会主義者。高知生。一八八一年、自由党入党。一八八五年、名古屋事件に関係し逮捕（のち特赦により出獄）。大逆事件の際、幸徳秋水に爆弾の製造法を教えたとして検挙され、一九一一年死刑。

小栗風葉（おぐり・ふうよう　一八七五－一九二六）

小説家。愛知生。本名・磯夫。薬種商の稼業を捨て上京、尾崎紅葉門下に入る。『亀甲鶴』（一八九六）、『恋慕ながし』（一八九八）で好評を博し、紅葉を継いで『終編金色夜叉』（一九〇九）を書くなど、泉鏡花らと並び紅葉四天王の一人と称されたが、自然主義の台頭に押され晩年は故郷に戻り引退した。

尾崎紅葉（おざき・こうよう　一八六八－一九〇三）小説家、俳人。本名・徳太郎。東京生。東大中退。大学予備門在学中に石橋思案・山田美妙らと「硯友社」を創立、機関誌「我楽多文庫」創刊。『二人比丘尼色懺悔』（一八八九）が出世作となり、読売新聞社に入社、長短篇を発表。風俗写実小説で人気を博し、口語文体を完成させたとされる。大作『金色夜叉』（一八九七～一九〇二）は病没により未完となった。

尾島菊（おじま・きく　一八八四－一九五六）小説家。富山生。本名・菊子。東京第一高女中退。徳田秋声に師事し、一九一一年、「青鞜」に参加。一九一四年、画家・小寺健吉と結婚し、小寺菊子と改姓。少女小説を多く書いたが、戦時中に引退。小説に『父の罪』（一九一二）、『百日紅の蔭』（一九一五）など。

落合直文（おちあい・なおぶみ　一八六一－一九〇三）国文学者、歌人。宮城生。東大古典講習科中退。皇典講究所講師となった一八八八年、長篇新体詩『孝女白菊の歌』で名声を得る。一八八九年、一高教師となる。同年、森鷗外主宰の「新声社」に協力し、訳詩集『於母影』に参加。また短歌革新を唱え結社「浅香社」を創立し、尾上柴舟、金子薫園、与謝野鉄幹らを育てた。著作に『日本大文典』（一八九四－一八九七）、『ことばの泉（言泉）』（一八九八－一八九九）など。

尾上柴舟（おのえ・さいしゅう　一八七六－一九五七）歌人、国文学者、書家。岡山生。東大国文科卒。一八九五年、落合直文の浅香社に参加。一九〇二年、金子薫園と叙景詩運動を起こし、新詩社の「明星」と対立。一九〇五年、車前草社を創立し、若山牧水、前田夕暮らを育てた。歌集に『銀鈴』（一九〇四）、『静夜』（一九〇七）など。

尾山篤二郎（おやま・とくじろう　一八八九－一九六三）歌人、国文学者。金沢商業中退。上京後、前田夕暮、若山牧水らと交わり、一九一三年、歌集『さすらひ』が出世作となる。歌集のほかに研究書『西行法師評伝』（一九三四）、『大伴家持の研究』（一九四八－五六）など。

か行

加藤朝鳥（かとう・あさどり　一八八六－一九三八）翻訳家、評論家。鳥取生。本名・信正。早大英文科卒業後、インドネシアのバタビアに渡り一時「爪哇《ジャワ》日報」主筆。「片上伸氏を論ず」（一九一五）以後、批評や翻訳を発表。晩年は立正大学教授のかたわら個人誌「反響」を主宰。著作に『英文学夜話』（一九二七）、ポーランドの作家ヴワディスワフ・レイモントの翻訳『農民』（一九二五～二六）など。

加藤介春（かとう・かいしゅん　一八八五－一九四六）詩人。福岡生。本名・寿太郎。早大英文科卒。在学中、相馬御風・人見東明・三木露風らと早稲田詩社を結成。また自由詩社創立にも参加。口語自由詩を唱える。卒業後、九州日報社、福岡日日新聞社に勤めた。詩集に『獄中哀歌』（一九一四）、『眼と眼』（一九二六）など。

加藤籌子（かとう・かずこ　一八八三－一九五六）小説家。愛知生。小栗風葉の妻。小栗籌子とも。風葉と結婚するも別居生活を送る。「青鞜」に参加。小説に『留守居』（一九〇九）など。

加藤緑（かとう・みどり　一八八八－一九二二）小説家。長野生。本名・高仲きくよ。徳田秋声に師事。加藤朝鳥と結婚し、夫婦で舞台に立つ。

金子薫園（かねこ・くんえん　一八七六－一九五一）歌人。東京生。本名・雄太郎。東京府立尋常中学校中退。浅香社同人。尾上柴舟とともに「叙景詩運動」を起こし、一九〇三年「白菊会」を結成、明星派に対立。一八年、「光」創刊。歌集に『小詩国』（一九〇四）、『覚めたる歌』（一九一〇）。

金子筑水（かねこ・ちくすい　一八七〇－一九三七）哲学者、評論家。本名・馬治。東京専門学校卒。ドイツ留学後、早大教授として哲学、美学などを担当。著作に『欧州思想大観』（一九二二）、『芸術の本質』（一九二四）など。

神近市子（かみちか・いちこ　一八八八－一九八一）婦人運動家、政治家。長崎生。女子英学塾在学中、青踏社に参加。卒業後、青森で教師となるが、青踏社の関係を糾弾され辞職。一九一四年、東京日日新聞記者となるが、恋愛関係のもつれから大杉栄を刺し（日蔭茶屋事件）服役。出獄後、文筆生活に入る。

第二次大戦後は衆議院議員に当選、売春防止法成立などに尽力。

川上眉山（かわかみ・びざん　一八六九－一九〇八）小説家。大阪生。本名・亮《あきら》。東大文科中退。大学予備門在学中、硯友社同人となる。『墨染桜』（一八九〇）が出世作となり、『書記官』（一八九五）、『うらおもて』（同）などで反俗的な観念小説の代表者として注目されるも、のち自殺。著作に『蔦紅葉』（一八九二）、『ふところ日記』（一九〇一）など。

河東碧梧桐（かわひがし・へきごとう　一八七三－一九三七）。俳人。松山生。本名・秉五郎《へいごろう》。二高中退。正岡子規に師事。子規没後、高浜虚子と対立し「新傾向俳句」を唱え、のち自由律俳句にいたる。著作に紀行『三千里』（一九〇六）、回想『子規を語る』（一九三四）など。

川村花菱（かわむら・かりょう　一八八四－一九五四）劇作家。東京生。本名・久輔。早大英文科卒。東京俳優養成所教師を経て有楽座土曜劇場、新日本劇を起こす。また芸術座の脚本部員兼興行主事として活躍。のち新派の脚本・演出を担当。

神崎恒（かんざき・つね　一八九〇－一九七五）小説家。佐賀生。日本女子大卒。

木内錠（きうち・てい　一八八七－一九一九）小説家。東京生。木内錠子、一宮滝子とも。日本女子大国文学部卒。「婦人世界」記者のかたわら、幸田露伴に師事。一九一〇年、「ホトトギス」に発表した『をんな』が発禁となる。一九一一年、青踏社創立に参加、のち離れる。

菊池幽芳（きくち・ゆうほう　一八七〇－一九四七）小説家。茨城生。本名・清。教員を経て大阪毎日新聞に入る。新聞連載小説で人気を博し、家庭小説の先駆とされる。小説に『己が罪』（一八九九－一九〇〇）、『乳姉妹』（一九〇三）など。

北村透谷（きたむら・とうこく　一八六八－一八九四）詩人、評論家。神奈川生。本名・門太郎。東京専門学校卒。自由民権運動に参加した後、詩集『楚囚之詩』（一八八九）、『蓬莱曲』（一八九一）刊行。一八九三年、島崎藤村らと「文學界」を創刊、浪漫主義の理論家として活躍するも、のち自殺。

北昤吉（きた・れいきち　一八八五－一九六一）思想家、政治家。佐渡生。北一輝の弟。早大哲学科卒。早大講師、大東文化大教授を経て欧米に留学。大日本主義、アジア主義を唱え「学苑」「祖国」を創刊。一九一〇年、多摩帝国美術大学（現多摩美術大学）創立。一九一一年、衆院議員に当選し、以後政治家として活動。著作に『光は東方より』（一九一八）、『哲学概論』（一九二六）など。

木下杢太郎（きのした・もくたろう　一八八五 - 一九四五）詩人、劇作家、医学者。静岡生。本名・太田正雄。東大医学部卒。在学中の一九〇七年、新詩社に入り、翌年北原白秋らと「パンの会」結成。著作に『唐草表紙』（一九一五）、『食後の唄』（一九一九）など。

木下利玄（きのした・りげん　一八八六 - 一九二五）歌人。岡山生。本名・利玄《としはる》。東大国文科卒。早くから佐佐木信綱「心の花」同人として活躍。一九一〇年、志賀直哉・武者小路実篤らと「白樺」を創刊し、小説も試みたが、のち短歌に専念。歌集に『銀』（一九一四）、『一路』（一九二四）など。

木村荘太（きむら・そうた　一八八九 - 一九五〇）小説家。東京生。京華中学卒。第二次「新思潮」同人を経て白樺派に共鳴し、一時「新しき村」に参加。著作に『農に生きる』（一九三三）、『アラン』（一九四六）など。

楠山正雄（くすやま・まさお　一八八四 - 一九五〇）児童文学者、演劇評論家。東京生。早大英文科卒。早稲田文学社を経て冨山房へ入り、『模範家庭文庫』二十四巻を編集。翻訳や創作でも活動。著作に『近代劇十二講』（一九二二）、『源義経』（一九四三）など。

倉田潮（くらた・うしお　一八八九 - 一九六四）評論家、小説家。群馬生。東京帝大法科中退。一九二四年、「文芸と宗教」に発表した小説『逃走』が発禁となる。著作に『愛のさすらい』（一九二三）、『蝕まれたる魂』（一九二五）など。

厨川白村（くりやがわ・はくそん　一八八〇 - 一九二三）英文学者、評論家。京都生。本名・辰夫。東大英文科卒。在学中、小泉八雲らに学ぶ。五高、三高教授を経て京都帝大教授。『近代文学十講』（一九一二）、『近代の恋愛観』（一九二二）で青年から反響を呼ぶ。関東大震災の津波により死去。

黒岩周六→黒岩涙香（くろいわ・るいこう　一八六二 - 一九二〇）小説家、新聞記者。高知生。「絵入自由新聞」「都新聞」を経て、万朝報社を創立。スキャンダル報道で評判を得る一方、『鉄仮面』（一八九二〜九三)、『巌窟王』(一九〇一〜〇二)などの翻案小説でも人気を博した。また堺利彦・幸徳秋水らを社員に迎えたが、日露戦争で開戦論に転じ対立した。

小泉鉄(こいずみ・まがね　一八八六-一九五四)小説家、翻訳家。福島生。東京帝大哲学科中退。第二次「新思潮」を経て「白樺」同人。著作にゴーギャンのタヒチ滞在記の翻訳『ノア・ノア』(一九一三)、研究書『台湾土俗史』(一九三三)など。

小泉八雲(こいずみ・やくも　一八五〇-一九〇四)英文学者、作家。ギリシャ生。本名・Lafcadio Hearn。アメリカで新聞記者として活動したのち一八九〇年来日。松江藩士の娘・節子と結婚し日本に帰化。熊本五高、東大文学部、早大講師を歴任。著作に『知られざる日本の面影』(一八九四)、『怪談』(一九〇四)など。

幸田露伴(こうだ・ろはん　一八六七-一九四七)小説家、随筆家。東京生。本名・成行《しげゆき》。電信修技学校卒。幸田文の父。電子技師として北海道に赴任するも文学を志し上京、『露団々《つゆだんだん》』(一八八九)で登場。尾崎紅葉と並ぶ人気で「紅露」時代と呼ばれる一時期を画す。紀行『枕頭山水』(一八九三)、考証『芭蕉七部集評釈』(一九二〇〜四七)など小説以外でも活躍。

幸徳秋水(こうとく・しゅうすい　一八七一-一九一一)社会主義者。高知生。本名・伝治郎。中江兆民に師事。「自由新聞」「中央新聞」を経て「万朝報」記者となるも、日露戦争に関する意見で黒岩涙香と対立、堺利彦と「平民新聞」創刊。のちクロポトキンなどの影響でアナキズムに傾倒。一九一〇年、大逆事件に連座し処刑。著作に『廿世紀之怪物帝国主義』(一九〇一)、『社会主義神髄』(一九〇三)など。

ゴーリキー(Maksim Gor'kiy　一八六八-一九三六)ロシア・ソ連の小説家、劇作家。本名Aleksei Maksimovich Peshkov。様々な職につきながら革命運動に参加し、逮捕・釈放ののち「社会主義リアリズム」を創始、プロレタリア文学の発展に貢献。著作に戯曲『どん底』(一九〇二)、小説『母』(一九〇七)など。

小金井喜美子(こがねい・きみこ　一八七〇-一九五六)翻訳家、小説家。島根生。本名・きみ。東京女子師範附属女学校卒。森鷗外の妹。一八八九年、兄・鷗外らと訳詩集『於母影』刊行。以降、「しがらみ草紙」に翻訳を多数発表。著作に歌文集『泡沫千首』（一九四〇）、『森鷗外の系族』（一九四三）など。

小島徳弥（こじま・とくや　一八九八－不詳）評論家。京都生。早大文科中退。博文館の記者を経て文芸評論の分野で活動。新秋出版社から『文壇百話』（一九二四）を刊行したほか、翻訳にツルゲーネフ『父親と息子』（一九二二）、D・H・ロレンス『大尉の人形』（一九二四）などがある。

小杉天外（こすぎ・てんがい　一八六五－一九五二）小説家。秋田生。本名・為蔵。英吉利法律学校（現中央大学）中退。斎藤緑雨に師事。「新写実主義（ゾライズム）」を唱え、『はつ姿』（一九〇〇）、『はやり唄』（一九〇二）で地位を築き、長篇小説『魔風恋風』（一九〇三）で人気を博す。

児玉花外（こだま・かがい　一八七四－一九四三）詩人。山口生。本名。伝八。東京専門学校中退。バイロンに傾倒して詩作を始め、のち片山潜らの社会主義運動に共鳴。『社会主義詩集』（一九〇三）が詩集として初の発禁処分となる。著作に『花外詩集』（一九〇四）、『ゆく雲』（一九〇六）など。

小寺菊子→尾島菊子

後藤末雄（ごとう・すえお　一八八六－一九六七）小説家。東京生。東京帝大仏文科卒。谷崎潤一郎らと第二次「新思潮」を創刊、短篇を発表するものちフランス文学の研究に専念。著作にロマン・ロランの翻訳『ジャン・クリストフ』（一九一七～一八）、『支那思想のフランス西漸』（一九三三）など。

後藤宙外（ごとう・ちゅうがい　一八六六－一九三八）小説家、評論家。秋田生。本名・寅之助。東京専門学校卒。『ありのすさび』（一八九五）で文壇に登場。一九〇〇年、春陽堂の「新小説」編集主任となり、小説や反自然主義の評論を発表。著作に『裾野』（一九〇九）、『明治文壇回顧録』（一九三六）など。

小宮豊隆（こみや・とよたか　一八八四－一九六六）ドイツ文学者、評論家。福岡生。東大独文化卒。在学中から夏目漱石に師事し、のち『漱石全集』編集に参加。東北大教授、東京音楽学校（現東京芸大）校長、学習院大教授などを歴任。著作に『芭蕉の研究』（一九三三）、『夏目漱石』（一九三八）。

小山六之助（こやま・ろくのすけ　一八六九－一九四七）政治活動家。群馬生。慶應義塾中退。日清戦争の際、下関で清の全権大使・李鴻章を狙撃。一九〇七年、恩赦により仮釈放。著作に獄中記『活地獄』（一九一〇）。

ゴンクール→ゴンクール兄弟＝兄エドモン・ド・ゴンクール（Edmond de Goncourt　一八二二〜九六）と弟ジュール・ド・ゴンクール（Jules de Goncourt　一八三〇－一八七〇）。小説や評論を多数合作し、また浮世絵の研究も行なった。著作に『日記』（一八五一－一八九六）、『ジェルミニー・ラセルトゥー』（一八六五）など。

ゴンチャロフ（Ivan Aleksandrovich Goncharov　一八一二－一八九一）ロシアの小説家。モスクワ大卒業後、官吏生活のかたわら執筆。一八五二年、遣日使節プチャーチンの特別秘書官として長崎に来日、交渉の模様を旅行記『Frigate "Pallada"』（一八五八）に記録。小説に『オブローモフ』（一八五九）、『断崖』（一八六九）など。

近藤憲二（こんどう・けんじ　一八九五－一九六九）アナキスト。兵庫生。早大卒。在学中、大杉栄と出会い、「労働運動」に参加、大杉死後も刊行を続ける。堺利彦の長女・真柄と結婚。一九四六年、日本アナキスト連盟を結成し書記長に就任。著作に『一無政府主義者の回想』（一九六五）など。

さ行

嵯峨の屋お室（さがのや・おむろ　一八六三－一九四七）小説家、詩人。東京生。本名・矢崎鎮四《しんし》郎《ろう》。東京外国語学校露語科卒。在学中に二葉亭四迷と知り合う。坪内逍遙に師事。著作に『守銭《しまり》奴之《みせの》肚《はら》』（一八八七）、『初恋』（一八八九）など。

佐佐木信綱（ささき・のぶつな　一八七二－一九六三）歌人、国文学者。三重生。東大古典科卒。歌人の父・弘綱を継いで「竹柏会」を主宰。一八九八年、「心の花」創刊。また『校本万葉集』全二十五冊（一九二四〜二五）、『万葉集事典』（一九五六）など万葉研究を続けた。歌集に『思草』（一九〇三）、『山と水と』（一九五一）など。

佐々木味津三（ささき・みつぞう　一八九六－一九三四）小説家。愛知生。本名・光三。明治大政経科卒。新聞・雑誌記者のかたわら小説を書き、『呪はしき生存』（一九二二）が菊池寛に認められ「文藝春秋」創刊同人に参加。急逝した長兄の負債と遺児を託され、純文学から大衆小説に転じる。著作に『右門捕物帖』（一九二八〜三二）、『旗本退屈男』（一九二九

〜三一）など。

左団次〔二代目〕→市川左団次（いちかわ・さだんじ　一八八〇－一九四〇）。初代左団次の息子。松居松葉との洋行を経て一九〇九年、小山内薫と新劇運動「自由劇場」を開始。また初めて海外での歌舞伎公演を行なった。

佐藤紅緑（さとう・こうろく　一八七四－一九四九）。俳人、小説家、劇作家。青森生。本名・洽六《こうろく》。弘前中学中退。陸羯南の書生を経て新聞記者となる一方、俳句を正岡子規に師事。一九〇六年、小説『行火《あんか》』、戯曲『侠艶録』で認められる。小説に『あゝ玉杯に花うけて』（一九二七〜二八）など。詩人・サトウハチロー、小説家・佐藤愛子の父。

佐藤緑葉（さとう・りょくよう　一八八六－一九六〇）小説家、翻訳家。群馬生。本名・利吉。早大英文科卒。『秋』（一九〇七）など小説をいくつか発表したのち学究に専念。著作に評伝『若山牧水』（一九四七）など。

沢田正二郎（さわだ・しょうじろう　一八九二－一九二九）俳優。滋賀生。早大英文科卒。坪内逍遙の文芸協会研究生、島村抱月・松井須磨子の芸術座を経て一九一七年、「新国劇」を結成。『国定忠治』『月形半平太』などの剣劇があたり、「沢正《さわしょう》」の愛称で親しまれた。

山宮允（さんぐう・まこと　一八九二－一九六七）詩人、英文学者。山形生。東大英文科卒。一高時代からアララギの歌会に参加。一九一七年、川路柳虹らと「詩話会」結成。六高、東京府立高、法大教授を歴任、近代史の書誌学的研究を行なう。著作に『詩文研究』（一九一八）、『近代詩の史的展望』（一九五四）など。

島村民蔵（しまむら・たみぞう　一八八八－一九七〇）劇作家、演劇研究家。東京生。早大英文科卒、東京帝大独文科中退。坪内逍遙らに師事。著作に『戯曲の本質』（一九二五）、『芸術学汎論』（一九三二）など。

島村抱月（しまむら・ほうげつ　一八七一－一九一八）評論家、新劇運動家。島根生。本名・滝太郎。東京専門学校文学科卒。坪内逍遙に師事し、文芸協会創立に参加。松井須磨子との恋愛を機に芸術座を創立。著作に『新美辞学』（一九〇二）、『近代文芸之研究』（一九〇九）など。

十一谷義三郎（じゅういちや・ぎさぶろう　一八九七

-一九三七）小説家。兵庫生。東大英文科卒。東京府立一中、文化学院で教鞭をとるかたわら創作。一九二四年、「文芸時代」に参加。小説に『唐人お吉』（一九二八〜三一）、『神風連』（一九三三〜三四）など。

ストリンドベルヒ→ストリンドベリ（Johan August Strindberg　一八四九-一九一二）スウェーデンの劇作家、小説家。ウプサラ大に学び、戯曲『ローマにて』（一八七〇）、『平和なき者』（一八七一）、『ウーロフ師』（一八七二）などで認められる。風刺小説『赤い部屋』（一八七九）をはじめ社会批判的な作風を特徴とし、イプセンと並ぶ北欧近代文学の先駆者とされる。日本では森鷗外、山本有三、小宮豊隆らが翻訳・紹介した。

ゾラ（Émile Zola　一八四〇-一九〇二）フランスの小説家。ゴンクール兄弟やフロベールの写実主義を発展させ、「自然主義」を唱導する。著作に『居酒屋』（一八七七）、『ナナ』（一八七〇）など。

た行

田岡嶺雲（たおか・れいうん　一八七〇-一九一二）評論家、中国文学者。高知生。本名・佐代治。東大漢文選科卒。卒業後、投書雑誌「青年文」を創刊。樋口一葉や泉鏡花らをいち早く評価。評論集『嶺雲揺曳』（一八九九）はベストセラーとなるが、多くの著作が発禁となった。

高田半峰→高田早苗（たかだ・さなえ　一八六〇-一九三八）教育者、政治家。江戸生。大隈重信に協力して東京専門学校創立に参加。一八九〇年、第一回総選挙で衆院議員に当選し政界進出。第二次大隈内閣の文部大臣などを歴任。政治・経済学の著書多数。

鷹野弥三郎（たかの・やさぶろう　一八八六-一九六三）新聞記者、作家。鷹野つぎの夫。遠江新聞、報知新聞、時事新報などを転々。関東大震災を機に新聞社を退社後、新秋出版社を経営。著作に『山窩の生活』（一九二四）。

高浜虚子（たかはま・きょし　一八七四-一九五九）。俳人、小説家。愛媛生。本名・清。伊予尋常中学在学中、河東碧梧桐とともに正岡子規に師事。柳原極堂より「ホトトギス」を継承し主宰。子規没後に碧梧桐が一時主導した「新傾向俳句」を批判し、「花鳥諷詠」「客観写生」を説いた。著作に小説『俳諧師』（一九〇八）、句集『小諸百句』（一九四六）など。

高山樗牛（たかやま・ちょぎゅう　一八七一-一九〇

二）評論家。山形生。本名・林次郎。東大哲学科卒。在学中、『滝口入道』（一八九四）が読売新聞懸賞に入選し認められたが、以後小説は書かなかった。「帝国文学」創刊に参加。「太陽」主宰、日本主義を唱える。日本でいち早くニーチェを評価するものち日蓮に傾倒。著作に『美的生活を論ず』（一九〇一）、『日蓮上人とは如何なる人ぞ』（一九〇二）など。

田口掬汀（たぐち・きくてい　一八七五－一九四三）小説家、美術評論家。秋田生。本名・鏡次郎。小学校卒業後、様々な職を経たのち、投書が認められ上京、「新声」編集に従事。かたわら小説を執筆し、万朝報に入社して『女夫波』（一九〇四）、『伯爵夫人』（一九〇五）などの家庭小説で人気を博す。のち美術評論に専念。

竹越三叉（たけごし・さんさ　一八六五－一九五〇）新聞記者、政治家。武蔵国生。慶應義塾卒業後、時事新報、国民新聞などの記者となる。その一方、『新日本史』（一八九一－九二）、『二千五百年史』（一八九六）で歴史家として名声を得る。一九〇二年以後、衆院議員に五期当選。

橘千蔭→加藤千蔭（かとう・ちかげ　一七三五－一八〇八）歌人。江戸生。本姓・橘。賀茂真淵に入門し、田沼意次の側用人など公務を勤めながら活動。村田春海とともに「江戸派」を代表する歌人とされる。著作に『万葉集略解』二十巻（一七九六〜一八一二）、家集『うけらが花』（一八〇二）など。

チェーホフ（Anton Pavlovich Chekhov　一八六〇－一九〇四）ロシアの小説家、劇作家。モスクワ大医学部在学中から膨大な短篇小説を執筆。瀬沼夏葉の翻訳紹介以来、日本の作家にも多大な影響を与えた。著作に『曠野』（一八八八）、『サハリン島』（一九〇五）など。

近松巣林子→近松門左衛門（ちかまつ・もんざえもん　一六五三－一七二五）浄瑠璃・歌舞伎作者。越前生。本名・杉森信盛。父の浪人を機に京都へ。歴史的出来事に取材した「時代物」と異なり、当時最新の事件を劇化した「世話物」のジャンルを『曽根崎心中』（一七〇三）で確立し、以後浄瑠璃に専念。作品に『傾城反魂香』（一七〇八）、『心中天網島』（一七二〇）など。

茅野雅子（ちの・まさこ　一八八〇－一九四六）歌人。大阪生。旧姓・増田。日本女子大国文科卒。早くから新詩社に入り、在学中、山川登美子・与謝野晶子との共著歌集『恋衣』（一九〇五）刊行。卒業後、茅野蕭々と結婚。晩年まで母校教授を勤めた。著作に歌集『金沙集』（一九一七）など。

千葉亀雄（ちば・かめお　一八七八－一九三五）評論家。山形生。東京外国語学校中退。「時事新報」「読売新聞」などを経て東京日日新聞に勤める。「新感覚派」の命名者として知られる。著作に『新聞十六講』（一九三三）、『ペン縦横』（一九三四）など。

塚原渋柿園（つかはら・じゅうしえん　一八四八－一九一七）小説家。江戸生。本名・靖《しずむ》。東京日日新聞に入社し歴史小説を執筆。著作に翻訳『魯国事情』（一八七三）、小説『由井正雪』（一九〇七）など。

綱島梁川（つなしま・りょうせん　一八七三－一九〇七）思想家、評論家。岡山生。本名・栄一郎。若くしてキリスト教に入信。東京専門学校で坪内逍遙、大西祝に学ぶ。「早稲田文学」編集に携わり、肺結核を得て神秘思想に傾倒。一九〇五年、『予が見神の実験』で若者に影響を与える。著作に『病間録』（一九〇五）、『回光録』（一九〇七）など。

津国屋藤次郎（つのくにや・とうじろう　一八二二－一八七〇）。江戸時代の通人、俳人。本名・細木《さいき》香以《こうい》。芥川龍之介の義母の叔父。酒屋に生まれ、多くの芸術家と交際し「今紀文」と称されたが、晩年は没落した。芥川『孤独地獄』（一九一六）、森鷗外『細木香以』（一九一七）など複数の作品で題材化された。

坪内士行（つぼうち・しこう　一八八七－一九八六）劇作家、評論家。愛知生。坪内逍遙の甥。欧米に留学後、宝塚歌劇団の育成に尽力。のち東宝を経て早大教授。イプセンやモリエール、シェークスピアの翻訳も行なった。著作に『舞踊及歌劇大観』（一九二六）、『越しかた九十年』（一九七七）など。

ツルゲーネフ（Ivan Sergeevich Turgenev　一八一八－一八八三）ロシアの小説家。ペテルブルク大卒業後、ベルリン大へ留学。『猟人日記』（一八四七～五二）、『ルージン』（一八五六）で成功。二葉亭四迷が邦訳を行なった際、その文体がのちの日本文学に影響を与えた。

デルジャーヴィン（Gavrila Romanovich Derzhavin　一七四三－一八一六）ロシアの詩人。エカチェリーナ二世を詠った頌歌『フェリーツァ』で一躍脚光を浴びる。政治的要職を歴任したのち作家活動に専念し、プーシキン以前最大のロシア詩人と評される。

戸川秋骨（とがわ・しゅうこつ　一八七一－一九三九）英文学者、随筆家。熊本生。本名・明三。東大英文科卒。島崎藤村、馬場孤蝶らと「文学界」創刊に参加。海外文学の翻訳紹介を行なう。のち慶應義塾教授。著作に翻訳『エマーソン論文集』（一九一一～一二）、『英文学覚帳』（一九二六）など。

土岐哀果→土岐善麿（とき・ぜんまろ　一八八五－一九八〇）歌人、国文学者。東京生。号は哀果。早大英文科卒。新聞記者を経てのち早大、武蔵野女子大教授。金子薫園に師事し、一九〇五年、ローマ字三行書きによる歌集『NAKIWARAI』刊行。文芸思想誌「生活と芸術」を主宰し、「生活派」を推進した。

ドストエフスキー（Fyodor Mikhaylovich Dostoevskiy　一八二一－一八八一）ロシアの小説家。一八四五年、処女作『貧しい人々』が成功し、文筆に専念。四九年、社会主義者サークルに参加したとして死刑宣告を受けるも減刑されシベリア流刑。帰還後、『死の家の記録』（一八六一～六二）、『悪霊』（一八七〇～七二）などの大作を次々発表、トルストイと並ぶ十九世紀ロシア文学者としてのちの文学・思想に影響を与える。

富田砕花（とみた・さいか　一八九〇－一九八四）歌人、詩人。岩手生。本名・戒治郎。石川啄木の影響を受け、「明星」などに短歌を発表。大正期に詩人へ転じる。著作に歌集『悲しき愛』（一九一二）、ホイットマンの訳詩集『草の葉』（一九一九）など。

トルストイ（Lev Nikolaevich Tolstoy　一八二八－一九一〇）ロシアの小説家。裕福な伯爵家に生まれるが、幼くして両親を失う。カザン大中退。『幼年時代』『少年時代』『青年時代』（一八五二～五七）の自伝三部作で地位を確立。私有財産の否定や非暴力など「トルストイ主義」と呼ばれる思想を唱えた。著作に『戦争と平和』（一八六三～六九）、『アンナ・カレーニナ』（一八七三～七七）など。

な行

内藤鳴雪（ないとう・めいせつ　一八四七－一九二六）。俳人。松山藩士の子として江戸藩邸で生まれる。本名・素行。旧松山藩子弟の寄宿舎・常盤会監督を務めた際、寄宿生だった正岡子規に共鳴、俳句指導を受ける。著作に『鳴雪句集』（一九〇九）、『鳴雪自叙伝』（一九二二）など。

永井一孝（ながい・ひでのり　一八六八‐一九五八）国文学者。長野生。東京専門学校文学科第一回生として卒業。高等師範部、高等予科で国文学を担当。著作に『明治文学史』（一九二九）、『江戸文学史』（一九三五）など。

仲木貞一（なかぎ・ていいち　一八八六‐一九五四）劇作家、演劇評論家。石川生。早大英文科卒。読売新聞記者を経て、芸術座舞台主任、新国劇座付作者。

中沢静雄（なかざわ・しずお　一八八五‐一九二七）小説家。群馬生。高等小学校卒業後、一九〇二年、上京。働きながら國學院などに学び、作品を発表。著作に『一日の糧』（一九二二）。

仲田勝之助（なかだ・かつのすけ　一八八六‐一九四五）美術評論家、浮世絵研究家。東京生。早大英文科卒、東京帝大美学美術史科卒。読売新聞社を経て朝日新聞社に移り、美術批評、書評を担当。著作に『写楽』（一九二五）、『絵本の研究』（一九五〇）など。

長塚節（ながつか・たかし　一八七九‐一九一五）。歌人、小説家。茨城生。正岡子規『歌よみに与ふる書』に影響を受け、子規に師事。子規没後、左千夫とともに「馬酔木」創刊。また夏目漱石の勧めで長篇小説『土』（一九一〇）を「東京朝日新聞」に連載、農民文学の代表作とされる。

中西梅花（なかにし・ばいか　一八六六‐一八九八）小説家、詩人。本名・幹男。一八八八年頃、読売新聞に入社し『国事探偵この手柏』などの小説を発表したが、一八九〇年退社。著作に『新体梅花詩集』（一九三五）。

中村鴈治郎〔初代〕（なかむら・がんじろう　一八六〇‐一九三五）歌舞伎俳優。大阪生。本名・林玉太郎。三世中村翫雀の子。屋号・成駒屋。一八七三年、実川鴈二郎名で初舞台。菊池寛原作の『藤十郎の恋』は、のちに「玩辞楼十二曲」（鴈治郎が選定した成駒屋のお家芸）の一つとされた。

中山白峰（なかやま・しらね　一八七一頃‐不詳）小説家。石川生。本名・重孝。徳田秋声と金沢で同窓。紅葉門下。小説に小栗風葉の補筆による『むすめ一代』（一九〇一）、『娘太平記』（同）など。

夏目漱石（なつめ・そうせき　一八六七‐一九一六）小説家。東京生。東京帝大英文科卒。学生時代に正岡子規と知り合う。松山中学、熊本五高を経て東大講師。高浜虚子の勧めで「ホトトギス」に連載した『吾輩は猫である』（一九〇五～〇六）が評判になり、朝日新聞社専属作家となる。近代日本文学を代表する作家として森鷗外と並び称される。

西宮藤朝（にしのみや・とうちょう　一八九一‐一九七〇）評論家、教育者。秋田生。一九一八年より二三年まで「早稲田文学」編集に参加。アンドレーエフやゴーリキー、トルストイなどの翻訳も行なう。早大、立正大講師を経て一九四二年、豊南学園を創立。著作に『近代十八文豪と其の生活』（一九一九）、『現代哲学思潮大系』（一九二四）など。

西村真次（にしむら・しんじ　一八七九‐一九四三）歴史学者、人類学者。三重生。東京専門学校国漢文科・英文科卒。早大文学部講師を経て教授。早大史科学の基礎を築く。

西村渚山（にしむら・しょざん　一八七八‐一九四六）小説家。滋賀生。外国語学校卒。巖谷小波の門人で「木曜会」のメンバー。一九〇一年、徳田秋声・生田葵山・田口掬汀との共著で『新婚旅行』刊行。一九〇五年、小波のいる博文館に入社。そのかたわら短篇小説を発表。著作に『少年少女新遊戯集』（一九〇五）、『短歌と俳句の作り方』（山中静也共著、一九二六）など。

西村陽吉（にしむら・ようきち　一八九二‐一九五九）歌人。東京生。本名・辰五郎。東雲堂書店の店員となったのち、詩人・歌人と交流し、石川啄木『一握の砂』、斎藤茂吉『赤光』などを出版。また歌誌「芸術と自由」などを創刊した。歌集に『都市居住者』（一九一六）、『街路樹』（一九一六）など。

昇曙夢（のぼり・しょむ　一八七八‐一九五八）ロシア文学者。鹿児島生。本名・直隆。ニコライ正教神学校卒。母校や陸軍士官学校、早大、日大などの講師を歴任。二十世紀初頭のロシア文学・芸術を幅広く翻訳紹介。また太平洋戦争後、米軍政下にあった故郷奄美の復帰運動でも活動。著作に翻訳『六人集』（一九一〇）、研究書『ロシヤ・ソヴェート文学史』（一九五五）など。

は行

バイロン（George Gordon Byron　一七八八‐一八二四）イギリスの詩人。ケンブリッジ大卒。女性遍歴とヨーロッパ放浪の中で詩を書き、イギリスを代表するロマン派詩人と称される。ギリシャ独立戦線に参加し戦病死。著作に『マンフレッド』（一八一七）、

『ドン・ジュアン』（一八一九〜二四）など。

橋本雅邦（はしもと・がほう　一八三五－一九〇八）日本画家。江戸生。狩野派に学んだのち、岡倉天心・フェノロサに協力して鑑画会に加わり、日本画革新運動に尽力。また東京美術学校創立に参加し横山大観・下村観山・菱田春草らを育てた。

長谷川如是閑（はせがわ・にょぜかん　一八七五－一九六九）ジャーナリスト、思想家。東京生。本名・万次郎。東京法学院卒。陸羯南の日本新聞を経て三宅雪嶺による「日本及日本人」創刊に参加したのち、大阪朝日新聞入社。大正デモクラシーを牽引するも、「白虹事件」を機に大山郁夫・丸山幹治らと同社を退社。直後より大山らと「我等」を創刊し、国家主義・ファシズム批判を展開。著作に『日本的性格』（一九三八）、『ある心折の自叙伝』（一九五〇）など。

秦豊吉（はた・とよきち　一八九二－一九五六）随筆家、翻訳家、演劇プロデューサー。東京生。別名・丸木砂土。三菱商事勤務のかたわら、ゲーテ『ファウスト』やレマルク『西部戦線異状なし』などを翻訳。小林一三の知遇を得て東宝に関わり、のち社長。太平洋戦争後、新宿・帝都座で日本初のストリップ「額縁ショー」プロデュース。公職追放を経て帝国劇場社長。著作に『独逸文芸生活』（一九二八）、『劇場二十年』（一九五五）など。

羽太鋭治（はぶと・えいじ　一八七八－一九二九）性科学者。山形生。済生学舎卒。故郷で医者を開業するも上京、医療のかたわら文筆活動を行なう。「性慾と人生」発行のほか性科学書を多数執筆した。著作に『通俗衛生顧問新書』（一九〇六）、『恋と売淫の研究』（一九二一）など。

ハウプトマン（Gerhart Johann Robert Hauptmann　一八六二－一九四六）劇作家、小説家、詩人。自然主義演劇の旗手として出発するが、『ハンネレの昇天』（一八九三）以降ロマン派的な作風に転じる。一九一二年ノーベル文学賞受賞。著作に『寂しき人々』（一八九一）、『日没前』（一九三二）など。

林千歳（はやし・ちとせ　一八九二－一九六二）女優。本姓・河野。日本女子大英文科卒。文芸協会演劇研究所に入り、協会公演「故郷」に松井須磨子と初舞台。のち松竹蒲田で多数の映画に出演。

原田譲二（はらだ・じょうじ　一八八五－一九六四）新聞記者、政治家。岡山生。早大英文科卒業後、報知新聞社を経て朝日新聞入社。一九四六～四七年、貴族院議員。著作に『欧米新聞販路』(一九二六)、『インク街に播く』(一九三〇)など。

原田実(はらだ・みのる　一八九〇-一九七五)教育学者。千葉生。早大英文科卒。一九一四年、雑誌「教育時論」を編集、のち母校で教授、図書館長などを歴任。またエレン＝ケイ『児童の世紀』『恋愛と結婚』などを翻訳。著作に『人間への教育』(一九二二)、『ヨーロッパ近世教育思想史』(一九六六)など。

春の屋おぼろ→坪内逍遙
バルビュス(Henri Barbusse　一八七三-一九三五)フランスの小説家。パリ大学在学中、詩集『嘆きの女たち』(一八九二)で出発し、のち小説に転じる。自然主義的手法による『地獄』(一九〇八)、反戦文学『砲火』(一九一六)などで注目される。ヒトラー台頭を受けて国際作家会議を開催(一九三五)するなど、平和運動にも尽力。

日高末徹→日高只一(ひだか・ただいち　一八七九-一九五五)英文学者。広島生。早大英文科卒。英米留学後、早大教授。著作に『英米文学の背景』(一九三三)、スコットの翻訳『アイヴァンホー』(一九三五)など。

人見東明(ひとみ・とうめい　一八八三-一九七四)詩人。東京生。本名・円吉。早大英文科卒。文語詩から口語自由詩へ転じ、処女詩集『夜の舞踏』(一九一一)で反響を得る。一九二〇年、日本女子高等学院(現・昭和女子大学)を創立、のち理事長。「近代文学研究叢書」を発足させた。

平田禿木(ひらた・とくぼく　一八七三-一九四三)英文学者、随筆家。東京生。本名・喜一郎。東京高等師範学校英語科卒。一八九三年、「文学界」創刊に参加。イギリス留学から帰国後、女子学習院、三高などで教える。サッカレー『虚栄の市』ほかの翻訳で知られる。著作に『英文学印象記』(一九二四)、『文学界前後』(一九四三)など。

平塚篤(ひらつか・あつし　一八八三-?)新聞記者。茨城生。東京専門学校中退。様々な職業を経て国民新聞社入社。編著書に『伊藤博文秘録』正続(一九二九-三〇)ほか、伊藤博文関係の書籍を多数編纂。

平林初之輔(ひらばやし・はつのすけ　一八九二-一九三一)文芸評論家、小説家。京都生。早大英文科卒。『唯物史観と文学』(一九二一)で認められ、一九二二年「種蒔く人」に参加。初期プロレタリア文学運動の理論家となったが離脱し、『政治的価値と芸術的価値』（一九二九）でマルクス主義芸術論を批判、論争を呼ぶ。探偵小説の創作や評論も著した。一九三一年、フランス留学中にパリで客死。

ヒルン（Yrjö Hirn　一八七〇－一九五二）フィンランドの美学者。ヘルシンキ大学卒業後、同大教授、図書館長などを務めた。英語で執筆した『芸術之起源』（一九〇〇）が日本では本間久雄訳で早稲田大学出版部より刊行（一九一四）された。

プーシキン（Aleksandr Sergeevich Pushkin　一七九九－一八三七）ロシアの詩人、小説家。外務省に勤務するかたわら執筆し、革命の必要を解いたためにコーカサスへ追放される。妻をめぐるフランス人将校との決闘により死去。著作に『エヴゲニー・オネーギン』（一八二五〜一八三二）、『大尉の娘』（一八三六）など。

福地桜痴（ふくち・おうち　一八四一－一九〇六）ジャーナリスト。長崎生。本名・源一郎。長川東洲、名村花蹊に学んだのち上京。一八六八年、「江湖新聞」を創刊するも明治政府により発禁。その後伊藤博文の助力で大蔵省に入り、岩倉使節団の一員として洋行。辞職後、「東京日日新聞」主筆。一八八八年退社し、小説家、劇作家として活動。著作に『幕府衰亡論』（一八九二）、『懐往事談』（一八九四）など。

福永挽歌（ふくなが・ばんか　一八八六－一九三六）詩人、小説家、翻訳家。福井生。本名・渙。早大英文科卒。二六新報、東京日日新聞、万朝報などを経て教職に就く。デュマ・フィス『椿姫』をはじめロマン・ロラン、トルストイなどを翻訳。著作に詩集『習作』（一九一二）、短篇集『夜の海』（一九二〇）など。

藤岡一枝→物集和子（もずめ・かずこ　一八八八－一九七九）小説家。東京生。本名・和。国学者・物集高見の娘。放射線医学者・藤浪剛一の妻。跡見高女卒。一九一〇年、「ホトトギス」に『かんざし』を発表。姉が平塚らいてうの同級生だったことから青踏社創立に参加。一九一三年、「青鞜」が発禁となり、発行所としていた自宅が家宅捜索を受けたことから退社。著作に『東京掃苔録』（藤浪和子名義、一九三〇）。

舟木重雄（ふなき・しげお　一八八四－一九五一）小説家。東京生。早大哲学科卒。一九一三年、広津和郎・葛西善蔵らと「奇蹟」を創刊し、短篇などを発表。

奈良に移住してのちは志賀直哉と親交深かった。著作は没後に志賀が刊行した『舟木重雄遺稿集』（一九五四）。

ブラウニング（Robert Browning　一八一二－一八八九）イギリスの詩人。ロンドン大中退。妻エリザベスも詩人。「劇的独白」と呼ばれる独自の手法を得意とし、テニスンと並んでヴィクトリア朝を代表する詩人。現実の殺人事件を扱った長篇物語詩『指環と書物』（一八六八～六九）は芥川龍之介『藪の中』に影響を与えた。著作に『男と女』（一八五五）、『劇的牧歌』（一八七九～八〇）など。

フロベール（Gustave Flaubert　一八二一－一八八〇）フランスの小説家。神経症の持病を機に文学に専念。『ボヴァリー夫人』（一八五七）以降、精緻な客観描写による写実主義的文体で後世に影響を与えた。著作に『感情教育』（一八六九）、『ブヴァールとペキュシェ』（一八八一）など。

ポー（Edgar Allan Poe　一八〇九－一八四九）アメリカの詩人、小説家。ヴァージニア大学中退。陸軍除隊後、編集者として雑誌を渡り歩き極貧のなか執筆。世界初の本格的推理小説『モルグ街の殺人』（一八四一）、詩論『構成の原理』（一八四八）などを発表。のちのフランス象徴主義や怪奇幻想文学の先駆とされる。

ホイットマン（Walt Whitman　一八一九－一八九二）アメリカの詩人。一八五五年初刊の代表作『草の葉』は晩年まで増補改訂を続け、奔放な詩法で「自由詩の父」と称される。日本では夏目漱石の紹介以降、白鳥省吾・富田砕花などの民衆詩派に影響を与えた。著作に評論『民主主義の展望』（一八七一）、『自選日記』（一八八二）など。

星野天知（ほしの・てんち　一八六二－一九五〇）評論家、小説家。東京生。本名・慎之輔。農科大学林学科卒。一八八七年、平田禿木らと受洗。明治女学校教師のかたわら北村透谷らと「文学界」を創刊。のち書道研究に没頭。著作に『草書研究法』（一九〇九）、『黙歩七十年』（一九三八）など。

ま行

前田晁（まえだ・あきら　一八七九－一九六一）小説家、翻訳家。早大英文科卒。一九〇六年、博文館に入り、「文章世界」を編集。その後、読売新聞、電通に勤める。かたわら小説を発表し、またチェーホフ、モーパッサンなどを翻訳。著作に『途上』（一九一三）、『明治大正の文学人』（一九四二）など。

前田林外（まえだ・りんがい　一八六四－一九四六）詩人、民謡研究家。兵庫生。本名・儀作。東京専門学校文学科中退。在学中から新詩社に加わり、「明星」に作品を発表。一九〇六年、岩野泡鳴・相馬御風らと東京純文社を創立、「白百合」創刊。同誌で民謡特集を続け、『日本民謡全集』（一九〇七）を刊行。著作に詩集『夏花少女』（一九〇八）、歌集『野の花』（一九二八）など。

正岡子規（まさおか・しき　一八六七－一九〇二）俳人、歌人。愛媛生。本名・常規《つねのり》。東大国文科中退。大学予備門で夏目漱石と知り合う。在学中から俳句を研究。日本新聞社に入社し俳句革新を、また根岸短歌会を結成し短歌革新を展開。野球の普及にも貢献した。著作に『俳諧大要』（一八九五）、『仰臥漫録』（一九〇一～〇二）など。

正富汪洋（まさとみ・おうよう　一八八一－一九六七）詩人、歌人。岡山生。本名・由太郎。哲学館大学（現東洋大学）教育部卒。車前草社同人として活躍。一九一八年、「新進詩人」創刊。一九五〇年、日本詩人クラブ結成に参加。妻は与謝野鉄幹の元妻・林滝野。著作に詩歌集『夏びさし』（一九〇五）、評論『明治の青春』（一九五五）など。

桝本清（ますもと・きよし　一八八三－一九三二）演出家、劇作家。山口生。早大文学部哲学科卒。東京俳優養成所を経て日活。一九一〇年、井上正夫と新時代劇協会を結成し、初期新劇運動に参加。

松岡譲（まつおか・ゆずる　一八九一－一九六九）小説家、随筆家。新潟生。本名・善譲。東大哲学科卒。在学中に芥川龍之介、久米正雄らと第四次「新思潮」創刊。夏目漱石門下となり、漱石没後に長女・筆子と結婚するが、久米と確執を生じ一時断筆。『法城を護る人々』（一九二三～二六）で復活。『漱石先生』（一九三四）、『漱石の漢詩』（一九四六）など漱石関連の著作が多い。

松村英一（まつむら・えいいち　一八八九－一九八一）歌人。東京生。小学校中退後、窪田空穂に師事し、「国民文学」を受け継ぎ主宰。一九一七年、「短歌雑誌」創刊に参加。著作に『短歌管見』（一九三六）、『露原』（一九四七）など。

松本弘二（まつもと・こうじ　一八九五－一九七三）

洋画家。佐賀生。佐賀中学中退後上京し、高木背水に師事。一九一四年、黒田清輝の葵橋洋画研究所に入る。「解放」編集を経て「種蒔く人」「文芸戦線」同人に参加し小説を発表するも、のち洋画に専念。

三島霜川（みしま・そうせん　一八七六－一九三四）小説家、演劇評論家。富山生。本名・才二。済生学舎中退。徳田秋声の紹介で硯友社に入り、一八九八年、『埋れ井戸』が「新小説」懸賞に当選。一九一三年「演芸画報」に入り歌舞伎評に転じる。著作に『日露激戦鴨緑江』（一九〇四）、『ゆきちがい』（一九一一）など。

水落露石（みずおち・ろせき　一八七二－一九一九）俳人。大阪生。本名・義弌。大阪商卒。正岡子規に師事。中川四明らと京阪満月会を結成し、大阪俳壇の先駆となる。子規没後、河東碧梧桐の「海紅」同人。与謝蕪村研究でも知られ、編著『蕪村遺稿』（一九〇〇）で関心を集めた。

水谷竹紫（みずたに・ちくし　一八八二－一九三五）劇作家、演出家。長崎生。本名・武。早大文学部卒。新聞記者を経て一九一三年、島村抱月の芸術座に参加。義妹の水谷八重子を女優として育成。著作に『熱灰』（一九一三）、『腕白のはじまり』（一九二二）など。

水野仙子（みずの・せんこ　一八八八－一九一九）小説家。福島生。本名・服部てい子。須賀川裁縫女学校在学中から投稿し、「文章世界」発表の『徒労』（一九〇九）が田山花袋に認められ上京。一九一一年、歌人・川浪磐根と結婚。同年「青鞜」同人。流行作家となるが、結核により早世。没後、花袋・尾上柴舟・有島武郎らにより『水野仙子集』（一九二〇）刊行。

水野葉舟（みずの・ようしゅう　一八八三－一九四七）歌人、詩人、小説家。東京生。本名・盈太郎《みつたろう》。早大政経科卒。中学生の時から「文庫」に投稿。「明星」に詩歌を発表するも、鳳晶子との仲を疑われ離脱、窪田空穂の「山比古」同人となる。一九〇六年、詩文集『あららぎ』、窪田との共著歌集『明暗』を刊行。のち短篇小説で流行作家となるが、一九二四年、トルストイや高村光太郎の影響を受け千葉で半農生活に入る。

溝口白羊（みぞぐち・はくよう　一八八一－一九四五）詩人。大阪生。本名・駒造。早大専門部法律科卒。「文庫」ほかに詩を発表して注目されるも、『金色夜叉の歌』（一九〇五）『不如帰の歌』（同）など流行小説の通俗詩化を行なった後、詩壇を離れる。

光成信男（みつなり・のぶお　不詳）作家、新聞記者。早大の数年先輩として井伏鱒二を聚芳閣に紹介。関東大震災時の様子が井伏『荻窪風土記』（一九八二）に描かれる。著作に『宗教と性的迷信の研究』（一九二四）、ヨハネス・ヴィルヘルム・イェンセンの翻訳『世界の始め　科学小説』（同）。

宮島新三郎（みやじま・しんざぶろう　一八九二‐一九三四）英文学者、文芸評論家。東京生。早大英文科卒。イギリス留学後、早大文学部助教授。D・H・ロレンス、トマス・ハーディなどを翻訳紹介。著作に『芸術改造の序曲』（一九二五）、『大正文学十四講』（一九二六）など。

ミラー（Joaquin Miller　一八三七‐一九一三）アメリカの詩人、ジャーナリスト。アメリカ西部を詠った『Specimens』（一八六八）、『Songs of the Sierras』（一八七一）などで知られ、カリフォルニア州オークランドの住居はその後、ホアキン・ミラー公園として開放された。

ミレー（Jean-François Millet　一八一四‐一八七五）フランスの画家。農家の長男に生まれる。絵を学んでパリでドラロッシュに師事。「籾をふるう人」（一八四九）以降、農民を画題とし、小村バルビゾンに移住してルソーやコローと交流。作品に「種まく人」（一八五〇）、「落穂拾い」（一八五七）など。

武藤直治（むとう・なおはる　一八九六‐一九五五）評論家、劇作家。神奈川生。早大英文科卒。一九一九年、牧野信一らと「十三人」創刊。その後、第二次「種蒔く人」、「文芸戦線」同人になりプロレタリア文学運動に参加。著作に『変態社会史』（一九二六）、『「夜明け前」の作者　島崎藤村論攷』（一九三六）など。

村井弦斎（むらい・げんさい　一八六四‐一九二七）小説家、新聞記者。愛知生。本名・寛。東京外国語学校露語科中退。一時放浪生活を送り、アメリカから帰国後に「報知新聞」編集。『小説家』（一八九〇〜九一）、『小猫』（一八九一〜九二）で地位を確立。一九〇六年、「婦人世界」編集長となり、実用記事を多く採用。「百道楽」シリーズの一環として連載した長篇小説『食道楽』（一九〇三）は作中で五百以上の料理が紹介され、ベストセラーとなる。

村上浪六（むらかみ・なみろく　一八六五‐一九四四）

小説家。大阪生。本名・信《まこと》。小学校卒業後、様々な職業を経て一八九〇年、報知新聞社の校正係となる。翌年、森田思軒の勧めで同紙に『三日月』（一八九一）を発表し、「幸田露伴の変名か」と目される好評を博す。以降、任侠者を描く「撥鬢小説」の大家として人気を得る。著作に『当世五人男』（一八九六）、『八軒長屋』（一九〇六～〇八）など。

村松正俊（むらまつ・まさとし　一八九五－一九八一）翻訳家、評論家、詩人。東京生。東京帝大美学科卒。在学中、第五次「新思潮」同人。卒業後、「種蒔く人」「文芸戦線」などの同人としてアナキズム系の評論や詩を発表。日大教授、東洋大文学部長などを歴任。またプラトン『国家』やシュペングラー『西洋の没落』などの翻訳も行なう。著作に『無価値の哲学』（一九四九）、『見失なわれた日本』（一九六四）など。

森鷗外（もり・おうがい　一八六二－一九二二）小説家、軍医。島根生。本名・林太郎。東大医学部卒。一八八四年、ドイツへ留学（～八八）。衛生学を学ぶ一方、K・ハルトマンの美学論に傾倒。一九〇七年、陸軍軍医総監。公務のかたわら、共訳詩集『於母影』（一八八九）のほか、『舞姫』（一八九〇）、『うたかたの記』（同）などの小説を発表。大正期には『阿部一族』（一九一三）、『渋江抽斎』（一九一六）などの歴史小説・史伝を執筆した。

森しげ（もり・しげ　一八八〇－一九三六）小説家。森鷗外の妻。学習院女子部卒。明治屋・渡辺勝太郎との離婚を経て、森鷗外と再婚。鷗外の勧めで小説を書き始め、「青鞜」「スバル」などに作品を発表。著作に小説集『あだ花』（一九一〇）。

や行

矢口達（やぐち・たつ　一八八九－一九三六）英文学者、翻訳家。茨城生。早大英文科卒。日夏耿之介らの「聖盃」同人。府立三中教師、早大講師などのかたわら、イギリス文学を翻訳。著作に『近代英文学概観』（一九一九）、『哲人文豪人生を語る』（一九二九）など。

安成貞雄（やすなり・さだお　一八八五－一九二四）評論家。秋田生。作家・安成二郎の兄。東京専門学校英文科卒。在学中、トルストイ研究会に入り、白柳秀湖らと「火鞭」創刊に参加。新聞記者を転々としながら「近代思想」「新社会」などに評論を発表。著作に『文壇与太話』（一九一六）。

柳川春葉（やながわ・しゅんよう　一八七七－一九一八）小説家。東京生。本名・専之《つらゆき》。小学校卒業後、英学塾に学ぶ。尾崎紅葉に師事。春陽堂に入社し「新小説」編集を経て紅葉補筆の『白すみれ』（一八九七）でデビュー。泉鏡花・小栗風葉・徳田秋声とともに紅葉門下四天王と称されるが家庭小説に転じ、『生さぬ仲』（一九一二～一三）で人気を博す。また泉鏡花の『不如帰』『婦系図』を脚色し、新派の脚本家としても注目された。

山川亮（やまかわ・りょう　一八八七－一九五七）小説家。福井生。早大英文科中退。小学教師、新聞記者などのかたわら小川未明に師事し、『かくれんぼ』（一九一三）を発表。一九二一年、「種蒔く人」に参加。プロレタリア文学退潮以降、文壇から離れる。著作に『決闘』（一九二五）、『世紀の仮面』（一九二九）。

山路愛山（やまじ・あいざん　一八六五－一九一七）史論家、評論家。江戸生。本名・弥吉。一八八六年、キリスト教に入信。一八八九年、上京し東洋英和学校に学ぶ。一八九一年創刊のメソジスト派機関誌「護教」主筆となる一方、徳富蘇峰の勧めで民友社に入り「国民新聞」「国民之友」に史論を発表。退社後、『防長回天史』編纂、「信濃毎日新聞」主筆、「独立評論」創刊、中村太八郎らと国家社会党結成など、広く活躍。『足利尊氏』（一九〇九）では南北朝正閏論に関し筆禍事件に巻き込まれた。

山田邦子→今井邦子（いまい・くにこ　一八九〇－一九四八）歌人。徳島生。本名・くにえ。諏訪高女卒。「少女界」「女子文壇」などの投稿を経て一九一六年「アララギ」加入、島木赤彦に師事。三六年、女性だけの歌誌「明日香」創刊。歌集に『片々』（一九一五）、『紫草』（一九三一）など。

山田美妙（やまだ・びみょう　一八六八－一九一〇）小説家、詩人、評論家。東京生。本名・武太郎。大学予備門中退。在学中の一八八五年、尾崎紅葉・石橋思案・丸岡九華らと硯友社を創立、「我楽多文庫」創刊。『嘲戒小説天狗』で言文一致運動の、紅葉・九華との共著『新体詞選』で新体詩運動の先駆者となり名声を博すも、婦人雑誌「以良都女」創刊、小説誌「都の花」主幹などを機に硯友社を離れる。一八八九年、「国民之友」付録に日本で初めて女性の裸体を挿絵として付した『胡蝶』が発禁となる。また日本語アクセント表記を付した辞典『日本大辞書』

（一八九二～九三）なども著した。

山本勇夫（やまもと・いさお　一八八一-？）小説家、編集者。東京生。紙誌編集のかたわら、岩野泡鳴の創作月評会に参加。『小野の小町』（一九二五）、『業平』（一九二六）などの歴史物を発表。また『渋沢栄一全集』（一九三〇）、『高僧名著全集』（一九三〇～三一）を編集。

山本鼎（やまもと・かなえ　一八八二-一九四六）洋画家、版画家。愛知生。東京美術学校西洋画科卒業の翌年、石井柏亭・森田恒友らと「方寸」を創刊。ヨーロッパ留学後、日本美術院洋画部同人。一九一八年、恩地孝四郎らと日本創作版画協会創立。一九二二年、春陽会創立に参加。一九二三年、長野・大屋に日本農民美術研究所を創立し、自由画教育運動、農民美術運動を推進。

結城素明（ゆうき・そめい　一八七五-一九五七）日本画家。東京生。本名・貞松。川端玉章に師事したのち、東京美術学校で日本画・洋画を学ぶ。一九〇〇年、平福百穂らと无声《むせい》会を、一九一六年、百穂・鏑木清方・松岡映丘らと金鈴社を結成。

ユーゴー（Victor Marie Hugo　一八〇二-一八八五）フランスの小説家、詩人、劇作家。処女詩集『オードと雑詠集』（一八二二）でデビューし、以後ロマン派の中心人物として活躍。小説に『ノートルダム・ド・パリ』（一八三一）、『レ・ミゼラブル』（一八六二）など。

横瀬夜雨（よこせ・やう　一八七八-一九三四）詩人。茨城生。本名・虎寿。幼時にくる病にかかり、小学校卒業後に独学で詩を書き始める。「文庫」に投稿した『神も仏も』（一八九五）以降、河井酔茗・伊良子清白とともに文庫派の詩人として活躍。晩年は明治初期の歴史を研究。著作に詩集『夕月』（一八九九）、『死のよろこび』（一九一五）など。

横山有策（よこやま・ゆうさく　一八八二-一九二九）英文学者。岡山生。早大英文科卒。ハーバード大に学んだのち早大教授。坪内逍遙の後を受けシェイクスピア講義を担当。著作に『文学概論』（一九二一）、『英文学史要』（一九二七）など。

吉田金重（よしだ・かねしげ　一八九〇-一九六六）小説家。大工徒弟を経て上京、職業を転々としつつ藤井真澄の「黒煙」に参加。一九一九年、同誌に『人殺し』を発表。以後労働文学者として活動。

ら行

柳亭種彦（りゅうてい・たねひこ　一七八三－一八四二）江戸後期の戯作者。江戸生。本名・高屋知久。『鱸庖丁青砥切味《すずきほうちょうあおとのきれあじ》』以降、合巻（草双紙の一種）で人気を得る。また『還魂紙料《すきかえし》』（一八二六）、『用捨箱』（一八四一）などの考証随筆も著す。天保の改革の際、『偐紫田舎源氏《にせむらさきいなかげんじ》』（一八二九～四二）が大奥を写したとして筆禍事件にまきこまれた。

ルソー（Jean-Jacques Rousseau　一七一二－一七七八）フランスの思想家、作家。『学問芸術論』（一七五〇）で世に認められて以降、政治・文学・教育・音楽など幅広い分野で独自の近代批判思想を説き、フランス革命やロマン主義の先駆となるなど後世に多大な影響を与える。著作に『人間不平等起源論』（一七五五）、『社会契約論』（一七六二）など。

ロセッティ（Dante Gabriel Rossetti　一八二八－一八八二）詩人、画家。一八四八年、芸術革新を唱えるラファエル前派を結成し中心人物として活躍。詩集に『バラッドとソネット』（一八八一）、絵画に「ベアタ・ベアトリクス」（一八六三）など。

わ行

ワイルド（Oscar Wilde　一八五四－一九〇〇）詩人、小説家、劇作家。オックスフォード大卒。芸術至上主義を唱え、世紀末文学の中心人物とされるも、一八九五年、同性愛に関連した事件で二年間投獄。著作に童話集『幸福な王子』（一八八八）、小説『ドリアン・グレイの肖像』（一八九一）など。

和田久太郎（わだ・きゅうたろう　一八九三－一九二八）俳人、無政府主義者。兵庫生。様々な職業を経て労働運動に身を投じ、堺利彦・大杉栄を知る。一九一六年、売文社に、一九一八年、「労働運動」発刊に参加。関東大震災の際の大杉虐殺に対する報復として一九二四年九月、陸軍大将福田雅太郎を狙撃するが失敗。無期懲役を受け、獄房で縊死。著作に『獄窓から』（一九二七）。

和辻哲郎（わつじ・てつろう　一八八九－一九六〇）哲学者。兵庫生。東京帝大文科大学哲学科卒。在学中、谷崎潤一郎らと第二次「新思潮」に参加。卒業後、ニーチェとキルケゴールの研究から出発。京大、東大教授のかたわら、日本・中国・インド・西洋の思想史・文化史および倫理学を研究。著作に『古寺巡礼』（一九一九）、『風土』（一九三五）など。

紙誌・団体名紹介

あ行

アララギ＝短歌雑誌（一九〇八〜一九九七）。正岡子規の根岸短歌会の流れをくむ「馬酔木」廃刊後、蕨真《けっしん》・伊藤左千夫らが創刊。左千夫没後、島木赤彦・斎藤茂吉・古泉千樫らが中心となって写実・万葉調を主張し、近代歌壇の中心となる。

イプセン会＝①一九〇七年、柳田国男や小山内薫らが中心となり、月一回開かれた研究会。島崎藤村・田山花袋・長谷川天渓・蒲原有明・岩野泡鳴・前田晁・正宗白鳥・秋田雨雀らが参加。会の記録は第一次「新思潮」に掲載された。②一九二〇年、中村吉蔵が主催し、後輩の育成に当たった研究会。機関誌に「演劇研究」「新演劇」。

か行

解放＝総合雑誌。第一次（一九一九〜一九二三）、吉野作造らの黎明会を中心に創刊。大正デモクラシー擁護の立場から社会問題をとりあげ、文芸欄では小川未明・宇野浩二・宮地嘉六らが執筆。一時は「中央公論」「改造」と並ぶ総合雑誌となったが、一九二三年九月の関東大震災で発行元・大鐙閣が焼失し終刊。第二次（一九二四〜一九三三頃）、山崎今朝弥を中心に復刊、プロレタリア文学色を強めた。

画報社→近事画報社＝出版社（のち婦人画報社）。一九〇五年創立。国木田独歩が「婦人画報」を始めとする複数の雑誌の編集責任を務め、吉江孤雁・窪田空穂らが関わった。

奇蹟＝文芸同人誌（一九一二〜一九一三）。早大文科出身者を中心に、舟木重雄・広津和郎・谷崎精二・葛西善蔵・相馬泰三らが創刊。

芸術座＝劇団。第一次（一九一三〜一九一九）、島村抱月・松井須磨子を中心に結成。文芸部に中村吉蔵・秋田雨雀らがいた。抱月の病死（一九一八）、須磨子の自殺（一九一九）を受け解散。第二次（一九二四〜一九四五）、第一次出身の水谷竹紫が水谷八重子を中心に結成。

劇と詩＝文芸雑誌（一九一〇〜一九一六）。秋田雨雀・人見東明らにより発行（のち「創造」と改題）。早稲田の戯曲関係者や自由詩社関係の詩人が寄稿。

現代文学＝文芸同人雑誌（一九三九〜一九四四）。大観堂発行。「槐《えんじゅ》」の後身。大井広介・小熊秀雄らを中心に創刊。荒正人・小田切秀雄・平野謙・佐々木基一・山室静・本多秋五など、戦後に「近代文学」創刊同人となる文学者が多数参加した。

硯友社＝文学結社。大学予備門在学中の尾崎紅葉・山田美妙・石橋思案らが結成。機関誌「我楽多《がらくた》文庫」は当初小雑誌だったが、巌谷小波・川上眉山・広津柳浪・江見水蔭・大橋乙羽など同人の増加とともに規模を拡大。明治二十〜三十年代には文壇で中心的存在となるも、紅葉の死（一九〇三）により解体。

洪水以後＝総合雑誌（一九一六）。大正デモクラシーの代表的総合雑誌「第三帝国」分裂後、茅原華山が創刊。広津和郎らが寄稿。

黒煙＝文芸雑誌（一九一九〜一九二〇）。小川未明による文学研究団体「青鳥会」メンバー（藤井真澄・坪田譲治・新井紀一ら）を中心に創刊。当初童話を多く掲載したが、後期は藤井真澄の主導により労働文学色を強めた。

国民新聞＝日刊紙（一八九〇〜一九四二）。徳富蘇峰により創刊。当初は平民主義の論調で知識人層に歓迎されるも、日清戦争で蘇峰は国家主義に転じ、のち「御用新聞」と評される。一九四二年、「都新聞」と合併し「東京新聞」となる。

国民之友＝総合雑誌（一八八七〜一八九八）。徳富蘇峰の民友社より創刊。平民主義の立場で言論界に影響を与え、また文芸欄には二葉亭四迷・山田美妙・森鷗外らが寄稿した。日清戦争以後、国家主義に転じ支持を失い、一八九八年、「国民新聞」に統合され廃刊。

さ行

ザンボア→朱欒《ザンボア》＝文芸雑誌（一九一一〜一九一三）。北原白秋編集、東雲堂書店発行。木下杢太郎・吉井勇らが寄稿。

詩歌＝短歌雑誌。第一次（一九一一〜一九一八）、前田夕暮の白日社より発行。富田砕花・室生犀星・萩原朔太郎らが寄稿。のち復刊するも一九八四年、廃刊。

時事新報＝日刊紙（一八八二〜一九三六）。福沢諭吉により創刊。独立不羈・国権皇張の立場から主に慶應義塾出身者が執筆。日清・日露の戦争ではいち早く社員を海外に特派し、「日本一の時事新報」の評判をとるも、関東大震災で経営に打撃を受ける。一九三六年、「東京日日新聞」に併合され廃刊。

詩人＝文芸同人雑誌（一九〇七～一九〇八）。河井酔茗主宰。詩草社発行。

詩草社＝文学結社。一九〇七年、河井酔茗により結成。有本芳水・横瀬夜雨らが参加。

車前草社＝短歌結社。尾上柴舟を中心に、柴舟門下の正富汪洋・前田夕暮・若山牧水が結成。のち三木露風・有本芳水が参加。機関誌はなく、「新声」に「車前草社詩稿（詩草）」を二年ほど連載。

自由人連盟＝思想団体。一九二〇年、加藤一夫を中心に結成。関東大震災を機に加藤が関西に移り、やがて消滅。

春陽堂＝文芸出版社。一九七八年、和田篤太郎により創立。一八八九年、文芸誌「新小説」（のち「黒潮」）を創刊し、硯友社系の作家を中心に起用、また書籍でも明治大正文壇の主要作家の作品を多数出版。関東大震災で社屋焼失の危機を迎えるが、昭和初期の円本時代に『明治大正文学全集』が売れ回復。

小国民＝少年雑誌（一八八九～一八九五）。学齢館発行。石井研堂の編集により有力誌となるも、発行停止処分を受け廃刊。

少年界＝少年雑誌（一九〇二～一九一〇年代？）。金港堂書籍発行。「教育界」「少女界」「青年界」「婦人界」「文芸界」「軍事界」とともに七大雑誌として同時創刊されたうちの一つ。

少年世界＝少年雑誌（一八九五～一九三三？）。博文館発行。巖谷小波が主筆を務め、泉鏡花・徳田秋声の小説、森田思軒訳『十五少年漂流記』などの読物で人気を得た。

少年文集＝投書文芸雑誌（一八九五～一八九八）。博文館発行。「中学世界」の前身。

処女地＝婦人文芸雑誌（一九二二～一九二三）。島崎藤村主宰。投稿を多く採用。生田花世・鷹野つぎらが寄稿。

女性＝女性雑誌（一九二二～一九二八）。プラトン社発行。創刊時は小山内薫を編集長とし、女性の地位向上を主目的としていたが、のち文芸色を強め、永井荷風・谷崎潤一郎・芥川龍之介らが寄稿。

白樺＝文学・美術雑誌（一九一〇～一九二三）。武者小路実篤・志賀直哉・木下利玄らを中心に、いくつかの回覧雑誌を合併して創刊。大正文壇で最も影響力を持つ同人雑誌となったが、関東大震災を機に終刊。

新紀元＝キリスト教社会主義雑誌（一九〇五〜一九〇六）。平民社解散直後、安部磯雄・木下尚江・石川三四郎らキリスト教社会主義者により創刊されたが、平民社再建にともない廃刊。

新興文学＝文芸雑誌（一九二二〜一九二三）。山田清三郎により創刊。「種蒔く人」とともに関東大震災直前のプロレタリア文学運動に役割を果たす。新井紀一・小川未明・藤井真澄・前田河広一郎・吉田金重らが寄稿。

新公論＝総合雑誌（一九〇四〜一九二一）。「中央公論」主幹だった仏僧・桜井義肇が独立して創刊。

新詩社＝文学結社（一八九九〜一九四九）。与謝野鉄幹が落合直文の浅香社より分かれ結成。機関誌「明星」には与謝野晶子のほか窪田空穂・相馬御風・吉井勇・石川啄木・北原白秋らが寄稿し、浪漫主義運動を推進、多数の文人を輩出した。

新思潮＝文芸同人雑誌。一九〇七年、小山内薫がイプセンなど海外文学の紹介を目的に創刊。以後、東大文科の学生を中心に、十数次まで誌名が継承される。

新小説＝文芸雑誌。第一次（一八八九〜一八九〇）、森田思軒・饗庭篁村らにより創刊。第二次（一八九六〜一九二六）、幸田露伴の編集で春陽堂より再刊。泉鏡花『高野聖』（一九〇〇）、夏目漱石『草枕』（一九〇六）、田山花袋『蒲団』（一九〇七）など多くの名作を生み出した。

新声＝文芸雑誌（一八九六〜一九一〇）。「新潮」の前身。のちに新潮社を興す佐藤義亮により創刊。社員に高須梅渓・金子薫園・千葉亀雄らがいた。しだいに投書雑誌的性格を強め、片上伸・若山牧水・前田夕暮らが投稿家として名を成すも佐藤は経営に失敗、発行は隆文館へ移った。

新潮＝文芸雑誌（一九〇四〜）。「新声」の後身として佐藤義亮が創刊。投書雑誌的性格を経て中村吉蔵・徳田秋声・真山青果らが参加。中村武羅夫の編集により有力誌として発展。

新著月刊＝文芸雑誌（一八九七〜一八九八）。後藤宙外らを中心に、東京専門学校出身者を同人として創刊。

随筆＝文芸雑誌（一九二三〜一九二四）。中戸川吉二を中心に創刊。編集同人に水守亀之助・久米正雄・

中村武羅夫など。

スバル＝文芸雑誌（一九〇九〜一九一三）。第一次「明星」休刊後、新詩社系の詩人を中心に創刊。森鷗外を指導者に迎え、与謝野鉄幹・晶子・北原白秋・木下杢太郎・吉井勇・石川啄木らが執筆し、新浪漫主義・反自然主義の拠点となった。

青鞜＝文芸雑誌（一九一一〜一九一六）。平塚らいてうらを中心に、日本初の女性文芸誌として創刊。創刊号におけるらいてうの「元始、女性は太陽であった」という宣言が有名。

青年文学＝文芸雑誌（一八九一〜一八九三）。評論を中心に掲載。一時、国木田独歩が編集に携わった。

千紫万紅＝文芸雑誌（一八九一〜一八九二）。成春社発行。尾崎紅葉編集による硯友社系の雑誌の一つ。

創作＝短歌総合雑誌（一九一〇〜）。若山牧水を編集者とし東雲堂書店より創刊。のち牧水は独立し創作社を創立。牧水没後は妻・喜志子および子孫が主宰として継承。

た行

第三帝国＝総合雑誌（一九一三〜一九一八）。茅原華山・石田友治主宰。イプセンの史劇から誌名をとり、普通選挙運動を主張。堺利彦・大杉栄ら社会主義者、平塚らいてう・伊藤野枝ら青鞜社関係者、また投稿欄に金子洋文・尾崎士郎らが寄稿。

太陽＝総合雑誌（一八九五〜一九二八）。博文館より発行されていた複数の雑誌を統合して創刊。政治経済から科学、文芸まで幅広い分野を扱う総合雑誌の先駆けとして一時隆盛したが、国権主義や大正デモクラシーに対応できず、関東大震災以後、「中央公論」などにその座を奪われ衰退。

種蒔く人＝文芸雑誌（一九二一〜一九二三）。フランス留学中にアンリ・バルビュスのクラルテ運動に共鳴した小牧近江が帰国後、金子洋文・今野賢三らに呼びかけ創刊。「反戦平和・国際主義」の立場を唱え、初期プロレタリア文学運動の拠点となる。

地平線＝文芸同人雑誌（一九一九）。岡田三郎・浜田広介ら早大英文科学生により創刊（のち「基調」と改題）。

中央公論＝総合雑誌（一八八七〜）。京都西本願寺の修養団体の機関誌「反省会雑誌」を前身に、発行所を東京に移転し「中央公論」と改題。一九〇四年に入社した滝田樗陰が編集主幹となるや、文芸欄は文壇の登竜門、評論欄は大正デモクラシーの旗手となり、有力誌として大きく発展。一九四四年、横浜事件にからみ廃刊するも翌々年復刊。

中央文学＝文芸雑誌（一九一七〜一九二一）。春陽堂発行。細田源吉が初代編集長を務めた（のち水守亀之助・新井紀一らも）。毎号の表紙絵は竹久夢二。田山花袋・広津和郎・上司小剣らが寄稿。「新潮」「文章倶楽部」などとともに大正期文壇の代表的文芸誌とされる。

中外＝総合雑誌（一九一七〜一九二一）。中会社発行。特別社員に生田長江がおり、佐藤春夫の『田園の憂鬱』（一九一八）を掲載し文壇に登場させた。政治評論を主としつつ、文芸欄に谷崎潤一郎・宮地嘉六・芥川龍之介・泉鏡花らが寄稿。

な行

浪花青年文学会＝文学結社（のち「関西青年文学会」）。一八九七年、高須梅渓・中村吉蔵を中心に、関西の投稿家らで結成。機関誌「よしあし草」（のち「関西文学」）を発行。堺支部会員だった鳳晶子と顧問格の与謝野鉄幹が出会う場となった。

日本社会主義同盟＝団結組織（一九二〇〜一九二一）。第一次大戦後、社会主義運動の動きが復活する中、堺利彦・山川均らを発起人とし、文学者、労働組合、学生団体など様々なグループが集結。千人以上の加入者を集めるも翌年、解散命令を受け、短命に終わる。

日本新聞＝日刊紙（一八八九〜一九一四）。陸羯南が初代社主兼主筆を務め、国家主義を主張。また正岡子規が在籍し、文学欄は短歌のアララギ派、俳句のホトトギス派が発展する舞台となった。

日本及日本人＝言論雑誌（一九〇七〜一九四四頃）。政教社発行。前身の「日本人」を改題しつつ、陸羯南没後の「日本新聞」に不満を抱いた三宅雪嶺を中心に創刊。当初、明治政府の方針に反対する国粋主義の論調だったが、三宅退社（一九二三）後は右翼的・戦争協力的雑誌となった。

二六新報＝日刊紙（一八九三〜一九四〇）。秋山定輔により創刊。三井財閥攻撃、廃娼運動などのキャンペーンで人気を博すも、発禁・改題・内紛などをくりかえし徐々に衰退、戦時統合により廃刊。

人間＝文芸雑誌。第一次（一九一九〜一九二二）。里見弴・久米正雄・吉井勇を中心に創刊。「スバル」「白樺」系の作家が参加。第二次（一九四六〜一九五一）

里見・久米・川端康成ら鎌倉在住の作家が出版社・鎌倉文庫を創立し創刊。

は行

俳声＝俳句雑誌（一九〇一年頃）。角田竹冷・尾崎紅葉らによる俳句結社・秋声会の機関誌。

ハガキ文学＝葉書雑誌（一九〇四〜一九一〇）。日本葉書会発行。絵葉書の流行に乗じて創刊。美麗な絵葉書の紹介と充実した文芸欄により、文学と美術の融合が試みられる。また読者投稿を多数掲載するスタイルは「文章世界」にも影響を与えた。

白日社＝俳句結社。一九〇六年、前田夕暮により結成。

博文館＝出版社（一八八七〜）。大橋佐平により創立。創業とともに始まった雑誌「日本大家論集」がベストセラーとなる。その後、高山樗牛編集の「太陽」、巖谷小波編集の「少年世界」、硯友社一派の寄稿する「文芸倶楽部」、田山花袋編集の「文章世界」などの雑誌、全集・叢書などの書籍を続々刊行し黄金時代を迎えるも、関東大震災以後しだいに退潮。

パンの会＝文学・美術懇談会（一九〇八〜一九一二頃）。「スバル」の北原白秋・木下杢太郎・長田秀雄・吉井勇ら、「方寸」の石井柏亭・山本鼎・森田恒友・倉田白羊らが合流して始まり、月に数回、会合が開かれた。時に上田敏・永井荷風・小山内薫らも参加し、耽美主義・反自然主義が標榜された。「パン」はギリシャ神話に登場する牧羊神に由来。

半面＝俳句雑誌（一九〇一〜一九三三）。岡野知十により創刊。

美の廃墟＝文芸同人雑誌（一九一三〜一九一四）。立石美和・保高徳蔵・細田源吉ら早大生を中心に創刊。

武侠世界＝総合雑誌（一九一二〜一九二三頃）。押川春浪創刊。興文社発行。博文館の「冒険世界」主筆だった春浪が独立して創刊。春浪の武侠小説のほか国権主義的記事が多く、春浪没後（一九一四）衰退。

文学界＝文芸雑誌（一八九三〜一八九八）。「女学雑誌」から独立し、星野天知・平田禿木・島崎藤村・北村透谷・戸川秋骨・馬場孤蝶・上田敏らを同人に創刊。

文芸倶楽部＝文芸雑誌（一八九五〜一九三三）。博文館発行。純文学の有力誌として樋口一葉『たけくらべ』（一八九五）、広津柳浪『今戸心中』（一八九六）など多くの名作が発表されたが、明治末頃より通俗化し、衰退。

文庫＝投書文芸雑誌（一八九五〜一九一〇）。少年園

発行（のち内外出版協会）。「少年文庫」の後身。小説・詩歌・評論など幅広いジャンルの投書作品を掲載し、新人を発掘。寄稿家に窪田空穂・三木露風・北原白秋らがいた。

文章倶楽部＝文芸雑誌（一九一六～一九二九）。新潮社発行。加藤武雄編集。文学入門者に向けた「新文壇」の後継誌として創刊。小説作法や文壇ゴシップが多く掲載された。

文章世界＝投書文芸雑誌（一九〇六～一九二〇）。博文館発行。田山花袋・長谷川天渓・加能作次郎らが編集。投書雑誌「中学世界」より独立して創刊。初期に作文を、のちに小説を掲載し、自然主義文学発展の拠点となる。投稿家に久保田万太郎・内田百閒・岡田三郎・水野仙子らがいた。最後の一年は「新文学」と改題したが廃刊。

ホトトギス＝俳句雑誌（一八九七～）。正岡子規の友人・柳原極堂が松山で創刊。翌年、東京へ移転し、高浜虚子により発行。俳句革新運動を進める日本派の拠点となる。

ま行

丸善＝出版社・書籍文具販売会社。一八六九年、福沢諭吉門下の早矢仕《はやし》有的《ゆうてき》が丸屋商社として創立（のち改称）。書籍の輸入販売と同時に、理工学書を中心とした出版も行なう。またPR誌「学の鐙」（のち「学鐙」一八九七～）の初代編集長を内田魯庵が務めた。

三田文学＝文芸雑誌（一九一〇～）。永井荷風を編集主幹、森鷗外・上田敏を顧問として創刊。慶應関係者を中心に、「早稲田文学」系の自然主義に対する耽美主義の拠点として発展。以後、数度の休刊を挟みつつ存続。

明星＝詩歌雑誌。第一次（一九〇〇～一九〇八）、与謝野鉄幹主宰の新詩社の機関誌として創刊。鉄幹の説く和歌革新を推進したほか、広く文学美術にまたがる浪漫主義の牙城として発展、多数の作家を輩出した（のち二度復刊）。

民友社＝出版社（一八八七～一九三三）。徳富蘇峰により創立。「国民之友」「国民新聞」などの紙誌、また徳冨蘆花『不如帰』、徳富蘇峰『近世日本国民史』などを刊行。

や行

読売新聞＝日刊紙（一八七四～）。子安峻らにより創刊。明治後半、高田早苗・坪内逍遙の入社以降、文芸新聞色を強め、幸田露伴・尾崎紅葉らを社員とし主要作を掲載。

万朝報＝日刊紙（一八九二〜一九四〇）。黒岩涙香により創刊。涙香の小説やスキャンダル記事により人気を博す。のち内村鑑三・幸徳秋水・堺利彦ら論客を迎え進歩的立場をとるも、日露戦争の際、主戦論の涙香に非戦論の内村らが対立し退社。涙香没後（一九二〇）衰退。

わ行

早稲田学報＝校友会誌（一八九七〜）。

早稲田詩社＝文学結社（一九〇七頃）。相馬御風らによって結成。自然主義の立場から口語自由詩を発表。

早稲田文学＝文芸雑誌。第一次（一八九一〜一八九八）、東京専門学校文学科機関誌として創刊。坪内逍遙編集。当初は講義録や評論が多く、また逍遙と森鷗外との間で行なわれた「没理想論争」が有名。第二次（一九〇六〜一九二七）、島村抱月・相馬御風らの活躍で自然主義文学の中心的存在となる。以後、数度の休刊をはさみつつ存続。

我等＝総合雑誌（一九一九〜一九三四）。シベリア出兵や米騒動に際し政府に批判的な論調をとった大阪朝日新聞が筆禍事件（白虹事件）に巻き込まれ、退社した長谷川如是閑・大山郁夫らが我等社を創立し創刊。一九三〇年、「社会思想」と合流し「批判」と改題したが、特高警察などの弾圧により廃刊。

「人名紹介」「紙誌・団体名紹介」は幻戯書房編集部で作成しました。
参考文献：日本近代文学館・小田切進編『日本近代文学大事典』全六巻（講談社、一九七七）、同机上版（一九八四）／『現代日本朝日人物事典』（朝日新聞社、一九九〇）、『朝日日本歴史人物事典』（同、一九九四）／『20世紀日本人名事典』（日外アソシエーツ、二〇〇四）ほか。

解説　文壇ゴシップの時代

志村有弘

『文壇出世物語』（新秋出版社、大正十三年四月）は、一つの〈文壇側面史事典〉〈文壇逸話事典〉として利用できる。痛烈な作家批判・諷刺・皮肉があり、悪意すら感じる箇所もある。しかし、悪意とも取れる表現は、その作家の力量を認めているからで、そうでなければ歯牙にもかけまい。

本書の長所は、登場人物の当時の風貌や噂を端的に面白く把握できる点にある。坪内逍遙以下、九十四項目・百人の文壇人を取り上げている。その人物の出自や著述を記したあと、その人物に関するゴシップや批評を記す。とはいえ、〈出世物語〉であるから、概して褒め言葉が多い。

目立つのは、早稲田大学関係者（卒業者・中途退学者・大学教員）が多いこと。最初に登場するのは坪内逍遙で、「早稲田文科の創設者は、何と言っても坪内逍遙大博士である」（片上伸の項）とも記す。窪田空穂の項では「彼は目下早稲田大学文学部に文学史及び万葉、新古今集等の講義をしているが、彼の歌を詠む調子は、詠むのではなく歌をなめているかのようなところのものが見える」と書いており、聞書であるのかもしれないが、あたかも（本書執筆の取材のため）講義を聞いて書いているような印象がある。片上伸の項では明治時代末期の「早稲田文学士なるもの」の名前が列挙され、本間久雄の項では雑誌「早稲田文学」に触れて「願わくは、『早稲田文学』誌の隆盛と共に、彼の未来に幸いあれ！」と叫ぶ。
早稲田関係者に好意的な表現をしているのに対して、近松秋江や島木赤彦などには批判的な表現をしているように思う。毀誉褒貶はこの世の習いとはいえ、永井荷風を「技巧の妙と構想の美しさとは当代随一」と記すかと思うと、同じ三田派の南部修太郎を「平凡な作家である。平凡な人間である」と書き、吉井勇の項で赤木桁平を「何という不粋な批評家であったことか」と辛辣な言葉。また、内藤辰雄・中西伊之助・小牧近江などプロレタリア系統の作家に目を向け、小山内薫など演劇関係の作家にも関心を寄せている。高須芳次郎については「真に文壇出世物語に加えられるべき人とは、おそらく彼のことであろう」と記し、内藤辰雄については「まァ、たいした文壇出世と言わなくてはならぬと思う」と記しており、本書執筆の視点が〈文壇出世〉にあったことは確かである。なお、本書最末尾に登場する中條（のち宮本）百合子について、「同年〔一九一六〕九月渡米、翌年の末、結婚。帰朝以来、杳として文壇に消息を知らず、惜しいこと」と記しているのは、本書成立当時の中條の状況を示していて興味深い。

版元の「新秋出版社」について、あまり詳しいことはわかっていない。しかし執筆者に関して、一つ手がかりがある。

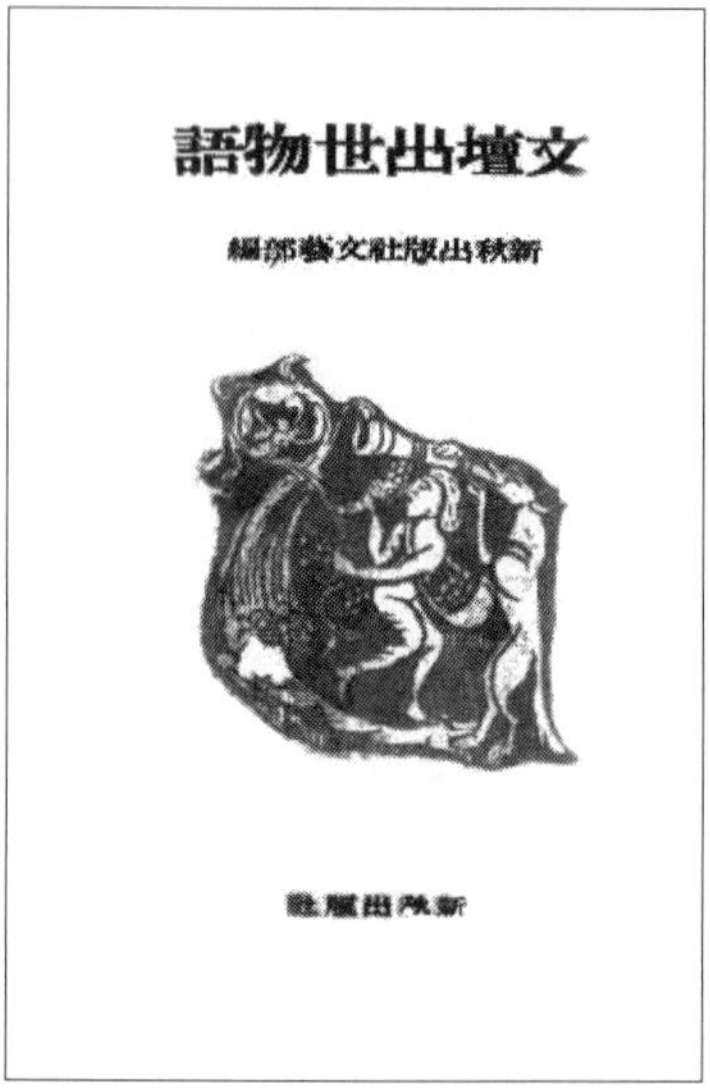

本書初版表紙より

武野藤介は『文壇余白』（健文社、昭和十年）で、こう書き残している。

十余年前のことだが、僕は井伏鱒二と共著で、勿論匿名だったが、或る出版屋から「文壇出世物語」と云う赤本を出したことがある。著と云うよりもむしろ鋏と糊のような仕事だった。その頃はまだ、井伏も僕も早稲田あたりの下宿へゴロゴロして、郷里の親元から月給を貰っていた。なんでも四百円ばかりの印税が入ったのだ。この金を二人は、十日ばかりの間に、他愛もないことに費消してしまった。それでも僕は懐中時計の廃物を一箇買った。井伏は下駄と羽織の紐を買った。あとはカッフエやおでん屋で飲んだのである。

「悪銭身につかずさ――」

そう云って二人は笑ったことだった。

武野藤介（明治三十二年〔一八九九〕～昭和四十一年〔一九六六〕）も井伏鱒二（明治三十一年〔一八九八〕～平成五年〔一九九三〕）も、ともに早稲田大学に学んでいる。もしこの「赤本」（ゴシップ本）が本書を指すのだとすれば、年齢からいっても、二人が「早稲田あたりの下宿」で「ゴロゴロして」『文壇出世物語』を執筆したものと思われる。前述のように早稲田大学関係者が数多く登場し、早稲田文人讃美の文章が目立つのも首肯できる。そして中村武羅夫の文章を「そのまま拝借」したと告白している水守亀之助に関する記述のようなものを「著と云うよりもむしろ鋏と糊のような仕事」と卑下したのであろう。

武野は『文壇余白』の「酔序」で、昭和五年、『文士の側面裏面』を出したのだが、それを健文社編輯部の長野春樹が古本屋で発見し、その続篇の出版を勧めた、と記す。武野が同じく「酔序」に「恩師片上伸」（片上は早稲田大学教授）と記していることも武野の当時の文学環境を伝える言葉として記憶しておきたい。

『文壇余白』には井伏鱒二の滑稽な逸話が随所に記されている。井伏の人間像を「ウラベンケイ」「木獺」（かわうそ）といい、（武野の言葉を借りると）井伏の「出鱈目」のいくつかを書いている。武野はゴシップについて「自分の胎《はら》さえきまっていれば、どんなゴシップを書かれようとも、びくともする筈はない」と述べている。これはゴシップに対する意見というより、人間の度量と関わることであろう。悪口を書かれれば、怒るのは当然だ。なお、『文士の側面裏面』は、千倉書房から昭和五年六月に刊行されている。その『文士の側面裏面』の「衣紋竹」と題する一文には「これは井伏鱒二の持って来たゴシップだから嘘にきまっている」と書いてもいる。こうした表現は武野の井伏に対する皮肉・諷刺というよりも、親近感を示すものであろう。

一方、井伏は武野をどう見ていたか。「岡穂の実を送る」（「桂月」昭和二年十月）には「友人武野君」と書き、「わたくしごと」（「作品主義」昭和五年十一月）には、武野が妻を亡くして生まれたばかりの女児をかかえて悲嘆にくれていた話、武野と仲違いをした話（婦人声楽家とのつきあいの話）、「生活・芸術・人間——中村氏と加藤氏とについて」（「春陽堂月報」昭和六年五月）には「武野君の作成するゴシップは、武野君の才気によって生れ出たもので、必しもそのゴシップの題材となる人びとの逸話ではないかもしれない」と述べている。そうして「近代生活」昭和七年六月掲載の「五日間」（「日記の一週間」の一篇）には、日比谷公会堂へ行き「帰りには武野君や篠原君といっしょに帰った」と記して、井伏と武野の交流の一端を伝えている。なお、「作品主義」は武野が創刊した文芸誌で、井伏は「わたくしごと」に、武野が「作品主義」の創刊を語ったことを記し、「首尾よく行くように」と願っている。親友ではあるものの、いわば文学世界の横道を歩くような姿勢の武野に対して、純文学の世界を歩んで行こうとする井伏。ふたりの進む道は異なっていったのであろう。武野はその後、『艶笑植物誌』（美和書院、昭和三十一年）や『濡れた仇花』（あまとりあ社、昭和三十三年）など、いわば好色系統の作家の道を歩んで行く。

ところで、名嘉真春紀（幻戯書房編集部）の調査によれば、「文章倶楽部」大正十一年一月号に「文壇出世物語」と銘打って菊池寛・宮地嘉六・室生犀星・葛西善蔵・宇野浩二、二月号には芥川龍之介が取り上げられている。同誌一月号末尾の「記者便り」は「特殊記事の第一は『文壇出世物語』です。これは爾後毎号一篇位ずつ連載する事になるでしょう」と記しているものの、二月号で終了する。大正十三年刊の本書以前に、「文章倶楽部」が「文壇出世物語」と題する作家紹介を行っていたことに注目したい。

同じく名嘉真の調査によると、相馬健作著『文壇太平記』（萬生閣、大正十五年）にもまた「文壇出世物語」の章がある。冒頭の「文壇出世作調べ」のあと、田山花袋・島崎藤村・小川未明・江口渙・加藤武雄が紹介されており、これは本書の文章とほぼ同文である。「はしがき」に「著者はこれを匿名で発表する」と記し、「相馬健作」という著者名を掲げている。「相馬健作」とは、「女性史の開拓者として知られる高群逸枝の夫、橋本憲三の匿名」（紀田順一郎「解説」、日本人物誌選集第12巻『文壇太平記　演芸風聞録』クレス出版、平成二十年）である。この書ではまた、「現代文士列伝」の項に加藤一夫・江口渙・藤森成吉・小川未明・秋田雨雀・宮嶋資夫・中西伊之助・青野季吉・前田河広一郎・山田清三郎・葉山嘉樹・加能作次郎・広津和郎・新居格・松本淳三・正宗白鳥・徳田秋声・武者小路実篤・佐藤春夫・菊池寛・生田長江の二十人が取り上げられている。このうち、山田・新居・松本・生田の四人は新秋出版社刊『文壇出世物語』に存在しないけれど、他の人物に関する記述は文章の多寡があるとはいえ、文の展開は似通っている。「多寡」といったのは、新秋出版社版には記されていない記述（たとえば、作家の生まれた町名など）があったり、徳田秋声の項で山田順子のことが記されていたりする。『文壇出世物語』と『文壇太平記』との間に直接の関係があるならば、刊行年から見て相馬健作が新秋出版社刊『文壇出世物語』から流用（参照）したということであろう。

また、同種の企画として、「文芸通信」が昭和八年十月創刊号から同じく「文壇出世物語」という題の連載を始めている。創刊十月号には加藤武雄・子母澤寛、十一月号には中村武羅夫・白井喬二、十二月号には武者小路実篤、一月号がなくて二月号に岡本綺堂・直木三十五（この号から著者の「H・T」なるイニシャルが記されている）、三月号に吉川英治・野村胡堂、四月号に田中貢太郎・村松梢風、五月号がなくて六月号に三上於菟吉・尾崎士郎のことが記され、この合計六回にわたる「文芸通信」連載「文壇出世物語」は概して大衆文学畑の作家を取り上げていたといえる。

加えて、忘れてならないことは、本書が世に出るおよそ一か月前の大正十三年三月十五日、同じ

文章倶楽部

――第七年・第一號――

新年號内容

若き諸君に與ふ……島田清次郎（一）
夢想家（小説）……加能作次郎（四）
餘技・娯楽・趣味（作家一面觀）
（一）書籍……芥川龍之介氏（五六）
（二）？……久米正雄氏（五七）
（三）酒……葛西善藏氏（五八）
（四）骨董……室生犀星氏（五八）
（五）球ころがし……廣津和郎氏（五九）
（六）寫眞……宇野浩二氏（六〇）
（七）繪畫……有島武郎氏（六〇）
（八）香水……谷崎潤一郎氏（六一）
作家の心境と高級藝術（藝術斷語）……木村毅（三三）
霜月初め（藝術家の日記）……福士幸次郎（五〇）
犬、犬、犬（犬と文學）……T・M生（五三）
今日の小説（前月小説概評）……K・I生（九〇）
最近文壇のいろ／＼……（三二）
海外文壇のいろ／＼……（四〇）
文壇漫畫集（懸賞當選）……（三四）
物語の人物（懸賞當選）……（四九）
名作繪物語（死よりも強し）……（一〇）

文・壇・出・世・物・語・
文壇の寵兒菊池寛氏が世に出るまで……（一二）
數奇を極めたる宮地嘉六氏の半生……（一六）
どん底の生活から崛起した室生犀星氏……（二〇）
窮乏の中に藝術に奉仕する葛西善藏氏……（二四）
宇野浩二氏が十年間の長き試練時代……（二八）

街道（ゴルスワアジイ）……川端康成譯（四四）
死のオアシス（ダンセニイ）……川端康成譯（四六）
丹（エドモン・ジャルウ）……高橋邦太郎譯（四七）
工場に於けるノ娜（ローマ字）……土岐善麿（六四）
泰西文豪の面影（寫眞版）……（三三）
雑音の中に（詩）……霜田史光（四二）
深更の町（詩）……林信一（四二）
草よ茂れ（詩）……西谷勢之介（四三）
月明（歌）……金子薫園（六三）
夜の家（詩）……金兒杜鵑花（四七）

牡丹雪（當選小説）……長田勝郎（八四）
歌壇晶玉抄……薫園採錄（八八）
短歌秀作抄……薫園選（八九）
青年文壇……金子薫園・加藤武雄共選（九二）
讀者通信……（一一〇）
表紙裏まれたる新生（懸賞當選）……齋藤勇
口繪（文壇近事畫報）……（四頁）

現代文士録
現代文壇に活動せる文士三百餘氏の經歴、職業、生地、生年月、著作、現住所等を網羅す。文壇名鑑として最も完備せるもの也。……（自六五頁至八三頁）

信　通　藝　文

創　刊　號

文藝通信十月創刊號目次

批評無能論に關して……河上徹太郎（三）
女流作家を撫で斬にする……大島敬司（五）
轉向ばやり……KKK（八）
文壇人の行くカフエ・花街……（九）
文壇出世物語（加藤武雄・千葉亀雄之巻）……（一〇）
編輯者評判記……（一五）
文藝通信……（一四）
昨日の日記（室生犀星・葉山嘉樹・ささきふさ・楢崎勤・嘉村礒多・尾崎士郎・井伏鱒二・深田久彌・佐佐木茂索）……（一六）
論壇の人々……日野丸子（一八）
懸賞作家内幕物語……（一八）
同人雑誌評……（二〇）
腹にためずに云ひたい事は云ふべし……（二四）
勉强しなほせ……吉川英治
ジャーナリズムを正道に……畑耕一
道は遠い……上司小劍
見え透いた模倣……葉山嘉樹
批評恐怖症……細田源吉
古典的へ轉向……千葉亀雄
もつと生き生きしろ……新居格
仕事を平均に……德田秋聲
めいめいに勉强せよ……三上於菟吉
低調で片々の技術……淺原六朗
揚羊頭售狗肉……近松秋江
作家同盟の小僧ッ子……金子洋文
誇りを取り戻せ……林房雄
表現に苦心を……今日出海
批評無用乎……雅川滉
しみッたれた文壇……佐々木味津三
現實を正當に認識せよ……尾崎士郎
政治小説を……長田幹彦
作家志望者に與ふ……菊池寛（二七）
誤譯研究　モーリス・デコブラの巻（LE GESTE DE RHEYNE）……土生皆人（二八）
大衆作家を洗ふ……林不凡（三〇）
二科展を見る……今日出海（三二）
戯曲の貧困……村井長安（三五）
雑誌界展望……（三四）
圓卓會議　編輯者の見た作家……（三六）
劇壇いろはかるた……（四六）
レヴュー「文壇やくざ渡世」……白井銀造（四八）
劇評家を棚下ろす……H・N（五〇）
文壇小話……（二）
文壇個人消息……（一四）
村松梢風は囁く……（三三）
文壇ゴシップ……（四五）
一字の値段……（四七）
創作
菜園……加藤千代三（五二）
表紙カット……シャガール

上：「文章倶楽部」における「文壇出世物語」連載第一回（1922 年 1 月）。

下：「文芸通信」における「文壇出世物語」連載第一回（1933 年 10 月）。

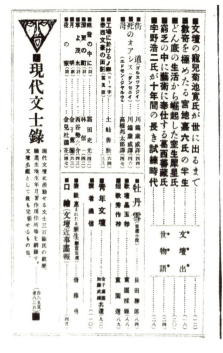

く新秋出版社より小島徳弥著『文壇百話』が刊行されていることである。坪内逍遙の『小説神髄』と『当世書生気質』から始まり、明治・大正期の文人百人の逸話を記している。小島は早稲田大学に学んだことが関係しているらしく、吉江喬松や片上伸など早稲田人については相当入り込んだ叙述をしている。新秋出版社が、大正末期、文壇に関する逸話本に関心を抱いていたことを確認できる。

昔、説話（説話文学）の世界では、「書承」という、いわば〈盗作〉とでもいうべきことが何の疑問もなく行われていた。だからといって、今、「著と云うよりもむしろ鋏と糊のような仕事」を肯定するわけではないが、私には『文壇出世物語』と『文壇太平記』――この両書を眺めたとき、説話の伝承に似たものが感じられる。

私が本書を入手・購入したのは、古本屋司書房であった。もう随分と昔のことである。そのころ、私は異色の作家大泉黒石に関心を抱き、黒石の記事が見えるものは何でも蒐めようとしていた。そこには短い文章の中に黒石の風変わりな人物像の一端が活写されていた。爾来、私は黒石に限らず、島崎藤村、中戸川吉二、南部修太郎など明治大正期の作家に関するエッセイを書く際には、一つの作家逸話事典として参照、利用してきた。

ともあれ、大正末から昭和初期、文壇のゴシップを軸とする〈文壇出世物語〉が流行していたことに注目したい。私の眼にはそれがあたかも〈文壇近代説話集〉とでも称し得る世界を展開していたかのように映じるのである。

（相模女子大学名誉教授・伝承文学）

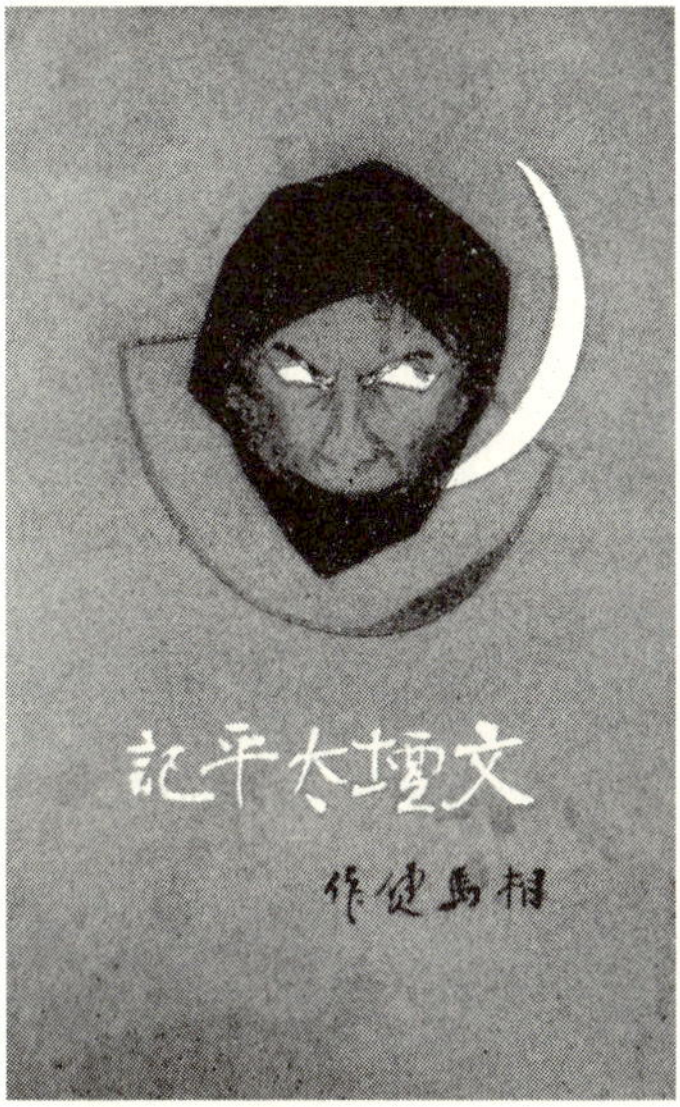

上段左：
相馬健作『文壇太平記』表紙
（1926 年 10 月）。

下段左右：
同書「文壇出世物語」
の章より。

文壇出世物語

一

1　文士出世作調べ

出世作、といへば勿論處女作の意味ではない、その一作品に據つて、作者の位置――文壇的地歩の確立となり、社會的には一人の作家として知られる――をはつきりと浮立たしたものでなければならない。作家が作家として立ち得た最初のレコード。それだ。

「出世作調べ」をやることは、勢ひヂャーナリズムの歴史をひもとく結果になるのであらう。そしてそれがまた筆者の記憶に殘されたものゝ範圍を出ないであらうことも、はじ

文壇出世物語　四一

五四

の夫人たる美智子氏は、一時閨秀作家として立つたこともあるが、未だに作者をこのことで批難してゐるといふ。

四十一年には「妻」を發表し、つゞいて「田舍教師」を出し、主張するところのゴンクール一派から出たものといふ平面描寫によつて終始し、島崎藤村、正宗白鳥、德田秋聲と相並び稱せられるに至り、大正九年には擧つて文壇人たちからその誕辰五十年祭を祝はれた。

3　「破戒」の作者島崎藤村

島崎藤村は、信濃の村塾に教師であるかたはら、專ら新體詩をかいて有名であつた。それが、長篇「破戒」を抱いて中央に出づるに及び、文名は一時にあがつた。「破戒」は、少なくともその形式においては全く自然主義の作品で、島村抱月は「我が小說壇に一期を劃するもの、若くは劃せんとしつゝあつた幾多の前驅者を總收して、最も鮮かに新機運の旛

新著月刊　15, 297
随筆　256, 297
スバル　68, 116, 290, 298-300
青鞜（社）　38, 132-133, 263, 268-270, 285, 288, 290, 298
青年文学　52, 298
千紫万紅　24, 298
創作　58, 103, 298
た行
第三帝国　220, 295, 298
太陽　38, 175, 239, 268, 278, 300
地平線　194-195, 298
中央公論　18, 72, 90, 101, 114, 139, 147, 183, 199, 215, 221, 234, 250-252, 260, 262, 294, 297-298
中央文学　198-199, 212, 299
中外　171, 173, 234, 299
な行
日本社会主義同盟　74, 299
日本及日本人　112, 283, 299
日本社会主義同盟　161, 267, 299
日本新聞　107, 283, 287, 299
二六新報　249, 267-268, 285, 299
人間　89, 131, 145, 193, 235, 299
は行
俳声　107, 300
ハガキ文学　181, 300
白日社　102, 295, 300
博文館　25, 27, 70, 130-131, 194-195, 268, 274, 282, 286, 296, 298, 300-301
パンの会　114, 264, 272, 300
半面　107, 300
美の廃墟　212, 300
武侠世界　202, 300
文学界　15, 21, 29-30, 280, 284, 286, 300
文芸倶楽部　12, 27, 31, 268, 300
文庫（派）　35, 39, 41, 52, 98, 106, 114, 168, 201, 224, 288, 292, 300
文章倶楽部　165, 299, 301, 307, 309
文章世界　84, 104-105, 129-130, 135, 146-147, 165, 175, 193-195, 201, 215, 240, 257, 286, 288, 300-301
ホトトギス　107, 130, 133, 211, 271, 277, 282, 285, 299, 301
ま行
丸善　16, 25, 301
三田文学　68, 116-117, 163-164, 175, 200, 241-242, 264, 301
明星　35, 37-38, 47, 57, 98, 102-103, 113-114, 121, 265, 269-270, 280, 287-288, 297-298, 301
民友社　17-18, 291, 295, 301
や行
読売新聞　23, 27-28, 43, 60, 62, 83, 106, 188, 196, 209, 222, 226, 231, 247, 268-269, 278-279, 281, 286, 301
万朝報　19, 126, 142, 264, 272-273, 278, 285, 302
わ行
早稲田学報　114, 302
早稲田詩社　100, 181, 270, 302
早稲田文学　49, 64, 100-101, 104-105, 109, 130, 147, 150-151, 153-154, 156, 190, 195, 199-200, 205-206, 209, 212, 239, 272, 279, 282, 301-303
我等　247, 283, 302

与謝野晶子　34-38, 100, 264, 279, 288, 297-299
与謝野鉄幹　34-38, 57, 74-75, 100, 265, 269, 287, 297-299, 301
吉井勇　50, 55, 78, 114, 143-145, 176, 193, 263, 295, 297-300, 304
吉江孤雁（喬松）　58, 64-65, 109, 202, 224, 294, 310
吉田金重　177, 292, 297
吉田絃二郎　130, 152-154, 247
ら行
柳亭種彦　137, 293
ルソー　95, 289, 293
ロセッティ　168, 293
わ行
ワイルド　151, 262, 293
若山喜志子　123-125, 298
若山牧水　41, 58, 103, 109, 114, 123-125, 180, 269, 276, 296-298
和田久太郎　159, 293
和辻哲郎　138, 145, 226, 293

紙誌・団体名索引

あ行
アララギ（派）　52-53, 267, 276, 291, 294, 299
イプセン会　54-56, 178, 294
か行
解放　178, 197, 252, 288, 294
画報社　64, 294
奇蹟　127, 156, 209, 220, 285, 294
芸術座　54-55, 271, 276, 281, 288, 294
劇と詩　202, 294
現代文学　200, 295
硯友社　13, 24, 27-28, 31-32, 36-37, 61, 66, 266-267, 269, 271, 288, 291, 295-296, 298, 300
洪水以後　220, 295
黒煙　177-178, 199, 292, 295
国民新聞　17, 291, 295, 301
国民之友　17-18, 23, 291, 301
さ行
ザンボア　58, 143, 295
詩歌　58, 102, 295
時事新報　188, 198, 259-260, 277-279, 295
詩人　168, 296
詩草社　168, 296
車前草社　124, 180, 201, 269, 287, 296
自由人連盟　158-159, 296
春陽堂　42, 80, 106, 198, 212, 257, 274, 291, 296-297, 299, 306
小国民　106, 241, 296
少年界　183, 241, 296
少年世界　183, 241, 266, 300
少年文集　110, 296
処女地　204, 296
女性　78, 252, 296
白樺　88-89, 96-97, 116-117, 169-170, 206, 221, 272-273, 296, 299
新紀元　172, 264, 297
新興文学　193, 297
新公論　199, 297
新詩社　34, 36-37, 57-58, 100, 114, 121, 265, 269, 272, 279, 287, 297-298, 301
新思潮　77, 114, 138, 188, 217, 225, 226-227, 235, 268, 272-274, 287, 290, 293-294, 297
新小説　42, 62, 66, 68, 83, 106, 109, 157, 176, 193, 204, 212, 274, 288, 291, 296
新声　47, 73, 75, 98, 102, 110, 147, 180-181, 183, 201, 224, 278, 296, 297
新潮　47, 134, 146-147, 157, 195, 201, 206, 218, 224, 236, 297, 299

プーシキン　237, 280, 285
福士幸次郎　103, 185-186
福地桜痴　66, 285
福永挽歌　109, 285
藤井真澄　55, 177-178, 199, 247, 252, 292, 295, 297
藤岡一枝　132, 285
藤森成吉　161, 206, 235-237, 308
舟木重雄　156, 220, 285-286, 294
ブラウニング　46, 286
フロベール　60, 63, 105, 277, 286
ホイットマン　201-202, 280, 286
ポー　202, 286
星野天知　21, 286, 300
細田源吉　141, 193, 210-212, 224, 239, 299-300
細田民樹　211-212, 224, 238-240
本間久雄　105, 109, 147, 149-151, 156, 192, 285, 303

ま行

前田晁　130, 147, 286, 294
前田河広一郎　41, 171-173, 244, 297, 308
前田夕暮　58, 102-103, 180, 269, 295-297, 300
前田林外　57, 266, 287
正岡子規　107, 271, 276-277, 280-281, 287-288, 294, 299, 301
正富汪洋　103, 180, 287, 296
正宗白鳥　26, 49, 60-63, 138, 195, 215, 221, 294, 308
桝本清　145, 287
松居松葉　19-20, 276
松岡譲　216, 227, 287
松村英一　59, 287
松本弘二　197, 287
三木露風　100, 109, 179-181, 270, 296, 301
三島霜川　136, 288
水落露石　35, 288
水谷竹紫　56, 109, 288, 294
水野仙子　41, 132, 165, 288, 301
水野葉舟　37, 57, 64, 288
水守亀之助　131, 134-136, 147, 198, 297, 299, 305
溝口白羊　114, 288
光成信男　112, 289
水上滝太郎　163-164, 276
宮島新三郎　224, 249, 289
宮嶋資夫　140-142, 159, 308
宮地嘉六　111-112, 156, 159, 177, 294, 299, 307
ミラー　44-46, 289
ミレー　152, 223, 289
武者小路実篤　95, 116-118, 272, 296, 308
武藤直治　55, 289
村井弦斎　19, 175, 289
村上浪六　67, 95, 289
村松正俊　254, 290
室生犀星　103, 182-184, 295, 307
森鷗外　17-18, 23, 34, 76-77, 145, 163, 269, 273-274, 277, 279, 282, 290, 295, 298, 301-302
森しげ　132, 290

や行

矢口達　202, 290
安成貞雄　109, 151, 173, 290
柳川春葉　31-32, 291
山川亮　250, 291
山路愛山　17, 291
山田邦子　41, 291
山田美妙　13, 23, 31, 269, 291, 295
山本勇夫　112, 292
山本鼎　114, 292, 300
ユーゴー　206-207, 239, 292
横瀬夜雨　41, 114, 292, 296
横山有策　109, 292

ツルゲーネフ　18, 230, 236, 268, 274, 279
デルジャーヴィン　237, 279
戸川秋骨　21, 30, 280, 300
土岐哀果　58, 109, 196, 280
徳田秋声　25-27, 31, 42, 156, 181, 195, 269-270, 281-282, 288, 291, 296-297, 308
徳冨蘇峰　17-18, 291, 295, 301
徳富蘆花　17-18, 67, 172, 173, 301
ドストエフスキー　16, 280
富田砕花　202, 280, 286, 295
豊島与志雄　161, 206-207, 226
トルストイ　18, 24, 46, 88, 94-96, 101, 117, 158, 221, 237, 250, 280, 282, 285, 288, 290

な行

内藤辰雄　177, 198-199, 245-247, 304
内藤鳴雪　107, 280
永井荷風　14, 66-68, 78, 140, 145, 163-164, 175, 264, 296, 300-301, 304
永井一孝　108, 281
仲木貞一　109, 281
中沢静雄　250, 281
仲田勝之助　109, 281
長田秀雄　114, 119-122, 145, 176, 295, 300
長田幹彦　50, 119-122, 127, 143-144, 176
長塚節　244, 281
中戸川吉二　242, 256-257, 297, 310
中西伊之助　243-244, 304, 308
中西梅花　15, 281
中村鴈治郎　189, 281
中村吉蔵　54-56, 74, 161, 178, 247, 294, 297, 299
中村星湖　104-105, 109, 127, 150, 153-154, 176, 192, 195, 206, 209
中村武羅夫　134, 136, 146-148, 165, 297-298, 305, 308
中山白峰　31, 281
長与善郎　95, 169-170
夏目漱石　32, 79-80, 88, 96, 107, 110, 117, 216, 227, 244, 263, 274, 281, 286-287, 297
南部修太郎　241-242, 257, 304, 310
西宮藤朝　202, 282
西村渚山　165, 282
西村真次　74, 282
西村陽吉　165, 282
野上弥生子　132-133
野口雨情　91-92, 100, 181, 224
野口米次郎　44-46, 242
昇曙夢　239, 282

は行

バイロン　45, 223, 274, 282
橋本雅邦　211, 283
長谷川如是閑　247, 283, 302
秦豊吉　165
馬場孤蝶　16, 21-22, 72, 242, 264, 280, 300
羽太鋭治　112, 283
ハウプトマン　55, 283
林千歳　132, 283
原田譲二　109, 283
原田実　41, 202, 284
バルビュス　79, 254-255, 284, 298
日高未徹　82, 284
人見東明　100, 181, 201, 270, 284, 294
平田禿木　21, 284, 286, 300
平塚篤　57, 284
平林初之輔　196, 254, 284
ヒルン　151, 285
広津和郎　14, 117, 127, 155, 202, 206, 209, 213, 219-222, 285, 294-295, 299, 308
広津柳浪　12-14, 27, 32, 66-67, 219-220, 295, 300

児玉花外　183, 274
後藤末雄　138, 161, 226, 274
後藤宙外　12, 42, 109, 274, 297
小牧近江　251, 254-255, 298, 304
小宮豊隆　83, 176, 237, 242, 274, 277
小山六之助　71, 274
ゴンクール兄弟　26, 275, 277
ゴンチャロフ　24, 167, 168, 275
近藤憲二　159, 275
さ行
西條八十　223-224
嵯峨の屋お室　23-24, 275
佐佐木信綱　99, 272, 275
佐々木味津三　177, 275
左団次　19-20, 77-78, 264, 276
佐藤紅緑　145, 276
佐藤春夫　157, 161, 184, 232-234, 250, 299, 308
佐藤緑葉　109, 276
里見弴　88-90, 95, 97, 131, 145, 193, 206, 256-257, 299
沢田正二郎　56, 213, 276
山宮允　226, 276
志賀直哉　88, 95-97, 272, 286, 296
島木赤彦　52-53, 291, 294, 304
島崎藤村　15, 21, 26, 29-30, 48, 62, 90, 106, 113, 127, 201, 204, 271, 280, 289, 294, 296, 300, 307, 310
島村民蔵　109, 276
島村抱月　29, 32, 49, 54-55, 62-63, 83, 85, 100, 105, 108-109, 145, 150, 153-154, 276, 288, 294, 302
十一谷義三郎　207, 276
白鳥省吾　201-202, 286
鈴木三重吉　79-81, 84, 212, 237
ストリンドベルヒ　117, 191, 277
相馬御風　83, 98-101, 105, 109, 181, 192, 212, 239, 266, 270, 287, 297, 302
相馬泰三　119, 126-128, 156, 209, 220, 294
ゾラ　25, 28, 67, 274, 277
た行
田岡嶺雲　71, 277
高須芳次郎（梅渓）　35, 54, 57, 73-75, 102, 109, 297, 299
高田半峰　10-11, 277
鷹野つぎ　203-205, 277, 296
鷹野弥三郎　203, 277
高浜虚子　107, 271, 277, 282, 301
高山樗牛　49, 61, 247, 277, 300
田口掬汀　67, 278, 282
竹腰三叉　17, 278
武野藤介　305-307
橘千蔭　52, 278
田中貢太郎　69-72, 308
田中純　131, 145, 192-193, 212, 223-224
谷崎潤一郎　78, 137-139, 161, 208-209, 220, 226, 233-234, 237, 268, 274, 293, 296, 299
谷崎精二　127, 155-156, 202, 206, 208-209, 213, 220, 294
田山花袋　23-26, 28, 62, 105, 146-147, 165, 190, 211, 239, 250, 266-267, 288, 294, 297, 299-301, 307
チェーホフ　77, 221, 242, 278, 286
近松秋江　49-51, 61, 100, 127, 144, 149, 215, 304
近松巣林子（門左衛門）　13, 49, 278
茅野雅（雅子）　132, 278
千葉亀雄　188-189, 279, 297
中條（宮本）百合子　261-262, 304
塚原渋柿園　67, 279
綱島梁川　49, 108, 211, 279
津国屋藤次郎　225, 279
坪内士行　109, 279
坪内逍遙　9-11, 18, 23, 55, 62, 83, 85, 87, 108-109, 145, 262-264, 275-276, 279, 284, 292, 301-303, 310

小川未明　80, 82-84, 98, 109, 159, 161, 177-178, 198-199, 244, 247, 258-259, 291, 294-295, 297, 307-308
荻原井泉水　106-107
荻原守衛　114, 268
奥宮健之　71, 268
小栗風葉　28, 31-32, 35, 67, 146, 264, 268, 270, 281, 291
尾崎紅葉　13, 18, 23-25, 27-28, 31-33, 61-62, 175, 241, 266, 269, 271, 273, 281, 291, 295, 298, 300, 302
小山内薫　68, 76-78, 145, 175, 226, 242, 251-252, 268, 276, 294, 296-297, 300, 304
尾島菊（菊子〔小寺菊子〕）　129, 132-133, 269, 274
落合直文　34, 57, 269, 297
尾上柴舟　269-270, 288, 296
尾山篤二郎　103, 269

か行

葛西善蔵　127, 155-157, 220, 285, 294, 307
片上伸（天弦〔天絃〕）　100, 108-110, 130, 149, 153, 270, 297, 303, 306, 310
加藤朝鳥　41, 103, 109, 112, 249-250, 270
加藤介春　109, 181, 270
加藤一夫　158-162, 296, 308
加藤籌　132, 270
加藤武雄　41, 146, 165-166, 198, 200, 301, 307-308
金子薫園　34, 58, 99, 269-270, 280, 297
金子筑水　108-109, 270
金子洋文　251-254, 298
加能作次郎　129-131, 184, 195, 215, 240, 257, 301, 308
神近市（市子）　41, 132-133, 267, 270
上司小剣　42-43, 299
河井酔茗　35, 39-41, 74, 114, 168, 231, 292, 296
川上眉山　12-13, 27, 31-32, 241, 271, 295
川路柳虹　103, 167-168, 276
河東碧梧桐　107, 271, 277, 288
川村花菱　145, 271
神崎恒（恒子）　132, 271
蒲原有明　47-49, 110, 114, 201, 294
木内錠　132, 271
菊池寛　131, 145, 182, 187-189, 217, 225, 227, 256, 275, 281, 307-308
菊池幽芳　67, 271
北原白秋　58, 113-115, 119, 143, 264, 272, 295, 297-298, 300-301
北村透谷　18, 21-22, 30, 271, 286, 300
北昤吉　109, 271
木下杢太郎　114, 145, 264, 272, 295, 298, 300
木下利玄　95, 272, 296
木村荘太　226, 272
楠山正雄　109, 145, 272
窪田空穂　57-59, 236, 287-288, 294, 297, 301, 303
久保田万太郎　68, 78, 164, 174-176, 301
久米正雄　109, 118, 131, 145, 182, 207, 216-218, 227, 259, 272, 287, 297, 299
倉田潮　112, 272
厨川白村　16, 272
黒岩涙香　19, 272-273, 302
小泉鉄　226, 273
小泉八雲　108, 272-273
幸田露伴　23, 70, 106, 141, 271, 273, 290, 297, 302
幸徳秋水　71, 142, 264, 267-268, 273, 302
ゴーリキー　24, 78, 247, 273, 282
小金井喜美子　132, 273
小島徳弥　160, 274, 310
小杉天外　28, 67, 274

索　引

人名索引

あ行

アービング　45, 263
青野季吉　196-197, 308
赤木桁平　50, 144, 161, 237, 263, 304
秋田雨雀　55, 93-94, 109, 145, 161, 185, 201, 294, 308
芥川龍之介　131, 145, 161, 188, 192, 206, 225-227, 235, 237, 279, 286-287, 296, 299, 307
朝河貫一　108, 263
天野為之　10-11, 263
新井紀一　198-200, 295, 297, 299
荒木郁　132, 263
有島生馬　88, 90, 95
有本芳水　103, 180, 263, 296
アルツィバーシェフ　221, 263
アンドレーエフ　239, 263, 282
五十嵐力　108, 264
生田春月　224, 228-231, 233
生田長江　181, 264, 299, 308
生田花世　41, 228-231, 296
井汲清治　242, 264
池田大伍　109, 264
石井柏亭　114, 264, 292, 300
石川三四郎　172, 264, 297
石丸梧平　112, 265
泉鏡花　12, 25, 28, 31-33, 114, 163, 175, 193, 241, 269, 277, 291, 296-297, 299
市川正一　196, 265
一条成美　57, 265
井原西鶴　16, 23, 25, 137, 265
井伏鱒二　289, 305-306
イプセン　54-56, 77, 178, 265, 277, 279, 294, 297-298
今野賢三　251, 254, 265, 298
岩佐作太郎　159, 265
岩野清　132, 266
岩野泡鳴　48, 60, 112, 160, 220-221, 250, 263, 266, 287, 292, 294
巖谷小波　13, 241, 266, 282, 295-296, 300
上田敏　21, 38, 181, 266, 300-301
ヴェデキント　77, 182, 266
内田魯庵　15-16, 301
宇野浩二　50, 209, 213-215, 294, 307
宇野四郎　242, 267
宇野千代　258-260
生方敏郎　85-87, 109, 250
江口渙　159-162
江部鴨村　112, 249, 267
江馬修　190-191
江見水蔭　13, 24, 27, 31-32, 267, 295
大泉黒石　112, 248-250, 310
大杉栄　22, 72, 159, 162, 243-244, 267, 270, 275, 293, 298
太田水穂　57, 267
大西操山　108, 267
大貫晶川　138, 226, 267
大町桂月　70-71, 146, 268, 306
小笠原さだ　132, 268
岡田三郎　177, 194-195, 298, 301
岡村柿紅　176, 268
岡村千秋　109, 268

文《ぶん》壇《だん》出《しゅっ》世《せ》物《もの》語《がたり》

二〇一八年五月十六日　第一刷発行

編　者　新秋出版社文芸部
発行者　田尻　勉
発行所　幻戯書房
郵便番号一〇一－〇〇五二
東京都千代田区神田小川町三－十二
岩崎ビル二階
電　話　〇三（五二八三）三九三四
FAX　〇三（五二八三）三九三五
URL　http://www.genki-shobou.co.jp/

印刷・製本　中央精版印刷

落丁本、乱丁本はお取り替えいたします。
本書の無断複写、複製、転載を禁じます。
定価はカバーの裏側に表示してあります。

ISBN978-4-86488-147-0　C0095